当代作家精品
散文卷

主编　凌翔

拾花记

胡笑兰 著

天津出版传媒集团

天津人民出版社

图书在版编目 (CIP) 数据

拾花记 / 胡笑兰著 . -- 天津：天津人民出版社，
2021.10
（当代作家精品 / 凌翔主编 . 散文卷）
ISBN 978-7-201-17685-7

Ⅰ . ①拾… Ⅱ . ①胡… Ⅲ . ①散文集－中国－当代
Ⅳ . ① I267

中国版本图书馆 CIP 数据核字（2021）第 188237 号

拾花记
SHI HUA JI

出　　版	天津人民出版社
出 版 人	刘　庆
地　　址	天津市和平区西康路 35 号康岳大厦
邮政编码	300051
邮购电话	（022）23332469
电子信箱	reader@tjrmcbs.com

责任编辑	岳　勇
封面设计	张瑞玲
主编邮箱	jfjb-lx2007@163.com

印　　刷	三河市金元印装有限公司
经　　销	新华书店
开　　本	710 毫米 ×1000 毫米　1/16
印　　张	15
字　　数	210 千字
版次印次	2021 年 10 月第 1 版　2021 年 10 月第 1 次印刷
定　　价	59.80 元

自序

我喜欢读书，读得很杂。读着，久而久之，便有写的冲动。而生活是我的另一本书，我有一颗敏感的心，喜欢观察，美好的东西总会在我的心里留存。

散文是我热爱的一种文体。好的散文，我想大抵是这样的。谋篇布局与驾驭语言的超然，在散文里个性彰显，既在生活中，又在生活外。它是一个冷静的观察者，也是一个深沉的思索者，还是一个忠实的记录者。

散文倡导"形散神不散"，便不是信马由缰，想到哪里，写到哪里。"神"与"形"的含义取喻于《列子》"神凝形释"。"形释"是指题材广泛，写法多样，结构自由，不拘一格。"神聚"是指中心集中，还有贯穿全文的线索。散文写人写事都只是表面现象，从根本上说写的是情感体验。情感体验就是"不散的神"。

我很喜欢梭罗这样的一句话，"如果他诚实地生活过，都能朴实而诚实地写自己的生活，而不是仅仅凭借他所听说的"。写作在我看来，就如把手伸进记忆的口袋，仿佛抚摸着了命运的珠子。听从心灵的统治，记录生活，就像生活本身在讲述一样。

我写父亲的睿智与慈爱，写母亲的贤良淑德，写生活相依的姐妹深情，写乡土，写深圳，写读书札记……我的父亲命途多舛，磨难几乎和他的睿智并存，他和我讲过的他那些带有传奇色彩的经历，是一个普通人的命运，同时也是一个民族的命运，似乎也能给人些许的启迪。个体命运无不附着时代的底色，带着生命的体温。一种真善美的表述与诉求，世间的人情冷暖，大自然的风物情状，岭南文化诸多元素在我的散文里自由开花。

万物皆有情，万物皆有灵性。叙世事，道世情，感如水年华，品纷繁人生，作家的睿智与视觉是会给读者带来心灵的愉悦和益处的。比如惠特曼，在呈现大自然之时，对他物和对自己的两种感受同时出现。或许这些流于心灵的文字，最能触摸人们心底最柔软的一角，最能引起共鸣的和声。

这部散文集，收纳了一部分我两年来发表在报刊上的作品。是我于平凡世界、平凡人生、平常生活里采摘的一朵朵花絮。而写家乡，我把她放在最后来写，但却把她放在文集的最前面。越有"痛感"的越是要小心地去触摸，我在记忆里打捞，努力想还原家乡最初的模样，那还没有被过度撷取的原生态。

我希望这些文字是我投进湖水里的一粒石子，能激起些微的澜甚或是浪花，引起一些思考。那么这篇散文集，就叫她《拾花记》吧。

是为序。

目　录

第一辑　桑梓的年轮

引子

我的老家，有山之南，有水之北，早在西汉元封五年（公元前106年）置县枞阳。山是奇峰异石，青绿的山，山谷里还有座庙，水是澄澈碧绿有灵性的水。明洪武元年（1368年），一支毛氏族人从寿春迁居枞阳，来到麻山现在的杨家山脚下。毛氏族人发现此处遍布陶土，泥料质优，便以冶陶为生。制陶业越来越兴旺发达了，世世代代沿袭着。

"小缸窑"便借以籍名，古有窑干、天街之称。

"小缸窑"，挺写实的名字，单看这名字你便能认识它的地域特色。一条老街婉转三五里，绵延着穿山绕梁，又隐没在一片无尽的原野、河汊、村庄、山峦里。如果说她们是一株参天大树，那么生活在这里的人、发生在这里的事，便是她们的枝枝蔓蔓。

天峰禅心

少年的我，时常会和小伙伴去爬那条进山登顶的小路，山那边有桃花红、梨花白、杏儿黄的诱惑。山路一点点往上盘旋，逼仄而坚实，间或有几级石阶，两旁毛草灌木披覆，或许还能看见野兔、野獾子、豪猪的巢穴，那些小兔子可不怕人，支棱着耳朵蹦蹦跳跳，倏地就不见了。我们的祖祖辈辈都走着这条进山的小路，不知道它存在了多少年。

进入山的腹地，坡道陡然，依着山势是垒起的石壁。石壁显然是人力堆砌的，黑褐色的点点石斑，老旧的苔藓深黑深绿，新长的苔藓透着翠绿，层层叠叠，粗壮的藤蔓纠缠不清……真是"苔痕上阶绿，草色入帘青"。

两片茂盛挺拔的竹林深处，是一方开阔地带，那里常常是我们盘磨的地方。荒芜的乱草丛中，是横七竖八的石柱、石廊，古旧的青砖残瓦，缝隙里那些荒草荆棘伸出顽强的身腰，疯长着。父亲告诉我，这里以前是座寺庙，寺庙两进，气势恢宏，有个和庙宇一样响亮的名字"天峰庵"。这些撒落的砖瓦、玉色细腻光润的铭碑似乎告诉我，这座庙宇往日的不同凡响。父亲还告诉我天峰庵源远流长，历史上劫难无数。而每一次劫难之后，总能奇迹般的再度辉煌。

据现在的天峰寺记载，早在宋时，清远禅师于麻山建成龙门禅院，彼时的杨家山满山遍野的山麻，麻山的名字便应运而生。麻山又因镇锁舒桐怀潜四邑之水，古称龙门。南唐散骑长侍、大学士、文学家徐铉贬谪连城，曾作《龙门寺记》。乾隆年间张廷玉次子、进士张若澄题写天峰寺门阙。

清朝的遗老遗少、文人学士常聚于此，乐山乐水，论诗谈禅，流连忘返，留下了许多锦绣文章。清末桐城派首要人物，晚清著名学者、文人和教育家吴汝纶曾入曾国藩、李鸿章幕府，为"曾门四弟子"之一，被举为"古文、经学、时文皆卓然不群"的异材。吴汝纶与天峰庵曾有过的缘分，却是鲜为人知的。

《吴汝纶全集》对天峰庵就有一段写实的文字，打开它就如打开一段尘封的岁月，那遥远的天峰庵不再扑朔迷离。父亲的故事也找到了有力的依据。

明末，吴氏族人君友舍宅为寺，清幽的山谷便有了晨钟暮鼓、梵音袅袅。杨家山还是张相国的祖坟地，山前是一条清丽的浣河，那片山挡束了邪浊之气，相国家人以为有利风水，便买下了那片山，也越发看重天峰庵，且有"绰楔"树立。不知道过了多少年，庵堂慢慢毁了。

　　咸丰年间，杨家山来了一个比丘尼，老尼见山色清奇、河湖浩瀚、波光敛艳，便决定不再走了。云游四海多年，老尼终于看见了一方清静宝地，便倾其所募银钱，重新修茸一座新的天峰庵。自此"橐橐"的木鱼声又敲醒晨曦，辞别暮色，香火日盛。

　　忽一日，来了一个游方和尚。和尚是个不折不扣的"花和尚"，说什么"酒肉穿肠过，佛祖心中留"，吃喝嫖赌样样沾。老尼恐他污了佛门清静，几次三番坚守山门。和尚恶念顿起，天峰庵在一把邪恶的大火里化为灰烬。这些过往，县志和吴氏族人都有文字记录。

　　19世纪初，吴先生自里中，过天峰庵，取道安庆、南京，赴天津入李鸿章幕府。天峰庵此时的住持泰山正是老尼的外孙。吴先生登山小住，在庵里流连日许。《吴汝纶全集》里这样写道："泰山年七十余也，而貌清腴，肌理润泽，与余辈年三四十人相若"；"今为屋二重，栋宇殊壮，诸佛像皆雄伟，皆泰山所募建者。其徒服习其教，事佛甚谨，猪、鱼、鸭、鸡，屏不入厨，有不食盐者"。泰山住持敬慕先生高才，曾经几次邀约，两人相见恨晚，秉烛夜谈。这样的风景名胜可怡情冶性，自然更适合读书了。

　　1923年，住持殷和尚将两进寺庙改建三进，供奉大小佛像十余尊。

　　时间来到了20世纪60年代初，一群扛着"青红棒"的人，在"破四旧"的呐喊里，将天峰庵夷为平地，便成了现在的样子，也给了我儿时竟至于圮废的记忆。

　　竹林里飞翔着许多的黑鸟，见到我们并不怯生，兀自玩乐，快活地飞行，抑或站在石阶上踱着步。它们体态丰盈，羽毛乌黑油亮，朱红的眼睛一闪一闪的，镶嵌着黑如点墨的眼珠子，犀利地东张西望，猛地伸出尖锐的喙，那是它们终于逮着了一只大虫。"吱吱、嘎嘎"地叫着，得意地扑棱着翅膀，飞上竹梢头。几只啄木鸟，雨点样啄击树干上的虫子，"梆梆梆……"狠而准。远处的布谷鸟"麦黄河果……"响亮地回应着。蝉噪林愈静，鸟鸣山更幽，说的便是这般的感觉吧！

废墟旁有一株古枫树，苍劲粗壮，仿佛它是天峰庵最好的明证。枫叶红的醒目，繁华又铺张，沟壑里堆满了深浅不一的颜色，惊艳着我好奇的双眸。我站在下面，透过满树红叶的缝隙看天，我看见天空全变成红色，人在中间，被温暖和喜气包围。

"你在看什么呢？"小伙伴们问。

"我在看外面的天呀！"我脆脆的回答在群山翠谷里回响，山那边碰撞出的回声拉得悠悠扬扬。

几年后，十三岁的我真的被父母送到了山外求学，只在暑假归来。再后来，我走出了家乡，看到了外面的世界。

1979年，天峰庵又迎来了它的另一个主人。妙容师太来了，也决定从此不走了。妙容皮肤白净，椭圆脸，眉眼清秀，我想象着，她年轻时一定是个标准的美人。

昔日庵堂片瓦不存，古庵的瓦石砖块很多成了山下村人宅基地的点缀，铭碑成了井台上的坎石。师太站在那里，心里默默发下大愿：一定重振庵堂。从此她云游四方，募化资金。有了信徒的捐赠，新寺开工了。山下周边的青壮年自愿地加入进来，几乎每一家都想出份力，一砖一瓦都是抬上去的。半年后，一栋有着徽派特色、白墙黛瓦的庙宇伫立在天峰庵原址上。重修的庙堂又叫天峰寺，一殿一堂，供奉十余尊佛像，妙容做了住持。

师太自幼修法习武，练得一身好手段。一个月黑风高夜，一个盗贼自恃武功了得，欺妙容一介女流，上山行窃。几番较量，妙容施展身手，打得歹人落花流水，从此不敢造次。

妙容师太那年五十左右的年纪，温和安详的脸总是带着微笑。她布道度人，和山下百姓关系亲睦，深得尊敬，名望日隆。香火在妙容师太的木鱼声中，越来越旺盛了。天峰寺声名鹊起，就连江西、福建、台湾等地香客也慕名而来。山道上永远走着信男善女。

父亲常常会带上我去庙里，我看父亲用蝇头小楷给庙里写签语，给拜佛求签的人解签。父亲读过私塾，喜欢看书，对签语的文言文和历史典故有深度的理解。他能依着签客的心理把个签语解释得喜上加喜、遇难呈祥。师太说，这些签语其实就是一门哲学，让好运的人继续努力，让迷惘的人顿悟，让深陷苦痛的人寻找解脱。

我和母亲一起去上供还愿，给佛像挂红披。那红披是母亲许下的愿终于随了心意后，对菩萨的谢仪。至于母亲许下的愿，我无从知道，因为那是不能说破的。我想，那总是离不开一个女人一个母亲的美好心意。

上供后的糕点，师太总会拿些放到我的小手里笑眯眯地说："吃吧吃吧，漂亮聪明的小姑娘，步步登高。"

"多谢师太的吉言，我娃快接着。"母亲清秀的脸漾着欢喜，唯有这时母亲不再客套，似乎她的女儿结结实实收到了祝福。

1980 年，洛阳白马寺走来一个少年，见着师太，双手合十，深深行礼说："师太，我想皈依佛祖，从此一心向佛。"语声怯怯但却非常坚决。

"阿弥陀佛，小施主，执于一念，将受困于一念；一念放下，会自在于心间。"师太看着她青葱一样的小脸又说："你太年轻啦，生活才刚刚开始。"

"您不收我，我便不起来！"女子深深一跪，直直跪在山门外，扬着倔强的小脸。

"你且起来，在庵堂做个居士，养养心神也好。"师太慈眉善目地笑。

1983 年，白马寺师太为女子行了受戒礼。师太赐她法号"释僧果"，受了戒碟，从此正式皈依佛门。

1983 年，天峰寺的山门外走来了释僧果，她是古庵堂又一个神圣的使者。我和母亲拜求做清明的万字钱，见过那年轻尼姑，和我差不多大，长得婀娜俊俏，应该有点妙玉的影子。青涩白净的脸上几点雀斑，黑葡萄样的双眸幽深似潭，像一泓平静得不起涟漪的潭，漂亮得让人心疼，瘦瘦的也让人心疼。我想弄懂，究竟是什么样的缘由，让她这般决绝，愿意过这种清寂、月照孤影的日子。我想探寻，但终于张不开口，又恐惊扰了她。若问心灵为何物，恰如墨画松涛声，每一个人都有自己的心灵世界，她的空灵与禅心，恐怕不是我等凡夫俗子所能想见的了。

若干年后，我再见到她时，她居然一眼便认出了我，那一瞬间，她的眼睛明亮了。看着小双时，沉静的脸流溢着母性的光，还有寺前四时不绝、鲜艳浪漫的花朵，又让我相信，她的内心是填满生活的温情的。

至此师徒二人合力主持庵堂。那一日，天刚破晓，妙容师徒打开山门，洗手焚香，准备诵经的早课。庵堂外忽然传来婴儿黯哑的哭声。

释僧果奔出山门。回来时，一手托着一个包被，襁褓里是一对不足月的女婴。

"师傅，多可爱的孩子！"释僧果看着婴儿粉嘟嘟的小脸，充满爱怜。

"我们收养了吧！"师徒二人想到了一起。从此寺庙里多了小儿的牙牙学语；香客里，孩子的嬉戏穿织出热闹活泼的生气。一转眼，大双小双背着书包上学了，佛堂清欢多了份人间天伦。

一日师太端坐佛堂，轻唤释僧果，殷殷地说："我刚才做了一个梦，梦见天峰寺是金灿灿的，有许多大殿，有许多菩萨！我是看不到那一天了，僧果，你要好好修持，天峰寺定有贵人相助。"说着含笑圆寂。师太走了，面色如生、神态安详。

蜿蜒的山道，一袭玄色僧袍，足踏一双云鞋，寒来暑往，释僧果行走在化缘募资的路上，执着而坚决，其中甘苦冷暖只有她自己知道。自此，天峰寺越发兴旺。寺里香客、信众、游人，熙来攘往，其中不乏文人骚客，踏青观景，吟诗作画。

　　几年后，释僧果募得各项捐款百余万，悉数打造寺庙。新成的天峰寺，大殿三进，寮房十余间，恭请佛像三十余尊。山门两旁雄踞两大石狮，安庆迎江寺皖峰方丈题写天峰寺门阙；中进大雄宝殿门匾，是赵朴初的墨宝；前两进大殿后石壁上，分别刻有《金刚经》和《心经》；后进为观音殿。

　　站在山下，远远望去，杨家山茂林修竹，涧花成景。天峰寺黄墙红瓦，飞檐斗拱，重檐相叠，龙凤呈祥，古典的韵致隐约在万绿丛中。寺后令牌巨石，突兀冲天，峰顶悚峙。白象、青狮两山，镇锁湖口，更显得灵光宝气，威仪庄严。

　　"锦绣枞川，菜子湖滨，古刹梵钟，仰令牌巨石，蛙鸣献瑞，佛香千丈，咒语回音。白象青狮，湖关镇锁，万壑灵渊圣水清，流连处，有定泉井韵，点缀其中。引人入景舒怀，赞开放，天峰绽紫兰，喜芳馨远播，重修庙宇，雕梁画栋，宝殿庄严，谒佛寻根，炎黄赤子，最爱蓬莱着意新，登高望，览神州崛起，万象回春。"诗人王乐的这首《沁园春·重修天峰寺感怀》，颇能表现此时的意境。

　　云水，这两种物体无形无态，是飘流不定柔情万种的世间自由之物，禅心，是清静寂定的心境。云水禅心，天峰寺历代住持把自己禅远的心思寄托在这片漂流不定的云水之间，也让家乡的山水多了份宁静柔美。

那山那石，那传奇

一条小径曲曲折折通向山顶，又在山的脊背婉转。林谷深处，令牌石像天外飞来，突兀高峻，厨柜石巉岩垒垛，站在上面，山峰也在它的俯瞰之下。小时候，我仰望它，老是担心它会不会掉下来。还有箱子石、青蛙石、鱼鳞石、父亲墓地背倚的纱帽石，一个个形象逼真。它们在山梁上遥遥相望，依着山梁回环，在山峦起伏里站出各自的神秘。

说到这些山石，《吴汝纶全集》也有描述："其山有怪石卓立云表，端平而锐，上如丰碑，高且千寻，其下数石叠承之若趺，其旁有方石大连屋，远视之若印，其它倾欹削立之状，行其侧凛凛若且坠厌者，是其怪奇杰特之气，疑有异人生其间，泰山殆是也。"桐城派散文大家吴汝纶凝练的语言，石头们的雄竣神态立现。

从地质学原理来看，在远古时代，因地壳运动，海中的浮粒子大量涌向陆地，于是才有了今天这般怪石堆叠的奇异景观。

我在大山的缝隙里看了一下蓝天，天空蓝得像一口幽深的潭，那不时掠过的白云是她激动的浪花吗？崖上翠绿的树、竣立的令牌石，很像女人脖子上的挂件，虽说形状有些不规则，但却很有艺术性。我一直以为最美的艺术就是自然，是大自然的鬼斧神刀雕琢出来的。说来它们也是有生命的，上帝赋予一块石头的时间，生命比人类还要久远。

和父亲说过的所有故事一起，这些石头们的故事伴我长大。那些有着神话魅力的传说，直抵人性的深处，仿佛这些石头们也是有灵魂的。

话说唐天宝年间，吕洞宾得道成仙，云游四海，一日来到麻山脚下。此地危峰叠嶂，山中林木茂盛，湖中白帆点点。半山腰一座古刹，山门外聚着许多老人孩童，他们是来讨口斋饭的。麻山脚下原本是个好地方，有山有水，鱼肥稻丰，百姓安居乐业。但有个财主杨万财，本性吝啬贪婪，遇着大水之年，放高利贷，牟取百姓家财和田产，霸占柴山湖田，百姓耕无地，捕无湖，苦不堪言。吕洞宾听罢，遣天书一道，手持神剑向山上一指，寺庙后的山上霎时长出三块巨石。左为箱子石，储存钱粮；中间一石为厨柜石，储存着各式炊具；右边是巨心石，当有人真正遇到困厄时，巨心石就会收到感应，两石中门大开，村人按需借取，但一定要好借好还。

却说杨万财看见贫困人家真的吃上了香喷喷的白米饭，心里也打上了小九九。一日带着自己的傻儿子挑着箩筐直奔神石而来。父子二人向神石三扣三击，石门果然大开，里面金银财宝无数，熠熠生辉。杨万财精明的小眼里，也跳跃着幽幽的蓝光。杨万财疯狂地拣着，恨不得多生出几只手，再多生出几个箩筐。父子二人正累得呼哧呼哧直喘粗气，突然天黑如墨，宝殿外雷声滚滚，一个个炸雷在头上炸响。刚刚还天朗气清，老天爷突然就变了脸，杨万财心知不好，吩咐儿子快跑。

儿子说："你快求神仙给我一个老婆呀！"

"你个混球，有钱还怕找不到老婆吗？"说着杨万财挑起箩筐便跑。刚迈上石门，就听一声炸雷，一道闪电裂帛样劈下来，紧接着一块巨石像利剑照着他的头面砸下来，藏宝的厨柜石也被砸得粉碎。杨万财的儿子跑出不远也被炸雷吓趴下了，回头看见父亲被压在巨石之下，两只箩筐也变成了石头，他自己再也爬不起来，变成了青蛙石。利剑似的巨石之上飘着一道天书，自此人们便称它为令牌石。

令牌石下有九华老佛留下的足印，与山脚下的足印相对。令牌石之右的青蛙石，胀腹鼓眼，跃跃欲跳，在少年我的眼里是那么逼真。

山的那边有座小山，形似鲤鱼，称鲤鱼地。原来所谓的鲤鱼，就是山的缝隙形成的一条跳跃的鱼影，让我不得不信它真的是从山下的溪流里跳上来的。那鱼鳞石、鱼卵石也是上山的鲤鱼精变化而成。

鲤鱼地不远处便是小金国，过了小金国便是大金国。关于它们有很多的传说，我仿佛看见南北朝时，北人隋军"剪去荒恶，荡为耕野"飘扬的旗帜；陌上花开，军民恭耕垄亩的身影……

山下马踏石又是一段佳话。徐铉性情狷直，和朝野一帮阿谀奉承之官员相左，南唐国主李璟听信馋言，一道圣旨，徐铉被贬离金陵发配到五百里之遥的连城湖。故旧知州陈洪牵马送行，二人一路风尘，不觉来到麻山脚下的一个石坡。徐铉的座骑四脚踏上一块巨石，突然前蹄高扬，振鬣长嘶，再也不肯向前一步。远处连城山古木参天，山连水，水绕山，湖面白花花一片。时值隆冬，天空灰云翻涌，又下雪了，雪花漫天飞舞，西北风抽打得人脸上生痛。徐铉叹道："陈兄，马驻坡上，不肯前行，合该这里便是我的有缘之地吧！"二人骑在马上，看湖面零星有几只渔舟，白鹭低飞……二人便牵马上了就近的麻山，走进了龙门禅寺。

龙门寺长老见是南唐吏部尚书徐铉，好生高兴。自此徐铉居庙堂三年，做一个寄情于山水的隐士。他尝以德惠民，山下的窑街村民敬仰饱学之士，对徐铉爱戴有加。而那块马踏不行的石头，留下了深深的马蹄印，百姓们便将那处山坡叫作马踏石，或称驻马坡。明清时，小缸窑还有马踏石巡检司，征收鱼芦草税。翻过马踏石那道山坡，就能看见大缸窑，再走一段小路就是我外婆的家了。每次走到那里，我都要去找找那处凹陷的足印，站在那里凝目神思，这些优美的传说在少年的心里荡起层层涟漪。

这些传奇，是充满魅力的文明之花，搭建了时光邃道，虽然片段不成系统，但带给后来人生动鲜活的记忆。盘古开天，神龙尝百草，夸父逐日……中国的神以真善美为核心，强调奉献和牺牲精神。她们更多的和人联系在一起，有了神性的人，有了人性的神，像放大镜一样，照见美丑善恶，最真实的人性，为人类的童年涂鸦出最生动的颜色。

七岁时，我"打摆子"，生了场疟疾。大热的天忽冷忽热，冷时彻骨，几床被压着仍如身浸冰水，热时犹如架在火上烤，挣扎煎熬了几天。母亲杀了家里唯一生蛋的母鸡，熬了一碗浓浓的鸡汤，端到床前看着我喝了，叮嘱说喝完这碗鸡汤，爬起来爬屋后的杨家山去，中途不要歇，一口气爬上厨柜石令牌石，然后回来。依着母亲的话，我沿着那条小路，不断地攀爬，原本发软的小腿因那碗鸡汤有了些力量，等爬上令牌石时满身大汗。回来后，折磨我几天的疟疾，居然好了，再也没有复发过。母亲没有说这里面的机关，但我今天想来，除了母亲心底里的护佑，还有一碗鸡汤后发的那场大汗，在爬山中酣畅淋漓的宣泄吧。

我无数次爬过杨家山。登上山巅，令牌石兀自高耸，毫无依靠，却生了根似的挺立着；座下的厨柜石，石面宽敞，高低不平。恐高的我小心地挨到岩畔，看那下面悬崖峭壁，不由得小腿打颤，但尤是禁不住那岩上的诱惑去登顶。从令牌石打望，四野开阔，山风轻轻地吹，呼一口清新的空气，你仿佛五脏六腑都被她的清爽过滤了，顿觉神清气爽。

远处重峦叠嶂，雾白，烟斓飘渺，似晕染的青白水墨。近处墨分五色，在山峦大地涂抹。春看细雨淅淅沥沥，树木葱茏，松柏滴翠，绿竹猗猗，桃红杏白，映山红开了，开得漫山遍野。秋听枫叶松针飘落，铺满一地的斑斓。

当夕阳尽染，点亮西天的迷离，晚归的牧童，吃饱喝足的黄牛"哞哞"地叫着，田野的庄稼、红花草地，全变成红色了。

冬季来临，下了雪，所望之处放着璀璨的白光，雪松玉树临风，布满整座山坡。被雪擦洗的天空非常洁净，空气是清新的。田野犹如铺盖上白色的棉被，空旷、静谧。大地在沉睡，已被雪埋了的麦地里，麦鸟总是在蹦着跳着，像语文课本上的逗号。有几只不安分的黄鼠狼和灰色兔子出没，在冰花闪亮的麦苗田里飞奔，一转眼就不见了。小学校、豆腐坊、打铁铺、百货店……村街都笼罩在一片耀眼的白里。穿街过巷的孩子木屐踏雪，听"咯吱咯吱"的美与心动，猖猖狗吠，袅袅的炊烟撩起冬日里的温柔，姑娘和孩子们的笑声也更加清脆……

无名小溪

水与山真是一对孪生兄弟。就这样，以一种惊艳的方式，在杨家山，在枫林谷，我与所有枫叶一起完美地和另一个童话相遇。

话说杨万财的儿子自变成青蛙石后，世间又经了几个轮回。天峰寺的梵钟法鼓，震醒了他的心，在佛光普照里，静心修炼，混沌之气渐去，心智大开，身体开始轻盈动荡，变成了一个青蛙王子。这年，小缸窑发生了罕见的旱灾。天上骄阳似火，不见一朵云彩，河田干裂。山下有个张老汉，家有孝女，见父母饥渴难耐，便独自上山求神降雨。正行间，忽闻青蛙鸣叫。

"有蛙之处必有水呀。"姑娘高兴万分，来到青蛙石下，果然见一块小小的湿地。她急忙用手掏挖，坑里慢慢沁出一点水来，刚够姑娘自己喝的。正怅然间，忽听青蛙开口说话了："姑娘，这点水本是我见你口渴吐的一点口水，只能解燃眉之急。"

"神蛙，那我怎么办呀，山下百姓都等着这水救呀！"

青蛙道："姑娘，知道你有慧民之心，那我就告诉你吧。你可沿着我的口水印迹找泉眼，只是那龙泉封存千年，一旦打开，可能危及性命……"

"舍我一人，救活万家，我愿冒此险。"张姑娘主意已定。依着青蛙王子的指点，张姑娘来到一块巨石旁，巨石就在天峰寺后，石下一丛碧草。张姑娘拔去碧草，急急刨挖，刨着刨着但见一块石板。张姑娘就近找到一块长条石，使尽全力撬动石板，石板终于掀起来。青蛙王子趴在高坡之上，看得真切，心想不好，欲纵身飞跃，救张姑娘脱险。但为时已晚，只见那泉水喷涌而出，张姑娘坠入龙泉，不见踪影。

泉水倾泻而下，波涛奔涌，眼看又会淹没山下的田野村庄，青蛙使出定泉法，那水又回到泉眼。村民自此有了甘甜的清泉，或饮或用，泉水取之不尽，用之不竭，而水位永远在一定的位置。于是，人们便称这口泉眼为定泉。

我记忆里定泉一直都在。在天峰寺的后面，几级石阶下，那眼清泉永远都在第三级台阶下。它的上面欹着几块巨石，巨石如盖，叫撑腰石。上山的香客在定泉边烧祭拜的纸钱，也不忘记给自己和家人找一段树枝，撑一撑那撑腰石，据说这样，可保腰膝康健。

生活在这里，我同时遇见了水的三种形态。气态之水，漫卷在崇山峻岭之间的浓雾；固态之水，凝结在草木枝叶上的冰雪；液态之水，似定泉一样的泉井，像天女撒花，遍布我老宅后的杨家山。沟壑纵深处，是淙淙流淌的小溪，小溪闯入山下，穿行于村庄，然后不约而同扑进村前的浣河，流向枞川河，再流向长江。

春天到来的时候，涨潮了。河水从湖泊蒸发，进入高空的云层，随风飘移。万物从冬天苏醒，发芽生长，渴望雨露。这时，几声惊雷响过，延绵不绝的春雨就洒落下来。这些略带寒意的雨水抚摩过大地的胸膛，然后流入沟壑，这便是小溪。

流向浣河的小溪有很多条，给我印象最深的是那条穿过连城山脊，经由许家凹、齐家凹、黄家凹，气象万千的小溪。站在浣河与小溪的连接处，一处浅滩，小草摇曳，细腻的黄沙温柔地抚摸脚板，水清澈见底。我的眼光追着小溪的脚步，小溪从高处流来，一路跌跌撞撞，一路风光无限，我要去看一看它。

山的高处有个村庄叫许家凹，有父亲的结义兄弟，父亲让我们叫干爷。小时候没少尝过干爷刚刚下场的农产品：新鲜的玉米、连禾抱来的青豆、咧着殷红色小嘴的大白桃、金黄色粉糯的杏子……那都是干爷嘴里的"新鲜口"，说是给孩子们尝个鲜。那可真是新鲜，是我们家从粮站里买不到的。

干爷家盖房娶媳妇，母亲便去帮忙，母亲一去好几天，我想去看看母亲也想去看看那条小溪。小溪奔向河流，一路曲折，要走很远的路，我逆行而上，要寻访它也要走很远的山路。

不知道是溪绕着村，还是村泮着溪，顺着小溪的方向往高处走就能到许家凹了，我想我不会迷路。

山里的清晨，有如花间露，婉约、清新。黄家凹村前，溪旁牧牛饮水，三三两两的妇人聚在溪边，用捶衣的棒槌敲醒了山里山外。青石板上的浣纱女走来了一代又一代，搓洗的巧手打磨了青石板，使它们光润如玉。寒来暑往，村姑变村嫂变老妪，青丝变白发，也仿佛观照了她们平凡而勤劳的一生。

山下地势稍显平坦，在这里是一条宽敞的溪流，溪流缓慢从容，能听见它"舀舀"的细碎的流水声。顺着小溪，从坝子往山上走，田地越来越少，茶园渐渐多了起来。在那舒缓的起伏之间，承接着天地的灵气。于是，在一丛丛茶树之巅，一支支嫩芽悄然萌发，茶树之巅的新绿，是人与天地的对话，是山凹春天最好的风景。

过了齐家凹，山路往高处攀爬，也越来越陡峭了。一座石桥下，溪流在巨大的落差里，"哗哗"有声，倾泻而下，拉起了一道幽幽的水帘。仿佛是分水岭，这里便是许家凹了。茶树的梯田迤逦而上，散落着开了菜花的菜地，桃花红梨花白的果林子，山坡淹没在姹紫嫣红里。

　　山上的树林郁郁葱葱，黄沙土路，岩壁山坡，拥着小溪流从身旁流过。树影婆娑，倒映在深潭里，映出一池碧绿，绿得似翡翠。唯有亲口品尝，才对得起她的清澈和柔美。小心地掬起一捧，清冽甘甜，它进入体内，化成我的血液，流遍全身，经过心尖尖时，不由得微微颤栗，那是撼动了小溪朝圣者的心旌。

　　溪底的鹅卵石浑圆光溜，没有比溪水这个雕刻师经年累月的打磨更有力量的了。溪泮岩上苔藓披覆，它们也是有年纪的，或苍黑或墨绿或翠绿，互相拥抱，纠缠不清。山风吹来，那些花儿们飘拂，落在小溪里，在溪水里打着旋儿跳着舞着向山下奔去。

　　依着小溪，垒砌了高高的石壁，那些石头浑圆，挨挨挤挤，像一个个大土豆，近处的土豆大一些，越远越小，一直顺着小溪延伸到看不见的拐角。上面的山坡，绿意盎然里，掩映着几栋房舍。

　　一株杏树满树繁花，一座新屋，樑上披红，炮竹轰响。哦，许家凹到了。干爷家的新屋正在起樑，母亲和干娘正在锅灶间忙得团团转，忙着就要开的酒席。自破土动工，除了木匠泥瓦师傅会付工资，邻里乡亲都是来帮忙的。东家有事西家帮忙，一呼百应，几乎是那个年头邻里之间的常态。新屋主家，平日想尽办法弄些酒菜款待，上樑的那天是一定要办一场酒席的，招待帮忙的邻里，答谢贺喜的亲戚。

　　造屋上樑，都有很隆重的仪式。最主要的部分就是木匠大师傅架上正樑后，在正樑上披上红布毯，然后抛洒花生和糖果。师傅左一把右一把，前一把后一把，嘴中还喊些上樑的好话，虽近俚俗但都是喜庆的话，也很押韵。后来我读过《吴承恩诗文集》，里面有一篇上樑诗文，将这一民俗文化雅化了。窃以为珍贵，现录之。

爱申六唱，用佐群工：

抛梭东，云起蓬莱一朵红。齐鲁蓬连千里路，明年棠树领春风。

抛梭西，望裹湖云水泊堤。山映夕阳多爽气，讼庭柱笏觅诗题。

抛梭南，门启迎薰瑞气还。福德一新离粤领，文光先射楚州山。

抛梭北，遥指神京云五色。锦缆牙樯日下来，黄河长绕千年国。

抛梭上，彩虹飞起三千丈。咫尺丹霄雨露垂，风云喜气瞻天象。

抛梭下，仁风四境随车驾。和气潜从地底回，冰霜先向春前化。

　　"哗哗、叮咚、淙淙……"小溪在村旁流着，这些属于自然的天籁之音，像排场很大的交响乐晚会，如急管劲弦，惊天动地；又如柔和的双簧管、滴滴答答的竖琴，声声入耳。

　　它从哪里而来，沿着小溪往上，投递着自己好奇的眼光，我依然看不见它的尽头。雨是云下到人间的梯子，是水和云的使者，它们总是在相互转化里涅槃。大山就是一个底座，它的植被树木喝饱了水，它的岩石与土壤聚满了水，水满则盈，慢慢地往低处渗漏、集结。当水在力的作用下，压迫到一个沟壑深处一个恰当的点时，就生出了一个泉眼。再大的手也无法捂住泉眼的嘴巴，这些水从四面八方奔着共同的方向而来，喷出来，流出去，日夜不息，都是为了供卫这条翡翠的小溪。

　　一座山有山谷，倘若没有溪流，一定像个女人缺失水分的脸，干瘪而了无生趣。你看，我眼前的这座山，是多么轻盈、飘逸、灵动和自在。

　　小溪的流淌是曲折的，也是欢快的。小家碧玉的感觉，仿佛不是大户人家，也不会张扬。它们分散在不同的地方，卑微到没有自己的名字，小溪的诉说像日记，窃窃私语，直到天明……

仰望河流

老宅前的浣河，上承山泉，右濒菜子湖，下接滔滔长江，于是河便清澈灵动。她四季涨涨落落，或丰盈壮阔，或清丽婉转，景致变化多多。像有了灵魂的生命，河水给予儿时的记忆是丰盈与饱满的，是鲜活的。

一条又宽又长的河水，像是划的一条界线，把窑街和村庄分成两边。河的两边是长堤，长堤依着河婉转延伸，河的那边围垦出无边的田野。河的这边，堤的尽头两座小山款款相望，拥着一片浅滩。我的家离河很近，近时近在咫尺，远时也不过这处浅滩。

浣河清澈，清得可以让你看到河底的石子。河深的地方，湖水也是知人情的，让你看到湖底绿萍的根和游来游去的鱼影。粼粼水波，像丝绸抖动的细纹，褶皱着优雅的光润。清清的河水，终日缓缓地向远方流着，仿佛一位凌波微步的柔情女子，盈盈而去。

河滩栽了一排柳树。柳树有些年头了，稀稀疏疏的二三十棵，枝条勾勾搭搭，想把毗邻的小路拥在怀里似的。春天里，杨柳绽出嫩芽，河

019

面照见它们柔软的腰枝、苗壮的气生根。秋冬之季，出了水的气生根脱水干燥，变成一拽拽褐色的细丝，在风中飘拂，像老爷爷的胡须，我们便叫它们"杨胡子"。那是去年河水的位置，水淹到哪儿，哪儿就会长出气生根。一般陆生植物长期淹水就会窒息而死，但柳树不怕，气生根就是柳树的"呼吸机"。

柳树称作"杨树"源于隋朝，当时隋炀帝建立大运河，为了防洪，河堤种植柳树。隋炀帝很喜欢柳树，说这是杨家的树，于是"杨树"一名就传开了。如果是柳树林，人们就称"杨树林"。我小的时候是叫它们"杨树"的。

一阵风来，杨树秀水的身影随着细细的波纹一闪一闪，倒影里依稀见到少许的白云，有几分油画的韵味。几场小雨，几声春雷，那树椴上忽然就生出几丛蘑菇。母亲会小心翼翼地折下来，是捧在手心里洁白的云朵，拿它做汤，纯净自然，吸了天地灵气的蘑菇鲜嫩得什么似的。

"慢点，慢点，别烫着！"母亲温柔地看我们吃。

"妈妈，还会再有吗？"看着汤汁不剩的碗，我意犹未尽地问母亲。

"等再有一场小雨，杨树上冒出来的蘑菇呀，挡都挡不住。"母亲肯定地说。

河岸边的小山，脚下乱生着麻石，或卧或立，或宽或仄没入水中，是女人们天然的搓衣板，姑娘小媳妇们一边捶衣捣衫，一边还不忘记嘻嘻哈哈。

夏天来了。女人是水做的，葱白的小腿、白净丰盈的面庞，一定是得自于这方水土的滋养。河边长大，窑街上的姑娘们水灵灵的，透着一种清丽，小伙子们英俊而帅气。

旁皮、石斑、白条、仓条、青尾……那些小鱼儿扎堆游戈，啄碰得人脚面和小腿痒麻麻的。但它们却是灵性得很，在你拿起竹箩朝它们罩去的刹那，它们大半逃之夭夭。但也有惊喜，竹箩里会有几条活蹦乱跳的小鱼，在阳光下闪烁着白练样的光。

夕阳的潮汐，河水的潮汐无边漫延。那些戏水的少年也忍不住了，一个个跃入河里，仰游、蛙泳、狗刨……灵活得也像一条条白练。

西天的火烧云，逆光里映衬出飘渺的灰褐色，或深或浅，在我的眼前幻化出各种影像。一条鬃毛飘拂的大马出现了，接着一头扎进云端里，只看见扬起的后臀与飞跃的后蹄，很快就不见了；又来了只小狗，小狗坐在云上发呆卖萌；山峰河流交交替替、变幻莫测……海上有海市蜃楼，浣河上的云彩也是，我常常对着它们发呆和遐想。

芡实粉紫的小花散发着淡淡的清香，刚劲强悍，连花茎、外花瓣都长满刺儿。叶子背面，筋管粗大，分布均匀，就像张开的网，难怪它们有着极强的生命力。蟹爪样的菱叶、磨盘样的芡实叶，渐渐挤满了河面，刚长出的和长成的叶子相互错落，河面上呈现出生机勃勃的翠绿色……鸡头米破叶而出，全身都长满了扎人的尖尖的小刺，远远看去，就像在游泳中探出脑袋的鸭子。

"芡实遍芳塘，明珠截锦囊。风流熏麝气，包裹借荷香。"宋朝诗人姜特立的诗句，让人浮想联翩。

小时候，因为三姐的勤劳，我吃了很多芡实，还有芡实的嫩杆。水乡长大的人几乎具备的本事，那便是采河里的河鲜。除了下河捉鱼，还有应季的藕禾莲蓬、菱角和芡实了。三姐将她的本事发挥得淋漓尽致，我是很崇拜我三姐的，只要她出门，总会满载而归。

芡实味美，采之不易。浮生之盾状叶，上有刺如钉头；沉水之栗形果，外有刺如猬毛，三姐有她的办法。镰刀在磨刀石上"霍霍"地响，手指轻弹，那刃口吹毛立断，将它绑定在一根长长的竹篙上，这是她发明的称手的家什。

四野河荡交错，菱藕芡实盈盈水间。一袭紫色短袖，勾勒出三姐婀娜的身姿。三姐将竹篙探进水的深处，刀在里面切割，顺手翻卷回拉，不一会连果带叶带杆，岸上就堆起了小山。回家后的第一件事常常是拔刺，虽以三四层的棉纱手套防备着，仍不时要忍受肌肤之痛。

一种原真的吃法也算是没有辜负这水灵清爽之味，最好的做法就是清炒和做汤。只有这样清纯干净，没有过多调料的附和，才能保存它原本的至真滋味。新鲜芡实做甜汤，火候十分关键，时间一长马上就会变得老化，失去它软糯的口感，时间的把控一定要恰到好处，清炒也是一样，炒至稍微断生即可。除了芡实的果实可以吃，芡实的嫩叶柄也是一味好菜，人们一般将它作为腌制咸菜的主菜，或者直接选取最嫩的部分爆炒，也是清香怡人。

人间至味是清欢。芡实，再诸如莲藕菱角，是时光带给人们珍贵的礼物。日月变幻，星辰交替，它们默默生长，汲取天地精华，最终化为一碗珍珠玉液。它们就像是自然与我们链接的纽带，带着清香，让我们去追寻自然。

说到河流赐予我们的美味，我还要说到家乡鱼虾的肥美。家乡山水钟灵毓秀，自古以来水上交通发达，渔业兴旺。河上帆影千樯，商船只只，渔舟挂网，鱼鹰尖叫……

暑假里，我最喜欢做的一件事便是去买鱼虾。弯弯的长堤依着浣河一路向前，在一处屏闸处转向枞川河。我顺着大堤向枞川河走，灰麻雀在芦苇丛里东张西望，又扑棱棱地飞；鸥鹭、灰鹤不时掠过水面；几叶扁舟，鱼鹰正撒着欢……江风在脸上柔柔地吹。从春天到夏天，大河小沟的水满了浅了，完成了灌溉。田野上，庄稼熟了，淹没在一片片黄灿灿里，阳光的潮汐也淹没了这些与芦苇、水泽相亲相爱的生灵们。

枞川河水，时儿缓慢平静，时儿湍激奔腾。涨水的夏季，鱼儿迎水而上，便是捕鱼的好时机。渔民早早搭起了茅寮，架起了捕鱼的罾网——搬罾。枞川河的搬罾可不是小打小闹。多根粗壮的竹子弯成弓形，以一个中轴点扎结，像放射的抛物线，下端扎起环形的大网。渔民摇动转轴，缆绳收收放放，巨大的云梯吊着那个中轴点起起落落。搬罾是个极需要耐性的活，当把网子放到水里后，要的就是耐心等待。

水面起了波澜，有鱼影闪动，该起网了。

"咔咔咔……"我听着转轴带动云梯的声响，渔网被快速地拉起，吃重的网柱每一根都弯成了弓的样子，渐渐地，鱼儿闹腾跳跃，水花四溅。罾网出水挂在半空，但见各色杂鱼，翻着筋斗，跌入网脐。渔民抄起捞斗，一勺勺捞着，麦色的脸上每一条皱褶都藏着舒心，他们捞起来的是丰盈的日子，一个夏天的收入就可以维持一年的生活了。

河水煮河鱼，渔家支起的篝火，铁吊罐里焖着米饭，煮着新鲜的鱼虾，江风裹着香气四散飘逸，惹得人直抽鼻子。那自然生长的鱼，又刚刚出水，鱼肉鲜美无比。大胖头鱼、鳜鱼炖粉条、炖豆腐，吃到黏嘴；长江里的刀鱼油烹水煮，就连那跑不动的"毛花鱼"，鱼汤淘饭，香得一气能吃下好几碗……于是我对鱼虾的偏爱便竟至于执着。

如今搬罾早就失业，这活儿已经被现代的"电打""药杀"所取代了。

冬天，年的脚步近了，那又是一场猎鱼的盛事。河荡湖汊在抽水机的轰鸣声里干了，露出河的底色，浣河也是。许多的鱼、各色的鱼在泥水里游曳，黑黑的鱼影满湖乱窜。河里、岸上，攒动着的人头也是黑压压的。裹满泥巴的鱼滑溜溜的，这也难不倒谙熟鱼性的捕鱼人。狡猾生猛的黑鱼，张着尖刺的鳜鱼，三四十斤重的青鱼，肥白的鲫鱼……很快被捉，它们在筐中集体张着嘴，甩着尾巴跳着蹦着。

这时，我也看见了河底的小溪，那股藏在河流深处滔滔不绝的暗流，在河床里拉开了一条深深的沟壑。冬天，架几块石头，走过去就可以爬上对岸的河堤，再走几里地，就是我三姨的家了。来年的春天，千沟万壑，水奔着浣河而来，河涨了，又丰满了。

温柔、干净、缓慢流淌的河流婉转着，一路流向天际的远方。

"水者，地之气血，如筋脉之通流者。"江南多雨，水是山峰的血液，是大地的经脉，便有了这江南水乡。我觉得，想忘记什么记住什么，冥冥中似乎有一只手在召唤，河流的恩赐连同舌尖上美妙的记忆便永远留在心里。和小溪一样，浣河原本也没有自己的名字。她已经存在了很多年，不知道荡涤多少尘埃，照见多少的心灵，抚育多少的儿女，那么就叫她"浣河"吧。

　　于今，河瘦了，河干了，像韶华不再的老妪，日益干瘪下去。因为围堤养鱼，河被拦腰截断。那条总是汩汩奔流的山泉，不知道怎么了，也纤细得让人叹息。没有了长江的血脉滋养，奔涌的清溪，河少了灵气，变成了一潭死水，时不时发散着难闻的鸡鸭粪便的臭气，那是养鱼人放下的鱼饲料。鱼虽肥了大了，但那鱼却不再是儿时味道，不再有记忆深处的鲜美。

　　俯望一条河，内心总是起伏的。就像任何一块土地一样，一条河曾被掠夺，被深浅不一地挥霍。那些被河水溅湿的灵魂真实地疼痛着，像河岸旁裸露的植物的须根，丝丝缕缕地翻卷，勇敢地为尘世提供箴言。

　　满街的屋舍几近空落，走在窑街上，听着自己孤单的脚步声，身影在简易的水泥路上拉得很长，心头盘绕着一种莫名的惆怅。每年清明、冬至回家，在砍芒草时，小心翼翼，怕这一刀刀一把把地砍下去，会惊扰了墓地里的先人。芒草发出哗哗哗、沙沙沙的声音，似在哭泣。芒花四处蔓延，随风而落，在冬的荒芜里播下无数颗忧伤的种子。站在祖墓、父亲母亲的坟头，远处山峦起起伏伏，绵延着没有尽头。松涛阵阵，像唱一首不绝的挽歌。对面的杨家山，我总是会静静地看着，看着老宅，看着那石那寺，那飞檐翘角的庙宇，那一抹明亮的黄……

槐树欣荣

一株苍劲的大树自在地站在窑厂街头。

老槐的躯干需六七个大人合围，但还是没有人能准确地形容那种粗砺粗壮。斑斑点点的癞痕、树节扭结着，一层压着一层遍布树身。中空的树洞皱裂的老树皮下露出树的纹理，却一点也不影响它继续顽强的生长。时间水一样流淌，它就站在那里，仿佛已经站成了一千年。

古树身上有疙疙瘩瘩与洞，一点也不奇怪。这是它的骄傲，是年迈德高的标志。如老人手臂上的青筋，脸上的老人斑，是岁月的风霜，时光的磨痕。透过它们，我们能读懂它经世的沧桑。

老槐活泼泼举起茂密的枝枝丫丫，指向天际，好像往天空伸出一排排厚重的手掌。夏日正午，树冠如蘑菇云如伞如瀑，将它的浓阴眷顾着方圆几十米的地方。太阳稍稍西斜，那树的影子投射到几户人家的屋顶、堂屋，暑气顿时烟消云散。

巨大的枝柯间，稳稳地托举着鸟巢，那只老鸦窝不知道什么时候就在那里了，在人无法触及的枝头衔泥拽枝，安营扎寨，我无从知道它们繁衍生息了多少子子孙孙。树梢的鸦们很像大地上生活着的普普通通的一家人，老鸦早出晚归，辛勤觅食；小鸦嗷嗷待哺，当看见鸦妈妈时，鸟巢里"嘎嘎……"响声一片。

"乌鸦反哺"么？从语文课上刚刚学来，我常常仰起小脸，透过树叶的空隙看向蓝蓝的天、恬静的鸦们。树叶把蓝天切割成无数个蓝色的小块，蓝汪汪的，哦，那时的天真蓝呀。

早春，积雪还没消融，那些小草就等不及了。走在路上，不经意间就看到了，白雪下丝丝粉嫩的尖芽，很快便兜兜片片、蓬蓬勃勃。

春风吹拂，老槐绽出串串雪白的槐花，像摇摆的风铃，和绿叶碰撞出窸窸窣窣的丝弦之音。房前屋后便浸盈了槐花素雅的香气，又弥漫在村庄的上空。槐花怒放，一树的洁白，卷起千堆雪；落在地上，堆起厚厚的雪，散发着袅袅槐香的雪。

活泼好动的男孩子赤了脚，抠着树上的疤疤结结，如灵猴般的轻巧地爬上了高高的枝头，坐到高高的枝杈上，吊儿郎当地荡着腿，得意地做着鬼脸。树下的女孩子一脸崇拜，甜甜地喊："小哥哥，我要槐花。"

于是，那一串串的槐花就成了女孩齿颊的香、耳廓上的珠链……

生如夏花，生如槐花，再没有比这更壮美的盛开，比这更温暖的沦陷。

夏天也是植物们最生发蓬勃的时节，草以它无比的冲劲四处攻城略地。草有学名也有俗称，在乡村里很少有人叫它们大名的，姑且我也叫它们小名吧，来得亲切。

爬根草愈见顽强，和土亲近，见土而生，一星半点儿草芽，蔓延出一片葱绿。早晨的一颗颗露珠在草叶上珠圆玉润，带着光晕，就有猪儿羊儿在啃青，吃得惬意香甜。狗尾巴草也吐穗了，胖乎乎毛茸茸的穗一下下点着头，像极了小狗的尾巴，一圈抽下来，扎个环套在头上是男孩子们冲锋陷阵的头盔。

野薄荷有驱蚊效果。猫很喜欢它的味道，在野薄荷丛里咀嚼、翻滚、挑逗，然后是发呆，产生幻觉。猫们眼光迷离，很陶醉的样子。我后来才知道，那是因为草的身上有一种挥发油，一种叫"胺"的东西，人们也叫它猫薄荷。

而了子草，节节升高的杆，红里透着些许的紫，缀满了粉色的小花，卵形叶片，卵形瘦果，浑身上下透着与生俱来的辛辣气，到处都是，随意地就能薅一把。

老槐的周遭长满了这样的花花草草。

点了子草熏蚊子是夏夜有趣的事。夏天的夜晚，人们从家里走出来，抬着竹床，藤椅在老槐下纳凉。因为鲜活水润，点着的了子草并不会燃烧，只升起或浓或淡的烟雾。好闻的伴了些许辛甘的草木气，却让蚊虫落荒而逃。晚风轻轻地吹，劳作了一天的大人们便能静静地享一份夏夜的清凉，有一下没一下地摇着芭蕉扇，说着张家长李家短。萤火虫忽远忽近、忽明忽暗，是大地上流动的星星。天上的星星也在眨着眼，月华如水，倾泻下温煦的光辉。小孩们躺在凉爽的竹床上，在母亲的怀里数星星。

"知了知了"蝉躲在树枝的绿叶里鸣叫。像追赶这夏的热烈，气温愈高太阳愈烈，那蝉就越发地起劲。仿佛受了感染，蝈蝈、蚱蜢、蟋蟀……各种虫们在草丛里腾挪出没。"嘓嘓""唧唧""轧织轧织"……就有声声虫鸣，在草根下响起。一时响声嘹亮，那是虫们集体的欢乐颂。

野花又是夏的民歌。它们随意地开着，太阳花、红蓝粉紫的牵牛花和野茉莉惹得那些蜻蜓、花蝴蝶弄起蹁跹舞姿。

上树粘蝉、草丛里扑蝴蝶、捉蜻蜓便是我们童年乐此不疲的游戏。

那树洞能够藏下我儿时捉迷藏的小身体。我躲在里面，摸着那光滑的树的肌肉，闻着淡淡的木头的清香，仿佛有安抚定神的作用，有那么几回不知不觉就睡着了。突兀地面粗壮的树根，有方有圆，玩累了我们便坐上去，有的已被我们的屁股磨得光滑，是不用携带的小板凳。邻居大娘也常常坐在上面纳鞋聊家常……

爆米花老爷爷行脚来了，担子又在老槐下摆起。风箱鼓吹炽烈的火焰，舔着如榄的铁罐子，漆黑的身段旋转、旋转……老爷爷被烟气熏得脸黑却有一口干干净净的白牙。

"嘭！"脚踏压力指针，一声巨响一缕轻烟一阵香气，爆米花终于凤凰涅槃。仿佛是集结令，就有端着玉米、大米的孩子从各家小跑着出来。欢声笑语也在老槐下飘飘扬扬。

张家妈妈也在家里待不住了，出来在老槐树下透透气。她躺在藤椅里，舀着搪瓷缸里的桂圆汤，圆润的桂圆在红褐色的糖汁里沉沉浮浮，充满诱惑。那时节桂圆可是个稀罕东西，那是她在外做了厂长的二儿子捎回来的。二儿子买回好吃的，张妈妈都会来到老槐树下的人堆里，摆弄着面前的零嘴说我家老二就是乱花钱。那慢悠悠的语气却不是责备，我分明听出了骄傲。都说不伶牙俐齿，甚或有些倔的孩子往往宅心仁厚。我小时候的印象里，二哥哥话不多，张妈妈生气了，顺手就绕了他脑后的小辫子"啪啪"打屁股，他也往往是兄弟中挨揍最多的。长大后，二哥哥却是兄弟中最孝顺的。看着孩子们嬉嬉闹闹，她那久病的脸上也泛起了一丝红晕，身上也好像有了些气力。

父亲出差回来了，在县城买了只西瓜。他将那瓜先在井水里冰镇了。冰凉的西瓜被端到老槐树下，转圈地切了，轻轻一掰，就像神话里的潘多拉盒，那西瓜开出了片片莲瓣。父亲又挨个地每个人送上一瓣，我也分到了同样的一片。滴翠的皮包裹着红红的瓜瓤，薄薄的一小片举在手里，我吮着水汪汪的汁液，一点一点小口地咬着，真清甜呀，慢慢地品着，生怕这清甜一下子就被囫囵吞枣。

树下，吃瓜的人一脸满足，仿佛这是人间至味。那时节，好吃的东西不多见，张家烙张饼、李家做出的米粉粑、母亲腌下的咯嘣脆的萝卜泡菜……都是老槐树下分享的美味。我有生以来的第一次吃西瓜，那场景连同它的味道就此深深根植在我的脑里。现在，我是可以可心意的吃西瓜了，可总也吃不出那时的味道。

一天，一大群人浩浩荡荡地来到了老槐树下，带着大锯、斧头、锄头、扛着云梯。他们是要来锯大树的。起因很简单，有人常常听见老槐的树肚里古怪的响声，沉重的闷哼像一个老水牛的不堪负重。有更多的人说，有"咕咕"声常在夜半响起，等壮着胆子走到近前，那声音就再也没有了，愈传愈发的鬼魅森气。于是大家一致认为老槐树里一定是藏了什么妖魔鬼怪。

老槐的大限也就到了。

"嗤嗤嚓嚓、……"木头和锯的摩擦声尖锐刺耳，十几个人轮番拉扯了两天的大锯，细细的锯屑一层层围满树身，像是给它最后的拥抱。

有人爬上云梯在树腰上绑了驳船的缆绳。

"一二三"，口号几次喊起，几番鼓劲，响得颇像船工号子。老槐和它的底座在依依不舍中分离，终于倒下。

人们一拥而上，好奇的眼睛瞪得很大。没有，空空的树洞里，身首异处的树段里什么都没有。

倒下的树茬苍白着脸，那一圈圈树纹密集又疏朗，交交错错，仿佛在昭告着它的年纪。有人就数，数来数去就糊涂了，也不知道再从何数起。接着那树茬沁出点点汁液，透明晶莹如琥珀色的树汁，是老槐的眼泪么？我似乎听见它喊痛的声音。

老槐树下的童年欢乐，也跟着它的轰然倒下成了记忆。

看着那一地的残枝，像被肢解的生命，我的心恍若也被切割成一块一块。是的，有些东西总是会要逝去，只是那老槐走得惨烈。

每每回乡，物非人亦非。那里已是空空如也，荒草丛生。但我还会去看一看，长久地伫立在那里，是怀想也是凭吊吧。槐花胜雪，永恒只是留存心底执着的意念，我愿自己的心田，永远有一块自留地，这里有槐树以及槐树下的一切。

陶韵

每个人的心里都住着一个故乡，故乡隐约的召唤牵系着灵魂，化作一抹淡淡的乡愁。

小缸窑山明水秀，神奇的天峰、形象的青蛙石，巉岩垒垛，魅力无边。惟妙惟肖的鳖墩、南唐典故的踏马石、秀丽的窑湖岛……每一尊形态后面，都有一个美丽的传说。

造化弄人，山还是那座山，窑厂却不是昔日的模样了。村头，那两口卧龙似的老窑早已不见了影踪。眼前，空洞的窑坑，苍白着脸，露出硬实嶙峋的岩壁……侧旁遗弃的旧屋，是推倒龙窑重新搭盖的屋子。此刻，它连同丛生的乱草，变得荒凉不已。

拐过山脚，又是一处宅院。屋顶坍塌，房柱倾斜。还好青砖白缝的墙壁还在，那门前高高台阶上，浑圆的玉色立柱依然威武地立着。这所前后两进依山而筑的房子，残存的轮廓显出它往日的不同凡响，它便是窑厂以前的办公室。

紧走几步，回廊隔间，野草没院。檐头瓦上的野草，随风晃动，难道是在等待主人归来？

偌大的街上，半天难得遇上一个熟人，显出几分冷寂。近几年来，我的那些乡邻们大多在异地买屋，移居他乡。远处，河滩上的芦苇林林落落，窑厂真的如这风中的芦絮飘远了么？

倘若这些砖石瓦片有记忆，它会讲述许许多多有关办公室、有关窑厂的故事。瞧，从后院里走出一代代领导人和他们的孩子们，这些孩子中还有我的同学；书记夫人的医务室飘着来苏水的气味，小孩子一不听话就吓唬他去扎针；从长廊里出出进进着来拿工资的工人，他们一个个脸上挂着舒心的笑；父亲出差回来去汇报工作，会计室里算盘珠子哒哒哒响……

老办公室前的场院，一片没膝的荒草地里，一个老者拓荒耕种，打理出一方菜园。老人已经八十岁了，他是窑厂的张会计。很巧，我在这里遇见了他，他居然还能认出我。

"1962年釉货窑从大缸窑移到我们这里。"大缸窑是下属窑厂，谈到釉货窑，老人告诉我说。

"也许那决策就是在那里诞生的。"我随手指向办公室的会议室。

"是的，那时，还没有你呢。我给销售做账，有时会和你父亲一起出差。"

父亲去世已有二十年了，今年刚好是他百年寿辰。当年，他在我父亲那里还是个"小鬼"吧。

"釉货窑用的耐火沙、黄泥，我们都是去几十里外的雨坛、练潭、湾家咀用船装回来。"

"黄货窑用的泥就方便了，就在大棚圩里起土。每年挑窑泥都是我发菲纸。"老人的语气里隐约带着自豪，眼里丰盈着光亮，像一束跳跃的火花。

我听得饶有兴趣，也勾起了老人对往日的回忆，又见着故人的孩子，他的话匣子就打开了。我和他攀谈起来，从窑厂的过往到土陶工艺，老人记性真好。

老人来这里拓荒，或许就是为着能时时亲近这个地方，遥想年轻时的峥嵘岁月吧。这里有着太多令他魂牵梦绕的东西了。

记忆的闸门在一点点卷掀，那关乎窑厂的点点滴滴，从时光深处走来。

有山有水的地方，方称得钟灵毓秀。小缸窑西望巍峨雄峻的花山，东北倚靠秀丽的杨家山、连城山。20 世纪 60 年代前，长江航线直航，在丰水季节，湖水烟波浩渺，隔湖的花山逶迤、朦朦胧胧，像漂在湖面的一只巨蟒。"百货骈集，千樯鳞次"，一艘接一艘的帆船载着土陶窑货从窑场码头出发，往东南通达三江，往西北经由菜子湖直抵义津、孔城、练潭……

一条长达三里的沙石路蜿蜒在村街中央，人来人往的热闹踩踏，使得路面坚硬光滑，美丽的小路自然天成。小路上走着上下班的工人、赶窑街的村民、蹦蹦跳跳的小学生、走路生风的主妇、售卖鱼鲜百货的小贩……小时候我坐在老宅的堂屋里常看这样的景。路的两旁是百来户人家，四檐滴水，青瓦泥墙的古老民居鳞次栉比。鸡犬相闻、炊烟袅袅，一家做饭十家闻香，曲里拐弯的街巷里，妈妈们呼儿回家吃饭的声音又在相互唱和。河畔捣衣声声，姑娘小媳妇，绾起裤腿站在清浅处，浑圆的小腿、俊俏的脸、娉娉婷婷的腰身在清粼粼的波光里摇曳。"越女天下白"，摇出了一湖的清丽。

村头，两座龙窑款款相望。越过龙窑的山脊，背面的山坳，空阔的地带是生产区间。泥墙灰瓦的房子，宽宽长长，一排排十几栋的样子，每栋房子的檐前，一排石柱支撑起宽阔的芦席，搭起凉棚。这便是窑厂的"十列大厂"。那里晾晒了各式各样的泥坯，土红、土黄、灰白……很是好看很是壮观。

窑厂周边的田畴，有丰富的陶瓷土资源、天然的釉土资源、丰沛的水资源、满山的柴薪。仅陶瓷土就有五色土、大白土、金刚泥、沙泥土、白果青泥五个种类，且储量大、埋藏浅。这一切为陶瓷业的发展提供了得天独厚的自然资源。

不远处的大棚圩，以前是窑厂附属农场，昔日良田千顷，也是窑厂土陶泥的大库房。记忆里，每年的春天，囤泥的工程开始了，从四面八方涌来了挑泥的民工。

大棚圩里，滩涂田野漫无边际是黑压压的人，堤坝上是川流不息的人。挖泥的窑工挥动手里的木掀，后一掀，左右各一掀，大约二十斤，一块圆柱形的大泥块就切出来了。形状、斤两每一块相差无几，顺手铲到箩筐里。壮劳力一担能挑八块，抑或还有更多。他们爬上圩埂，两腿车水似的跑。到了窑厂泥垛边，"叭"一声掀落泥块，回身再去拿记工钱的菲纸，最早时每块泥一张菲纸七八分钱。挑泥的一长队，拿菲纸的又一长队，摩肩接踵，绵延成回环的圆弧，圆弧线上的人水一样流动。半个月的热闹，窑厂的坯泥囤起了几座小山，挑窑泥的人们也结了工钱，面露喜色，回家买酒，称鱼割肉。

选取细腻、吸水性强的陶泥，去除杂质，制泥开始了。按老陶泥、嫩陶泥一定的比例混合碾细，形成坯泥。坯泥加上水陈腐发酵，增加黏性和柔韧性。

发酵后高高的泥垛旁，师傅举着长板木掀切下一块，随臂一甩，一坨泥便妥妥地上肩。一肩扛了，"噔噔噔"大步流星走进身后的车间，"啪"的一声摔在石头台面上。几经揉捏，那泥变得柔若无骨如丝绸般滑溜。

泥团上了辘轳转盘，泥条盘曲粘结，在匠人手中臂弯里温柔听话得什么似的。随心所欲的手工拉坯在一点点发生着奇妙的变化。捏出底座，旋转，抹布沾水贴壁摩挲，转眼就是一件鼓肚细颈的油瓮；松木片贴壁旋刮出缸沿，又是一件阔肚粗身有沿的大缸；还有圆肚圆口圆圆裙边小巧的养水罐……匠人的手仿佛是魔术师的百变神手，那拉坯的活计，在少年我的眼里充满新奇与魅力。

一切的一切都是那么质朴、那么原生。在窑厂，多数匠人从十几岁就开始拜师学艺。无论是一个火球，还是一个罐，都在有条不紊的、不慌不忙的旋转、揉捏、阴干、火烧中诞生，这是匠人们的生活，也就是他们简单、质朴的人生。这是艺人们的涅槃，也是他们返璞归真、淡定执着的世界。

一间堆满粗坯的库房里，一个老师傅正在转动拉坯机给一口高大的缸装最上部的缸口。那么大的缸，在他手里快速地转动着，只看到老师傅的双手缓缓地抚弄着，一下就把多余的泥都拢住然后轻轻揪了下来，剩余的泥在老师傅双手轻轻地揉捏下，成了一个形状优美的弧形缸口，真是神奇。再顺手拿起长柄手锯，一排锋利的锯齿一路划拉下去，一溜儿锯齿样的痕就刻在内壁上了。这缸经过上釉煅烧后，壁上的锯齿便变得锋利无比，这就是摩擦粉碎红薯之类的擦缸。在机械还未普及化的年月，它是农家炙手可热的农具。

看似轻松，其实这可真是一项难度不小的技术活。娴熟的手艺，恰到好处的拿捏，看着一坨泥巴神奇的在一双手里转动着，不一会就成为一个形态优美且实用的器具。这绝不是一朝一夕就可以练就的技艺，必定是经过岁月长久的磨砺，才可以呈现这样仿佛附着魔力的完美动作。

最后就是上釉了。把晾干的胎坯用毛刷清去浮土，然后将釉料加水调到规定的浓度，在胎坯上均匀浇淋一层釉后，再次晾干。

古窑，照亮历史的陶韵。烧制陶器，离不开龙窑。窑厂的陶瓷窑炉有两座，黄货窑是原味本真的土陶，釉货窑是煅烧釉彩的陶瓷了。龙窑，是一种半连续式陶瓷烧成窑，依一定的坡度，用土和砖砌筑成直焰式圆筒形的穹状隧道，婉如一条长长的卧龙，龙窑便因形而名。龙窑一直是古代中国陶瓷烧制最主要的窑型。千百年来，小缸窑人和龙窑一起，创造了无数的辉煌。

两条老窑在窑厂的东部，呈东西向。窑棚为穿斗式木构架建筑，屋顶重檐四分水，顶盖青瓦，屋面中部升起，用作散热通风。窑头和窑身的窑棚部分用木柱子支撑，窑尾则是两棵天然的石柱子。窑房内，沿窑墙设有石砌台阶，一阶阶拾级而上，直达窑尾，是一座典型的分室阶梯龙窑。每隔一米左右，龙窑建有很多对火眼，窑长几十米，依坡势而建，龙头在下，龙尾在上。真可谓是坡有多长，窑便建多长。

烧窑时，先烧龙头，由前向后依次投柴，热量一眼一眼往上蔓延，逐排烧成。

记忆里釉货窑是烧煤的。傍晚六时窑头点火，炉火熊熊，红彤彤的火焰舔食着炉壁，映照着师傅黑红刚毅的脸……

第二天一早，每一对火眼投放松树枝，依次煅烧。空气里飘着松枝的香气，窑尾的烟囱中升起灰白色的烟雾，浓浓淡淡、悠悠远远。

烧窑的师傅专司其职，他们往往都烧了一辈子的窑。每个月，他们都要烧出一窑陶瓷产品。装窑、封窑，首先小火预热，从常温逐步升温至窑壁变白，然后开始加大火候，摄氏一千三百度高温烧制十八至二十小时，每一处观察口都可看到窑内胎坯在一点点地发生着变化，由橘红渐变橘黄直到陶釉发亮透明，火候也就差不多了，可以停火了。然后封死窑的全部通气口，焖到窑内温度与外界自然温度相当。整个过程十五天左右，一窑陶瓷器皿便大功告成。

最后就出窑、检验。外观检测，看有无变形、起泡、过烧、欠火。铁锤敲击，看有无嘶哑、闷声。用水试压，看有无渗漏。

窑厂出品的陶瓷古朴典雅、陶质细腻、色泽浑厚、釉色莹润，敲击声音响亮、清脆，余音悦耳。

该出货了，窑上、码头上又要热闹好几天。制陶烧窑是男人们的事情，而出窑却是女人们的担当，窑厂有青年队妇女队。冷却了几天的窑温还是挺能考验人的，特别是在夏天，从窑身里出货有点火中取栗的味道。

冬日里，少年的我和小伙伴们，喜欢在刚出完货的窑洞里跑几个来回，地上细白的窑灰余温尚在，赤着的脚暖暖的。我探究地看着，细读那些满布窑壁的窑汗，伸手摸一摸那些经历千年窑火洗礼，釉面般光洁的窑砖……我小小的脑袋里装下了许多的神秘与敬仰。

特制的竹箩筐，高提耳圆扁腰身，那里装着坛坛罐罐的小物件。瞧，姑娘们肩挑了，一路小跑，汗湿的衣裳紧贴了凹凸有致的腰身，愈见婀娜多姿。铁制的勾子勾挂了一只不大不小的缸，两个妇人抬着一径走来。一人多高的大釉缸就交给男人们了，旋转着旋转着，敏捷的身影带着翻转的缸从窑门洞闪出，一路滚滚向前，向码头飞快地奔去。这也是一项长期练就的技术活，人与缸都半委了腰身，稍有偏差就拿它没有办法。装窑也大抵这样。

码头上，各色陶瓷器皿大集结，等待装船出航。

鹳落白鹤峰下的枞阳大闸，将长江与内河枞川河垒起一道屏闸。站在码头极目远望，山峦滴翠，天蓝云白，洲头芦苇丛生，芦花如雪……清秀的枞川河，依着堤坝将她的腰身温柔的探进窑厂船运码头。这是60年代后，我记事时窑厂码头的模样。

人潮涌动，笑语喧哗，几条柴油机大木船也在"突突"的欢响着发动了，向枞阳县城开拔。陆路交通兴起前，窑厂陶瓷的运送绝大部分都是通过这个码头，从水路送到外面。每天从这里运送出去的陶瓷产品近千件。

父亲以他活络的销售手法与生花口舌，将他的销售网络抛得很广泛，并四处发芽开花，产品供不应求。木船到达枞阳大闸窑厂的陶瓷集散地，转发长江两岸，又沿江而下送到苏浙、江西、皖北等地。

早些时，除了木船，有的地方通过胶轮木板车和人力挑夫，肩挑步行。江南池洲，姐夫说，他年轻时就带着村里人，挑着陶瓷，到各处供销社站点，这样一挑就是几年。窑厂周边就有很多这样的搬运工，靠着他们的肩膀，维持了一家人的生计。

窑厂员工的工资在 70 年代就近百元，红火得令周边的村民眼热羡慕。搭乘机帆船去十里处的县城"上街"是窑厂人的日常。

在寒暑假，我也会去凑一场热闹。县城电影院后一条清幽的小巷，机帆船鼓突的水花，拍打着麻石河岸，稳稳地停了下来，担块木跳板，人们鱼贯上岸。主妇们会惦记家里的柴米油盐，直奔粮站，而后再慢慢走走看看，看中意的衣服料子、雪花膏。老少爷们去赶早茶，喝喝茶品品心爱的大饼油条与豆浆。而我是去新华书店，蹭书看。还会惦记着去电影院看新片，八一电影制片厂的片头激动人心，《小花》中陈冲的甜美，《芙蓉镇》中刘晓庆湿润的浪漫，丰满的人物况味又让人心驰神往……这一切都撩拨着一代文学青年的心性，生活因文学、电影艺术而灿烂明媚。当然口袋里还有母亲给的几块零花钱，在和平饭店请一同上街的伙伴吃碗馄饨。那馄饨皮薄肉鲜，葱绿摇曳里泛起晶亮的猪油花，一直令我念念不忘……

1986 年，窑厂的历史被改写，转产陶瓷面砖。不合水土的瓷砖厂几年后归于沉寂。

又该回城了。站在荒草丛生的码头，望着几近干涸的河床，很难想像当初这里的繁华盛景。转身离开时，看那原本隔岸相望的堤坝，此刻惺惺相惜，直白光溜地对视着，可能也只有它们在守望曾经繁荣的过往了。我的耳边似乎传来陶瓷的装运声，工人的笑语声，木船划桨的唉乃声，交织着江水的拍岸声……

不远处的墙角立着一只大缸，也许以前它是主人家一只米瓮，或是一只水缸？擦去蒙蔽的灰尘，露出青色的釉质，依旧锃亮。它在这废弃的屋角里，站成了一个真实的隐喻。社会的发展与进步，要有城市文明，但民间工艺也有着浓墨重彩的一笔，她是艺术星河一朵璀璨的浪花。

一直很喜欢陶瓷制品，拿在手里有不同于瓷碗轻盈的厚重，更有一种古朴简约，简单里透出雅意。

就说那"火球"吧。笼身刻有花草，笼盖镂凤眼小孔，笼钵、笼柄、笼盖圆弧的流线，提篮的造型，砖红色的古朴端庄，它就是一件玲珑奇秀的艺术品。那时的冬天冷，三九严寒，老人孩子抱着火球御寒。炭火煨热了笼身，暖气缓缓地从凤眼里溢出来，满身满手生暖。"怀里就像捧个小火球似的"是窑上人家感慨心里温暖妥帖的一句俗语，再形象不过了。冬日闲的时候，出门走亲戚邻居串门，也不忘记提上自家的火球，人手一捧的唠嗑，全室生春，乐趣融融。少时的我会丢几条小干鱼、几粒花生蚕豆，暗香盈盈，曼妙的香气从凤眼里袅袅四溢，也香了冬日的午后时光……

《红楼梦》里林妹妹的手炉，婉约着雍容华贵的精致生活，连同我们平常人家"火球"的朴实温馨，都是人间的景。

父亲喜欢茶，还有一套储藏茶的妙法。新茶放在陶瓷罐里，草纸覆了罐口压上盖，再用细纸绳一道道绑了封了口，然后吊在老屋通风荫凉的梁枋上。想品父亲的茶了，隆重地取下来，打开罐盖的一霎那，清香扑鼻，茶色如新，泡到壶里茶汤清亮，喝到嘴里滋味悠长。"那茶味软柔柔的，绸缎一样。"父亲惬意地说。

陶瓷的通透性，就有人喻它为"会呼吸的器皿"，用它储存东西不容易霉变。母亲拿大瓮做水缸，储藏粮食，小罐装我们的零食，更重要的是腌咸菜。

老宅厨房后的小房子，是放满各种大大小小坛坛罐罐的侧楼。侧楼灰瓦泥墙，和楼房的前厅相连，木柱子木梁木窗，方方的天井里有被磨得发亮的石坎，还有雨天听着滴答声的瓦屋顶。侧楼里就成了母亲摆放各种咸菜的地方，小时候特别喜欢跟着母亲去侧楼上掏咸菜……

母亲泡菜的味美有她聪明巧妙的手艺，也有那些陶罐的灵气。"养水罐"锃亮的釉色，油葫芦般的身段，透着娟秀匠心。颈部，女孩裙裾样的围了一圈环状水槽，里面注下洁净的水，再倒扣上如碗的盖，水没过盖的下沿就刚刚好，那水隔几日换一次。在水和盖的包裹里，罐里的菜就成了"真空包装"，不会再受细菌、空气的侵蚀，腌制的菜便黄黄澄澄、脆生酸爽。

老宅还在，母亲走了，那个有母亲有母亲味道的日子也永远只能是回忆了。每次回老家，我还是会去侧楼转转，站在那里看看摸摸那已留存不多的坛坛罐罐。母亲温婉的笑、忙碌的身影仿佛就在眼前。

写这篇文字的不久前，传来了一个好消息。

2019年4月11日，枞阳县小缸窑社区大缸窑七十五岁的退休老工人，在居民建房时发现有古隧道窑轮廓。隧道窑体的墙壁上附着黑色釉物清晰可见，窑体内附属物有釉瓷片、窑灰等。在隧道窑址周围有堆积如山的釉瓷瓦砾窑渣。县考古队现场做了考证笔录。

我不由得想起儿时窑厂的那株古槐，那株冠如蘑菇，荫蔽几户人家，粗壮到需七八个人合围的老槐。

盘挖了几天的树桩又拔出了一坑的惊艳。深有丈许的坑洞里，底层摞列着土红色的土陶瓦片。被切割的坑侧，一层层土陶瓦片和泥土交错相融，那横切面夹沙灰的瓤，红色的皮在土地的雪藏里发着湿润的鲜亮，真像母亲蒸在饭头上，薄如蝉翼的腊肉。

"夹沙灰陶、红陶！"几个陶瓷老艺人眼里真的放出光来，它证明了父辈代代相传的史实，八百多年前，我们窑厂一带已开始制造和使用陶器。我父亲负责窑厂的销售，全国各地地跑，而我的表舅其时正是景德镇陶瓷博物馆的馆长。父亲便取了几块陶片，在表舅那里又得到了专业的验证。它们生于元朝，遗留窑洞。窑洞废弃后，长出树苗。娇弱细小的树根努力吸收着废窑余下的营养，一天天长大，变成参天大树。

老槐以它倒下的姿势给了窑厂人祖先制陶的明证。在树根下，元朝的陶片与泥土相伴，默默无闻地走过明朝，接着它又沉睡了两百年。其实，这只是小缸窑千年陶瓷的一个缩影。一场大雨冲刷过后。随着柔软的泥土，它掉落水里，随波逐流。在这里，河床、山坡、小路随处可见元明清时期留下的土陶碎片，脚下踩的，水里流淌的可能就是一片八百年前的陶片。窑厂人家菜园子的篱笆墙不是土也不是竹，而是残破不用的土陶坛罐，它是窑厂才有的景。

幸好，大缸窑那座近现代龙窑尚在。

一座古窑，它并不仅仅只是一座古建筑，它承载着当地的历史文化。是一个地方文化底蕴的象征，也是人们怀念凭吊历史的载体。非遗，是民族文化的精髓与灵魂。

老前辈工人曾提及历史上有多条隧道窑，老人的传说，一代一代相传，没有文字记载。时过境迁，现代人不知就里。

薪火相传近千年的史话，难道让它戛然而止么？记之是为文字的担当，起码不会让我们的后代于窑厂曾经的辉煌的历史，若干年后也只是个传说吧。提起的笔比任何时候都来得凝重！

绕墙的爬山虎倒是不甘寂寞，顽强地爬满墙角屋顶，编织出一面绿色的墙，这让人多少感觉生命的活力。傍晚的太阳把西天染成一片赤红，使得我眼目前的一切也涂上了一层迷离吉祥的颜色。

我徘徊在乡土的小径上，良久、良久……

第二辑　生命的花园

我的商人父亲

父亲生于 1919 年，经历过乱世生存的艰难、和平岁月的平静生活，这位世纪老人的一生颇具传奇色彩。闲暇时间，他常常会和我们说些童年糗事、人生经历。

七八岁时，打猪草、挖野菜。

一场春雨，旷野里休眠了一冬的生物苏醒了，争先恐后地探出头来。黎蒿、马齿苋、马兰头……一簇簇一蓬蓬，比肩连袂生长，鲜嫩得一碰能掐出水来；堤上的柳树已是万条垂下绿丝绦，袅袅娜娜，如同歌姬站成一排曼舞水袖；小鸟啁啾……这一切仿佛都在撩拨孩子们的心性，大草甸就是一方偌大的地毯，这是上天赐予孩子们天然的游戏场。

父亲刚刚听先生说完《隋唐演义》，于是现学现卖，带领小伙伴们在大草甸子摆开了战场。那些个棍棍棒棒就是他们胯下的宝马和尉迟恭的十八节钢鞭、秦琼的熟铜双锏。阵前叫战，两厢报过名号，大战几个回合，父亲扮演的秦琼将尉迟恭挑下马来。紧接着一帮"喽啰兵"一拥而上，打斗起来，直打得天昏地暗、草木飞扬。

玩着，不知不觉天已向晚，父亲猛然想起挖野菜的事情。不能空手而回呀。于是，在篮子下面支些草棍，手忙脚乱地挖些野菜周围铺排，拎起来轻飘飘的啊，得，藏块小石头吧。村前，远远地看见我的祖母，父亲斜着膀子挎着篮子装着很吃力的样子，意思满载而归。

　　"我伢真乖真能干"，祖母欢喜地上前接着，赶紧地下厨煮面条鸡蛋，犒劳我的父亲。

　　父亲正吃得欢悦，厨房里"嘭"的一声响。原来祖母想着煮猪食，不成想野菜里藏着石头，石头比野菜更快一步跌到锅里，铁锅应声被砸出一个黑窟窿。心痛懊恼，祖母举着笤帚奔出来却是要打。

　　听见锅的炸响，父亲知道不好，爬起来就跑，我那小脚的祖母哪里追得上她那古怪机灵的儿子。看着自己的母亲气喘吁吁、脸色蜡黄，他又小心翼翼地向母亲踅过去，低着头，那意思任母亲责罚吧。我的祖母却是丢了笤帚，搂过儿子眼里珠泪涟涟，又是不舍了。

　　"你大要是在，哪里要我的细伢去打猪草哟！"

　　父亲虚六岁破蒙，已经读了两年半私塾，《三字经》《百家姓》《千字文》，背记得烂熟于心，自个儿还读到了《大学》《中庸》。

　　村前私塾学堂，身高参差不齐的学童们或端坐或挤眉弄眼，掏掏打打。先生摇头晃脑读着新国文课本："华盛顿七岁时，游园中，以斧斫（kan）樱桃树，断之……"

　　"先生，以斧斫（zhuo）樱桃树"，堂下，父亲脆生生的童声突兀地响起。先生真的读错了，他记得这个学生是第二次当堂冒犯了，尴尬凝滞在先生的脸上，原本黄白的脸成了抹了酱的瘪茄子，忽红忽白，眼光斜睨过老花镜的上缘飘过来，满脸愠怒之色。

　　"你这学生我教不下了，让你家人领回去吧！"先生当然是气话，而新寡的祖母此时是真的拿不出多余的钱来供父亲上学，父亲就这样结束了他两年半的私塾学业。

父亲博闻强记，读过的书过目不忘。清楚地记得，暑假午后的弄堂，我和妹妹搬把小椅子，围坐在父亲身旁，听他说故事。又或者在纳凉的夏夜，邻居们早早地聚到了我家的场院，听他说谈古书。那时候，文化娱乐的事儿就如碗里的荤腥，难得一见，父亲的说书就成了邻居们茶余饭后最惦记的事情。《薛刚反唐》《西游记》《说岳全传》……超凡的记忆力加上他自己灵动的发挥，说到紧要处来个且听下回分解，吊足了人们的胃口。

讲起民间故事来，一个简单的故事被他揉碎了掰开了，说得活色生香，又被他活灵活现地拽到现实中来，"啪"地落在你的眼皮子底下。

有天午后，在门前的老槐树下，父亲又开讲了。讲完"杜十娘怒沉百宝箱"，他意犹未尽看向滔滔长河口，"那百宝箱漂呀漂，漂到了枞川河的飞鹅峰下，在一道汉口打住了……"有人憋不住就问："哪条汉口，莫不是我们这里吗？"

"嗬，那谁捡着可发了！"众人皆惊，只可惜自己不曾见那百宝箱。父亲于是一本正经道："浮财葬命，何人消受得起？那金银珠宝全都撒落滩涂了。"说着父亲看向窑厂前一堆堆的陶瓦，可不是吗？黄闪闪的那还真是我们的宝贝。众人顿时恍然大悟，稀里哗啦喝起彩来。

我常常想，是父亲的口才令他在商海里游刃有余，还是走南闯北，跌宕起伏的商途成就了他的生花口舌呢？或许都有吧。

父母是孩子的第一任老师，他们的喜好与德养对懵懂新奇如一张白纸的孩子有着潜移默化的影响。自此，我们便爱上了读书看书，这种爱好就此融进了我们的生活、我们的骨血，并享受着读书的美好。

我的老家在桐城的孔城镇。祖母带着幼年丧父的父亲过活，日子可以想见的艰难。父亲自是比一般的孩子懂事孝顺，更知道自己是家里唯一的男人，要肩负养家的责任，十四岁的少年离别寡母，南下徽州学做笔墨生意。

筚路蓝缕，没有多少资本只有爬山涉水、行走串户。泥泞崎岖的山道、熙熙攘攘的市井闹市，一个瘦弱的少年辛苦并执着着"跑街"的营生。不能不说做生意是有天赋异禀的，父亲以他的工于计算、能言善辩，把生意做得越来越好。有了资本积累，二十几岁年纪轻轻的他便在芜湖长街置下了一处门面，撑起了"胡氏墨宝"的招牌。店里生意兴隆，父亲踌躇满志。

战乱的年代哪有百姓的安居乐土。1937 年底日军侵占芜湖，在几天几夜的狂轰滥炸中，芜湖这个九省通衢、商业繁华的江南丽城，变成一片断垣残壁，满目疮痍。父亲的店铺和兴旺了五百年的长街一起成了一堆瓦砾。

父亲重整旗鼓，买下一艘帆船，在长江流域跑起了航运，贩运大米、丝绸，装载土陶瓷器，生意一天天好起来。

芜湖周边抗日烽火烧得炽烈，城内共产党地下抗战力量暗流涌动。彼时已是 1944 年，收复芜湖的战事一触即发。父亲的客人中有个刘先生，刘先生儒雅温和、气度不凡，买卖中钱货两讫，从不赊欠。刘先生是中共沿江纵队船泊登记处处长，几次接触后，刘处长从心里认可了父亲这个民主人士，和父亲谈民族中兴，谈国家形势，谈共产党人的家国情怀……父亲的心里如亮起了一盏明灯，豁然开朗。他敬佩刘先生的胆略才干，毫不犹豫地参加了军粮补给运输。

这天父亲靠船拢岸，正等捎货的主顾来取货。几个荷枪实弹的伪警向他奔来："胡必亮，有人告你和共党有来往，跟我们走一趟。"不由分说，他们押上父亲就走。在鬼子的监狱，父亲尝遍了所有的酷刑，坐老虎凳、被架飞机灌辣椒水……皮鞭蘸着辣椒水，"唰、唰"每一下皮开肉绽，白衬衣上洇出片片血红，浑身火烧火燎如蚁啃虫咬。但刚强的他硬是只有这句话："我的眼里只有主顾，来的都是生意，我真不懂你们说的共党。"父亲深知唯有装聋作哑才是最好的办法。

现在我要说到我的胡姝姑姑。胡姝，池州城小家碧玉，家里有铺瓷器店，因为进货出货，我的父亲结识了姝姑姑。姝姑姑一个典型的江南女子，面目娟秀、性格温婉，但做生意的胆识却是不让须眉男子。父亲以他的周到灵活，深得她的信任，俩人义结金兰，结拜姐弟。

我父亲善于结交朋友，良好的人脉、精明的头脑是他经商路上无往不胜的法宝。我小时候有许多的干爸，而姑姑却只有姝姑姑一个。

记得六岁那年，父亲带我去池城看望姝姑姑。仄长光溜的青石板街，曲径通幽处，一座古老的江南宅院就是姝姑姑的家了。迈过高高的门槛就是方正的厅堂，一水的原木家具，八仙桌后高长的几案雕刻着好看的花纹。几案正中摆着一座古色古香的座钟，古铜色的镂花钟坨正"哐哐"有声，一只铜鎏凤凰腾立钟冠，展翅欲飞。两旁是细瓷大花瓶，描金烫凤……

"咦"这和我家案几上的摆设如出一辙，只不过我家那座钟，冠上雕刻的是一匹腾飞的金马。

姝姑姑着一身青莲紫素净的旗袍，脚下是一双绣花鞋，头发在脑后高高地绾了一个髻，光润白净的脸焕发着圣母一样的光泽。

"小瓷娃儿"，姝姑姑拿手轻捏我粉嘟嘟的小脸，又从玻璃亮瓶里拿糖块，一双细长的眼笑眯眯地看着我，立马我便喜欢起眼前这个好看的姝姑姑。

再说姝姑姑得知父亲身陷囹圄，立马动身赶往芜湖。"留得青山在，不怕没柴烧"。姝姑姑多方奔走，花钱打点，又设法将她兄弟被捕的消息告诉城外的游击队。一天，伪警察局局长的办公桌上摆了个信封。伪局长打开信封，一颗子弹"铛"的一声响掉下来，包裹的纸条上一行字掷地有声："多行不义必自毙，胡老板是个生意人，尽快释放！"

子弹在桌上放着灼人的光，一股阴凉的冷气从伪警察局局长的脊背"嗖嗖"往上爬，虚胖的脸渗出细密的冷汗，满身肥肉像一堆烂泥萎顿到椅上。终于，父亲走出了鬼子的监狱，但出牢的父亲已经被折磨得不成样子了。

几年后父亲在池城做起了瓷器生意。在欢迎池城解放军的队伍里，他又见到了当年的刘主任，现在的刘区长。从刘区长那，他解开了那颗子弹的谜。

父亲又是一个睿智而深明大义的人，1953年底，公私合营开始了。"长家好比针挑土"，站在池州自己的两处瓷器店前，父亲的心中一定是翻江倒海、五味杂陈。兴许是和刘处长的早期接触，他比他的同行们更能理解国家政策，最早最彻底地完成了公私合营。父亲完成了从老板到工人的转身，且很快在新的社会中找准了自己的位置。

父亲前半生竟至于传奇的故事缘于他亦或旁人的述谈，还有就是比我年长十五岁大姐的回忆。而他后半生事业的成就则陪伴着我们的成长，深深地烙在我们童年、少年、成年后的记忆里。

祖父在世时落籍枞阳小缸窑，公私合营后父亲也回到了这里。我不知道窑厂制土陶瓦罐的手艺到底从什么时候就有的，据说始于明朝或更早。窑厂有两口老窑，一个烧制土黄色的土陶，一个烧制上釉的釉瓷。两种陶器制陶的土料是不一样的，也不是随便用的，上天对这方子民格外眷顾，我们那圩滩旷野里的泥巴真是制陶的好土。

我小时候就喜欢看制陶。工人从十多岁就拜师学徒，从淘泥、摞泥、拉坯、印坯、修坯、捺水、画坯最后上釉成型，那真不是一件简简单单的事。那泥巴被他们揉搓到棉软丝滑，在他们的手里变幻莫测。大而圆的转盘飞速旋转，泥团随着他们的手势向上伸展，或圆或方或粗腰细颈……神奇地变化着，我想，他们就是最好的艺术大师。

"养在深闺无人识"，但厂里缺少营销的路径，堆积如山的货换不来现钱。

父亲揽下了厂子的销售，我想他那时大抵不知道"营销策略"这个词汇，但他却是把现实版的营销策略发挥得淋漓尽致。

长江在县城打了个回旋，一支分流蜿蜒着拥窑厂而过，又滔滔不绝流入菜子湖，俗名长河，还有个文雅的名字叫枞川河。那悠长的河道水流清澈，温柔如处子，往来舟楫不断。那时候还没有公路，当然没有汽车到窑厂，父亲的营销计划就是从枞川河，从水上走出去，

在窑厂码头上，货物在这里装船由长河运往枞阳县城，县城设供销总站，父亲自己去往全国各地跑供销。

"老胡嘴里藕粉能说出莲花""胡大水"，这是熟知他的人给他的评价和绰号，褒贬不一，他笑眯眯照单全收。他以他的口吐莲花让客户对他的货物有了兴趣。"见人熟"的他还是客户们家里的常客，他拿着自己的出差补贴，到供销社主任、窑货店经理家开伙。

两口老窑炉火熊熊，烟囱吞云吐雾。码头上，运货、装船，人声喧闹，柴油机船"突突"着来来往往……堆积如山的货物销售一空，就连次品也卖了出去。工人的工资在80年代初期便高达百多元，要知道那时候的猪肉七毛三一斤，粮食一斤几毛钱。在窑厂里上班是最令人羡慕的事。

"二斤半，去窑厂"，媒婆踩塌了窑厂人家的门槛，男青年成了远远近近的香饽饽，而每一桩皆大欢喜的婚事过后，说媒的人都会得到一份厚重的谢礼。

父亲身材颀长板正，五官清朗，眼睛细小但透着精明，肤色黝黑，不说伟岸但也精神。

父亲的婚姻很坎坷，前两任夫人都因病弃世，只留下一双儿女。母亲是他的第三任夫人，我和妹妹是他们最小的女儿。母亲是个美丽聪慧的女人，就算隐在人群里也很打眼。白净细腻的皮肤，椭圆形的脸模子，柳叶眉细长的眼，小巧挺直的鼻，樱桃小嘴唇红齿白，五官搭配到精致如画。不论是啥时，一身衣裳裁剪合体，头面收拾得洁净光鲜。

父亲与母亲的相识颇浪漫。"大跃进"高歌猛进，喇叭里响着火热的歌，万人修堤的大军在大坝上滚滚涌动。父亲是分厂的领导，正负责着一段堤坝。有人做事，要么灰头土脸，要么衣衫不整，一身都贴满了凌乱的标签。母亲不，肩上搭着一条白毛巾，那毛巾并不很新，但依然浆洗得很白，像天上洁白的云朵，又像母亲身上的一束月光白。母亲挑着担子走来，身上衣服没有一丝泥渣土渍，清秀的模样在人群中是那么打眼。

不经意间回头一瞥，父亲眼前一亮，心旌荡漾，为了孩子鳏居了几年的父亲认定了眼前的这个女人。母亲后来常常会说，父亲只见了一面就托人提亲，眉宇间荡漾着娇羞幸福，还有女人的妩媚。

一个女人的聪慧贤淑，你大抵可以从她的男人孩子的衣着鞋面里见端睨。母亲的手工精巧极了，鞋是秀气合脚，千层的底，用细密的麻绳纳出来，针线细密匀称，边沿也不是那种毛糙的，用洁白的新布条沿上边……衣服裁剪合体，鞋样子也不断地翻新，在别人眼里已经是很好了，她还会苛刻地发现些微的不满，一定要折了重新来做。

这样的衣着能不让我们一家人光鲜吗。于是父亲就常常得意于他的眼光。

从记事起，我不曾听过父亲对母亲大声说话，反倒是那么几回，母亲因为什么事恼了，凶凶地捏扯父亲的衣服领子，父亲依然不恼，笑眯眯的小眼直直地看着母亲，逗笑说伸手不打笑脸人，母亲终于忍俊不禁。一旁的我们也由紧张到高兴，乐得又玩自己的去了。

我们小的时候，物资匮乏，父亲是家里的栋梁，家里有些好吃的，母亲总是先紧着父亲。父亲总是推让，往每个孩子饭碗里拨一点，然后笑眯眯地看着我们吃得欢喜的样子。

小时候的我身体弱，总是爱生病。大约九岁那年，我又病了，发烧了好几日，母亲急得六神无主。在外出差的父亲回来了，奔到床前急切地唤着："兰儿，大回来了……"我睁开迷迷瞪瞪的眼，呓语着，声音羸弱："你是小北大大。"小北是我的小伙伴。

"呀，孩子都烧糊涂了，赶紧送医院！"父亲着实吓坏了。

天完全黑了下来。父亲找人支起担架，抬着我就往医院跑。离县医院的路近二十里，弯弯曲曲、沟沟坎坎。

"兰儿，快到了，别怕，有大呢！"父亲一手掌着马灯引路，一手紧紧抓着我的小手，不停地安慰……那场病硬是留住了忙忙碌碌的父亲，整整在医院陪护了半月。吃药时，我怕那苦苦的味道，放嘴里拿出来，拿出来又放进嘴，总是咽不下去。父亲拿起一片药放到嘴里，然后喝一口白水，一仰脖子咽下了，细声说："兰儿，瞧见没有，就像大这样，你也一定能行。"说话间还张了张空空的嘴。于是我学着父亲的样子，真的咽下去了。

我好了，出院了。

"兰儿，其实那药我是放在舌头底下了，哪能真的吞下呢。"父亲调皮的对我眨巴眼。

父亲走南闯北，经见的多了，对我们的读书上学看得很重，哥哥在没有高考的年月读了高中，我和妹妹刚上初中就被送到离家近两百里的名校——麒麟中学住读。他的工资要管一家人生活，母亲精打细算，细水长流地料理着日子，家里虽不富裕，但也不缺用度。他们用在女儿身上的钱，那可是一点儿都不磕绊，我们每个月住校的花销二十元，是雷打不动的，这在七八十年代之交，也是个不小的数字了。

我没想到的是，父亲甚至把销售做到了我读书所在的小镇。

我的学校在麒麟镇，这是个历史悠久的小镇，建于清朝。一条马路延伸出三五里的街道，两旁有许多的店铺，每逢三、六、九赶集日，五乡八村的人潮滚滚而来，各种买卖充斥街头。长长一条街，眼中所看到的，只有来来往往的人群，许多人在街道两侧的地上铺个垫子，便当街做起了买卖。满街人挤着人，商品挨着商品。有木匠自己做的桌椅条凳、有篾匠自己编织的箩筐、有铁匠的铁制农具……油条店铺的"朝牌"油条、街上喷香的油栗子，总是会让我流口水。

还有卖大水缸的，供销社是当然不可少的。而窑厂运货到麒麟镇也很方便，从枞川河摇着船过菜子湖就可以直达。

供销社主任白白净净，很斯文的样子，平常没事情就喜欢泡茶馆。麒麟镇的茶馆并不欺客，工人干部、农人贩夫都是这里的常客，大蓝边碗喝茶，大声说话。只有供销社的潘主任手里捧着个紫砂壶，一小口一小口慢慢地啜。父亲这下心里有数了。他选个位置，好像不经意地和供销社主任相遇，以紫砂壶为题展开了他的生花口舌。

他喜抽烟喝茶，提到茶，一脸崇敬，说那是茶道文化呢。他去宜兴出差，总是会买回几把紫砂壶。那可是真正的紫砂泥，龙头壶、瓜菱、花壶、提篮壶……造型各异，姿态万方，可爱极了。除了他自用的一把，这些壶以后我再没有见过。他出门推销走货，随身总会带着几把紫砂壶。

父亲和供销社主任闲谈之中，开壶、洗壶、养壶摆开龙门阵，宛若他就是个茶道里手。壶、茶在氤氲的热气里更多了几分魅力，此时的他会送上一把精致玲珑的壶。那时是没有业务费概念的，他的工资也只可养家，送出的壶，朋友会坚持付他垫出的壶资，壶中乾坤，煮出的是淳厚的"交情"。

酒，他天生不善饮，只捏着个浅小的细瓷酒杯慢慢啜着。他说那是品酒，说东道西，侃侃而谈之间倒是让听的人喝得高兴。

厨房里烟熏火燎，潘主任的爱人时不时倚到厨房与厅堂之间的门框上，笕系着围裙，拃晃着手，殷殷地问："好吃波，好吃波？"

"好吃，好吃！这菜清丝丝的，香是香，鲜是鲜，给个大厨都不换。"父亲连声赞着，好吃与否都吃得香甜。于是女主人便一脸阳光灿烂。

他说女主人费心费力做出来的菜，你吃得越香甜，她越高兴。于是

053

父亲和供销社主任一家打得火热，生意当然旗开得胜。供销社主任居然还是我同班同学的父亲，我没告诉我同学。一个中学生大约是不知道关系学的，我想父亲也不需要。

每次到麒麟镇交接停当，父亲背着沉甸甸的挎包就走进了校园，他心里记挂着他的两个寄读的女儿。

父亲一样样地往外拿挎包里的东西。父亲拿出了一双皮鞋，系带子的猪皮鞋，婉约着淡淡的民国风。那种样子今天想来还很时髦，我人生的第一双皮鞋是他在大上海买的。

"喔，大了点，还真只有我闺女衬得起！"父亲手托下巴，满眼疼爱，似乎还有那么一点小得意和小骄傲。

还有我和妹妹的秋衣秋裤，它们丝绸般的质地，玫红、天蓝、草绿，各种鲜亮的颜色。这在那时的麒麟镇，大约很稀罕，打破了校园青一色黑白单调的色系。一个干净青俊的中学女生脱颖而出，美丽而浑然不觉。

也许在潜意识里，他是想着把自己的女儿们打扮得像个公主。

父亲信奉"女儿要贵养"，才有了我们远赴名校读书的可能，要知道那时候读书的女孩子并不多见，何况还送出去好远当住宿生。而他自己平常花钱仔细，几乎节省到每一个铜板。我和妹妹去旅社看他。推开虚掩着的门，却见父亲就着一杯茶水啃几块饼干，仔细地磕牛皮纸上星星点点的饼渣。那，便是他的午饭了，他常常就这样把自己的肠胃给打发了。

父亲来过很多次，这次还带来了一个同样身材高大，但比父亲壮实的叔叔。父亲对我们说，这是他的堂弟，至今仍然居住在老家孔城镇的四叔。

"喔，还有油栗子！"我和妹妹不由得欢呼。当我们小老鼠一样津津有味啃油栗子时，他们哥俩一起研究起我们的作业本。

"喔，这几个字写得不差，有劲儿！"

"这篇作文不错，这一段描写细致，精彩！"

父亲一贯坚持他的鼓励教育，在这些鼓励里，我们才有了自信，才有了不断进步。

学校食堂的菜很简单，一口大铁锅，大白菜青水混煮，五分钱一份，等捞起来时，已经看不清本来的青绿色，除了咸，索然无味，真是难以下咽。我常常吃不了几口，那些菜连同大半碗白米饭就全倒进了猪食槽里。只有那沙锅粉蒸肉充满诱惑，但一小份得两毛钱，轻易是不会买的。

父亲又从口袋里摸出钞票说："正长身体，也要见油水，不能饿肚子，有大呢！"

"以后星期天就去你四叔家拿菜，四叔已经和我说过好几次了。"

"是的，想吃什么只管对四叔说。"四叔朝我一个劲地点头，温和地笑着。那种只有骨肉亲情的笑，让我感到很亲切很温暖。

从此，每逢周末，我就踏上去祖居老家的小路。走过十五里便是孔城镇，我那做银匠的四叔传承了祖业也继承了祖屋，一个很有古典气质的四合院子。当街的是门脸，一排木栅隔门，需一块块地上或者下。内里客厅厢房天井，房间一间套着一间，幽深回环曲折。很显然，这是一个旺门大族，我似乎懂了，父亲的生意头脑原来是有渊源的。往上街不过两百米又是一处院落，那是三叔家。一直以来，胡姓人家应该是这里的大户，有十几个兄弟，那十几个兄弟大多是做生意的。

三叔和四叔轮番给我准备菜。那一陶罐变着花样做出来的菜，每一次都不一样，有肉有鱼有酸菜有豆腐干。这些菜让我看见了父亲的嘱托、叔叔们的爱。

父亲年纪渐长，倒有了几分天真的孩子气。我成家后，遇着他去看我们，陪他逛街，投其所好，我最惦记的是给他扯套上好缎子的衣料。回家，他穿上刚做的新衣，拄着龙头拐杖，飘飘逸逸地踱着方步，还会刻意地在邻居们面前走走，说这是我女儿给买的呢。

"家书抵万金"，我的家书便是父亲母亲等待里的欣喜与慰籍。我写回去的家书，父亲认真地读给母亲听，读着读着，声音渐次高了，还会走到院里大声地朗读，引得邻居们来听，其间不无得色与快意，将他的喜悦抖落一院。

父亲一直在供销任上干到退休。

退休后，每天他早早起来，第一件爱做的事还是喝茶。几碟点心，一样小吃，几盏茶盅，一把紫砂壶，那壶已经在他的把玩盘养下，紫光莹莹，温润如玉。那小吃是他自己调制的，可以随心随意，几块茶干、花生米、几根芫荽……切碎了淋些香油。父亲就坐到窗下，在早晨的暖阳里品咂着，就如品咂他那传奇的过往、绵长细碎而幸福的日子。

1996年的夏天，于我于我的全家，那是个黑色而又哀痛的日子，父亲突然地走了。那夜午夜时分，值夜班的我上楼查岗，刹那间天旋地转，胸口锥击般地疼痛，而此前我未曾有过这样的不适。

第二天一早，电话铃响起，先生打进电话，伤心地说父亲已于昨夜十一点左右离世了。电话这边的我懵了呆了，头脑一片空白，哀痛如排山倒海碾压而来……哦，这或许就是传说中的心灵感应么！父亲，您走时一定有太多的难受、太多的不舍，冥冥之中，您至亲的女儿也深切地感受到了。

那一年家乡又遭遇洪水，除了后面的山，父母家前面一片汪洋，平常的路完全淹没在了水中。当我翻山越岭，身上粘满花花草草的粉沫，挂着荆棘的刺痕，跌跌撞撞到家时，家里已经挤满了人。和以往回家是多么不同，来吊唁的人不停地出出进进，鞭炮一阵阵响，满堂肃穆悲哀。那个坐在厅堂里总是用温和的笑脸迎我的父亲，笔直地躺在门板上，毫无声息。我扑地而跪，抓紧了父亲紧握拳头的手，一霎那，一种坚硬的凉穿透皮肤深入骨髓，那是一种怎样地凉啊，我明白了什么叫天人永隔，我的心也在严冬的冰窟里下沉。

懵懵懂懂，不知道死亡为何物的我那幼稚的儿子，似乎也明白了，他以后再也看不见外公了，咧开小嘴大哭起来。因为暑假，我将儿子送回他喜欢的外公外婆家。就在昨天，这个调皮的孩子还在他外公的照看里调皮，外公担心漫天的洪水，只怕有个闪失，总是让他不离自己的视线。无奈小儿顽皮，总会在一错眼中淡出视线。

"小豪、小豪……"于是，父亲焦急的声音便不时响起，就在昨天还在不时地响起。

母亲是懂得他的，给他穿的并不是装裹的衣服，而是他平时喜欢的、被母亲浆洗得干干净净的笔挺的毛料中山服，皮鞋也一尘不染，手里扶着他惯常挂着的"文明棍"。父亲去往另一个世界也是体面的。

父亲的坟落在他自己选定的山头，灵山秀水的怀抱里。站在山巅，背倚状如纱帽的巨石，面朝菜子湖，遥望着桐城孔城镇，那是老家的方向。这里奇峰怪石，树木苍翠，古刹梵音……任是有雨无雨的时日，泉水清澈甘甜，弯弯曲曲绕山而下，潺潺着注入山下的浣河。空气更是格外地清新，置身林中，你尽可以贪婪地一呼一吸那富含氧离子的空气，顿觉神清气爽，才思敏捷起来。

遂了父亲的心意。我在墓前长跪不起，光洁的膝盖抵在粗砺的沙、尖锐的石上，硌破了皮肉沁出殷殷的血珠子。修坟的邻家哥哥，看似不忍，拿过一沓黄表纸钱，要垫在我的膝下，我自顾跪着，纹丝不动。我想就这样，我的心会好受些，没有什么比失去父亲的痛更痛了。

父亲在时写下他的生平示我，望我以记之。无奈生活被油盐酱醋填满，世事纷扰，总是不能静下心来为父亲写些什么，但多年来这种愿望一直萦绕心头，莫敢忘却。岁月沉淀，阅历渐深，对父爱的感知愈深刻，这种愿望更是欲罢不能。

又是人间四月天，清明祭祖好还乡。

父亲，在这个清明时节，我终于可以将自己对您的追思化成片片文字，一页页地焚化于您的墓前。我想，父亲在天堂，一定会闻到这丝丝缕缕飘逸的墨香。父亲，我还想告诉您，您的儿孙们现在一个个生活得很好。您最小的女儿真正地传承了您经商的天赋异禀，把她的公司开得有模有样，生意做得风生水起；您的孙儿们也亦如您所愿，各自出于名校，或为 IT 或为金融业精英；而我，您三女儿的文笔自幼便得到您的呵护，渐次生出兴趣的枝丫，我与文字相媚好，做自己喜欢的事，有着自己的小确幸。

母亲，那心田里的一缕香

又是一年清明。

走过老家的园地依稀见着母亲曾经劳作的身影，站在庭院里已不见母亲急急相迎的脚步、父亲温和的笑脸。只那两张挂在庭堂上的照片，在我们的心底留驻着那份永恒的慈祥。父母已故去，而每年的清明冬至是我回老家的理由。我不知道，我焚化的纸钱冥冥之中他们是否真的能够得到，但我更愿意伫立墓前感受那份心的宁静与依托……拿把镰刀修修墓前的杂草，和他们说说我们姐妹侄辈的境遇，我想他们的在天之灵会感知的吧！

1

母亲的小名叫小美，这是她初长成少女模样，村民们给她的昵称。童年时，我跟母亲一起回她的村庄，那些舅舅姨娘、叔伯大爷依旧"美姐美姐"亲切地叫。这足以印证我对母亲的夸赞，不仅仅是出于一个女儿的偏颇与一厢情愿了。

母亲到三十岁嫁给父亲之前，有过一段童养媳婚姻。那一段日子是凉薄的。

我的外公外婆中年早逝。那个苦逼的年月，缺医少药。外公是不知名的病，外婆是因为一场痢疾，作为长女的母亲，在他们离世的眼里看到的是锥心的不舍与牵挂。一堆儿女凄凄苦苦，大舅二舅刚刚成家，我小姨才六岁。

二舅领着最小的妹妹、我的小姨回到他在宿松洲头的家。

邻村的周家领走了八岁的三姨，几十里外的殷家领走了十岁的二姨。她们也和姐姐一样将继续一个童养媳的无奈与苦难。妹妹们像惊慌的小鹿，无助的眼睛，陌生的人，做姐姐的心仿佛有千万只蚂蚁在啃噬。

母亲自己还是个半大的姑娘，和她那童养媳的小丈夫刚刚圆房。但她心里放不下她的弟弟妹妹们。洲上、娘家住得比婆家多，想着妹妹们脚上的鞋会不会破得不能再穿了呢？每个夜晚，昏黄的灯下，忙了一天的母亲又纳鞋做衣裳。"哧啦哧啦……"纳鞋底的声音打破夜的寂静，一直响到夜半时分。这些针线活有婆家的鞋面衣裳，但大部分是兄弟妹妹的。

他们就生了嫌隙，一次大吵后，那个心智尚未成熟的少年人离家出走，就再也没有回来。

一个月后，母亲发现自己有了身孕。从此她是一个人带着孩子我的三姐，走过了近十年的落寞与艰难。十年，多少个青灯孤影，没有男人的帮扶，生活艰难，那是一种怎么样的坚持与坚强。

母亲说，她后来回了娘家。还是会做衣服鞋袜，以精巧的手工贴补兄弟，养活自己和女儿。有一年，她突然就生了一次大病，差一点死掉。没有钱看医生，当然就成了莫名其妙的病，她为了女儿也要撑着，母爱的天性终于战胜了病魔。

母亲和父亲的走到一起，是两个家庭的新生，父亲原先寄养在亲戚家的孩子——我的大姐、二姐和哥哥被接了回来，孩子们集体地找到了父亲母亲的爱。母亲真正的幸福也开始了。

人们都说，后母难当，一开始母亲也有这样的困惑。

因为天性善良，母亲便将父亲的孩子视如己出，忙着一日三餐的稀稠，洗衣浆纱，日子过得恬静而幸福。

邻居里不乏好事的，喜欢张家长李家短的嚼舌头，已经是"高山打鼓有名在外"的是吴婶。

大姐带着弟弟妹妹们正玩呢，吴婶响亮地叫着大姐的乳名，脸上浮起鬼魅："带儿，饭吃没吃饱？你后妈打没打你们啊？告诉我，拉到台上批斗她。"那年月，大字报铺天盖地。村街的墙上，大字报一层层地往上糊，厚得能如母亲做鞋底的褙子。人们批斗成瘾，一不小心你就会被贴大字报挨批。对继母本就天性抵触的孩子，在心里就和母亲垒起了一堵墙。

母亲性子急但内里却是绵软，有话就闷在心里，母亲就苦恼到不思茶饭。而母亲那时刚刚怀上我，这可就苦了我。我出生时连块包布才三斤，也就是现在的一千五百克，五官身体才刚刚长全的样子，瘦得像只小猫。

一饭一茶、一衣一鞋，母亲死磕到底的一碗水端平。

冬日的暖阳，几个妇人靠着墙角晒太阳，纳鞋底子。手上不闲，嘴上也不闲着，又在七嘴八舌说母亲会不会虐待前生子。

"有这样虐待的吗？你没看见胡家娃那身上穿的，头上戴的，哪一个不比我们家娃收拾得光滑水溜，那娃之前小脸黄黄的，你再看现在，养得细皮嫩肉的？胡家嫂子话不多，别尽咸吃萝卜淡操心了。"心直口快的张嫂子忍不住了，忿忿地说。

父亲出差刚刚进门，母亲迎出来，他们听得分明。"我家里的我知道，我们爷四个这才刚刚过了几天好日子，有人知冷知热的日子！各位高邻，以后我可不乐意再看到谁在背后说三道四。"父亲说着朝张嫂子深深地道谢。母亲的眼圈红了，眼花抖动。母亲的委屈，没有在任何人面前表露过，这一刻，父亲的理解、张嫂子的肯定，母亲终于忍不住了，眼泪就流了下来。

母亲的心情好起来，我的好日子也来了。母亲说，我满月时，就长得胖墩墩粉嘟嘟的，人见人爱了。

大姐的第一个孩子没有奶水，抱回来时声音喑弱，也是个小瘦猫。母亲带着大姐天天推磨，碾出细细的米粉，煮成粘稠的糊糊，调以菜汁鱼汤，一日几次地喂，小家伙长成个小天使的模样。

大姐每次回娘家，总惦记着带自家产的农副产品，丰丰盈盈的。有时包裹里还拿出几双鞋，更多的时候是母亲的。

我小的时候是很盼大姐回家的，那就意味着那几天的伙食好得像过节，母亲会变着法子做出几样好菜，我又可以跟屁虫似地跟着大姐玩耍。我那时小小的人儿却有着自己的小心思，高兴与寡欢纠结得像我胸前的钮扣。高兴有我热爱的"山粉圆子烧肉"，不开心的是大姐没几天又要走了。

后来，大姐每次和我一起提及母亲，一起忆起母亲的桩桩件件的好，眼里都是感动与敬仰。

哥哥对母亲的孝敬是从来没有忤逆过母亲的意思。

我和两个妹妹挨肩着来了，母亲手足无措的忙碌也相伴而生。大姐出嫁，哥哥是不能歇书的，那只有母亲的女儿三姐了。三姐的学业在她的五年级戛然而止，三姐聪明，尤其是数学一直表现出不一样的天份。我后来就常说，假如三姐不歇书，她的书一定读得很好，甚而至于比我们都读得好。

然而，没有假如。母亲和三姐揽起了家里所有的杂务劳作，把读书的希望全放到哥哥、我和妹妹身上。她们自己成天地忙忙碌碌，却让我们十指不沾阳春水。

女儿拿着书看得入迷，母亲娇美白皙的脸荡开了舒心的笑，樱桃小嘴，嘴角微微上翘，一双丹凤眼漾起如潮的母性光辉。记忆里，每个寒暑假，但凡我在房间里看书，母亲这美丽的笑就会再一次荡起。她会轻轻地带上门，有时还会端一份她熬制的羹汤进来细声细气："伢子，快喝了……"

邻居吴妈又是啧啧有声："瞧老胡家那两个闺女惯的，难不成还像张代表家的女儿一样娇贵？"张代表是书记的红人，家庭经济优越。

"我稀罕她们读书呢！"母亲好脾气地说。有时也会嘟着她好看的樱桃小嘴，小声地表示她的抗议："真是的，我的女儿为什么就不能娇贵呢！"

2

母亲会持家。父亲常年在外出差，南来北往地跑，家里就全凭她打理。父亲喜欢购置，林林总总悉数交与她，每个月的工资也交到她手里。她总是精打细算，每一分钱都花到妙处。

从我记事时起，我就不曾见过母亲真正意义上的休息过。

"当当……"钟鸣六响，早晨母亲每天都会在这个时候起床。冬天，窗外的天还是铁色，早晨静谧清冷，很多人还在和热被窝谈一场恋爱，享受温暖的自在呢。母亲要做的第一件事就是拿鹅毛掸子各屋掸一掸灰尘，再用干净的抹布擦一遍，屋子的角角落落便纤尘不染。接着会坐到板凳上仔细地洗脸梳头，头发在脑后绾起一个髻，这时候的母亲优雅得像个民国年间风韵犹存的少妇。

厨房是母亲一天里忙活的开始。刷锅淘米，米下到锅里，清香的米粥就在锅里焖起来。提溜着头天煮好的猪食，伴好的鸡食去喂后院的小动物们。

母亲打理的猪圈鸡舍是清爽干净。猪舍坚持打扫，铺窝的草常常替换。那猪放出来也就不是灰头土脸。

猪平常吃的是麸皮稻糠和野菜，吃饱了自个儿出门闲逛。"啰啰"母亲几声轻唤，那猪就扭着它肥硕的屁股回来了。母亲拿把小刷子，轻轻地梳弄着猪鬃猪毛。那猪全身毛发柔顺，发着黑油油的光泽，舒服地哼哼着。估估有多重了吧？母亲拿根细绳，量一量猪的长度臀围，心里乘以她知道的系数，便报出了斤两。"准吗？称称。"几个来唠嗑的邻居大妈找来杆大秤，抬起来称了。真神了，那猪的重量八九不离十。"啧啧"邻居大妈先是不信接着就是叹服了。

母亲每年养下一头猪，那猪在她的呵护里长大，细皮亮壳，肉就格外地鲜嫩香美。杀年猪时，生怕买不到，邻居们排着队早早就候着了。母亲会留下两只猪腿、猪的零零碎碎，孩子们一个丰腴的年就来了。还会腌些腊肉，那腊肉一直要吃到年后的夏天。切几片放到饭头上蒸，腊肉红白相间薄如蝉翼，肉香诱人，咬一口滋滋冒油，肉质细嫩肥而不腻，口舌的快感妙不可言。舌尖上的记忆是清晰而执着的，它会随着你的感观在不同的声色中自动识别出那特有的、不可替代的生命原味。直到今天我对腊肉依然是情有独钟。

家家户户的炊烟袅袅升起来，雾气还在丝丝缕缕飘荡，露珠在菜叶禾间滚动，那沁了一夜雨露的菜苗们愈加水灵，空气也像被水洗过似的清新。母亲会去菜园子掐些小菜。菜园子又是她的另一项"挑花绣朵"的工程。她伺弄的菜园子里，小白菜青翠欲滴，黄瓜白萝卜脆生生水灵灵的，豆角南瓜在支棱的架子里探头探脑……

我们家所在的窑厂隶属县轻工业局，有那时令人羡慕的商业户口，每个月吃供给。但遇到不好的年景，定量的粮食有时也会搭配些红薯干，孩子们身量和饭量比拼着往上长，口粮就有些紧张。很多人家不及月底，米瓮就见了底。

母亲就会稀稠搭配，主粮会吃到下个月新的粮本发下来。菜园子自己种下麦子也收了不多的面粉，母亲会变着花样做出面食。就连那豆腐渣、红薯干也能炒出喷香的菜点、果子，让餐桌多了些颜色与味道。融入时间和耐心，揉进的心意才耐人寻味。

母亲的"会过日子"，在那缺衣少食的六七十年代，我们家都没有缺过吃穿。她的孩子们，我们真是少年不知愁滋味。

3

母亲的卧室很别致，那是民国风的味道，是父亲多年经商最后的珍藏吧。立式衣柜、方正的大柜、樟木箱子摆了一面墙。衣柜里是全家人每天更换的衣服，叠放得齐整；大柜里是棉袄被褥；樟木箱子是待客出门才穿的精致的衣服，有父亲毛呢中山装、丝绸的衫子、母亲手工缝制的各式衣服鞋帽。打开箱子柜门，就会闻到丝丝缕缕樟脑丸的香气，那些衣服穿在身上也会有似有似无的好闻的清香，浸染着皂角的清香。这里面的一切都有条不紊，透着女主人的细致。

长条几案，紫檀色的原木厚重沉实，漆色细腻光润。一只座钟鎏金镀银，钟冠是一头奋蹄飞奔的马，我仿佛能听见它高亢的嘶鸣。镂花的铜钟砣一下一下有节奏的摆动着，钟座左右的柱子是烫金盘珠的龙。

晚间，忙了一天稍似松劲的母亲就会打开精巧的玻璃门框，拿金属弦"咔咔"给那座钟上弦。隔不几天就见她拿起钟座里的油盒子，在一处处金属机械上点着，小心地上机油。那油盒子绿铝皮包裹，尖嘴圆肚，也是精巧。我就托着小脸腮，看母亲仔细地一样样摆弄那些小物件。

古雅的座钟两旁对称的放着一对描金花瓶，花瓶斜插鹅毛掸子。旁边又是花花绿绿的瓷器盖盏，那里是各式各样的钮扣。母亲的藤条针线笸箩显目地放在旁边，里面一应收罗着针头线脑、鞋面儿鞋底子鞋楦。

印象里很深，我家有一款民国时的煤油吊灯，是那时不多见的，被母亲视若珍宝，在我眼里那也是艺术品了。吊灯的玻璃罩，脖颈比普通的台灯细长了许多，灯芯也是扁平粗阔些。玻璃灯座镶嵌在勾曲有型的铁艺框里，中部是奶白色薄如蝉翼的瓷质伞状罩翼，那罩翼，边缘起伏勾曲，像一朵盛开的莲花。灯罩已经被擦得雪亮。

屋子里因一款这样的台灯又多了份优雅。

满屋流溢着明亮而温煦的光，母亲安静地坐在灯下忙她的手工女红。温润的光打下来，映着母亲光洁的额、一丝不乱的发髻、圆润的耳廓，她清丽的脸更生动妩媚了。

母亲做活时的神情是专注而熟稔的。先将鞋底和鞋帮仔细对齐首尾固定了，再用针锥将鞋底鞋帮一起溜边儿一顺扎眼，那针眼必须是匀称的。钢针穿系着麻绳头扎进去，麻绳用力拉紧。如此往复，动作麻利，那细细的麻绳在母亲指间跳着舞着，摇着闪烁的弧线。灯光下，母亲的剪影像拉斐尔笔下安详的圣母。

我躺在温暖的大床上，看着看着迷迷糊糊就睡着了。

父亲在家的时候，也会坐在对面的椅子上，笑眯眯地看着母亲说话。我分明看见，父亲眼里闪烁着喜爱的光。

"别把娃吵醒了！"蒙蒙眬眬里，就听见母亲娇嗔的声音，那是父亲忍不住在母亲的脸上又亲了一口。

除了夏天，母亲不知道在灯下度过多少个这样的夜晚。记得小时候忙完年饭，她接着又会在灯下赶做没有完成的手工，有时会一直忙到天亮。第二天，我们一睁眼，那新衣新鞋已齐整地摆在床前。我们带着暖和松软一身簇新飞出门去，和小伙伴们比拼显摆去了。

经年累月的操持家务，尤其纳鞋子指头的用力过度，母亲的右手指变形得厉害，大拇指畸形地弯曲着，指节粗大外拐。这和她美丽的外表有点不相衬。但我却是读出了那背后的辛苦，令我今天想来依旧心痛的辛苦。

母亲说，手是女孩子的另一张脸面，她轻易不肯让我做粗活，只盼着我好好读书。看着自己一双十指尖尖的玉手，这双被母亲娇惯的手，心里不免有些羞惭。

4

一个女人的聪慧贤淑，你大抵可以从她男人、孩子的衣着鞋面里见端睨。

找个响晴白日，母亲会把放在柜子里的碎布包袱拿出来，熬上半锅糨糊，打她做鞋的褙子。下块门板平放在石桌上，先均匀地抹上一层薄糨糊，再铺上碎布块。挑碎布块是个细致的活儿，要尽量选容易黏附的棉布，拼接不能重叠也不能漏缺。待整理平整了，第一层碎布块也凝在案板上，再抹一层糨糊，再铺碎布。两层碎布之间要适当错位压住缝隙，总个面就是一体。如此叠上四五层，在太阳底下晒得干透，褙子便做成了。母亲做这些时，心无旁骛，细致而专注。

用鞋底的纸样压到褙子上，依样而剪，用细白布压了边。将这样的两三层又叠加起来，用细麻绳密密麻麻纳过去，就是鞋底子了。那交错纳出来的鞋底子有热闹的纹理，母亲会随着心意心思纳出囍字、卍字、寿字，不啻一件艺术品。

再着手张罗鞋帮。选较薄的褙子做底料，表面贴上好看耐磨的各色布料。这布料也有讲究，冬天是灯芯绒、呢料，夏秋是咔叽棉布。我们的鞋面儿就花哨了，五颜六色，还有大朵的牡丹。母亲从一大本线装书的夹页里拿出鞋帮的纸样子，又依样剪了，鞋帮子也就成了。

刚做好的新鞋还会用木头做的鞋楦子撑几天，新鞋就挺括有型不软塌。那鞋楦是柳木做的，硬实耐潮，不知道用了多少年头，是外婆留下来的唯一的物件，滑溜溜的，活像一只真人的脚。撑过的鞋，内壁光滑熨贴，鞋帮丰满，看着就让人喜欢，忍不住就跃跃欲试。父亲喜欢穿母亲做的步鞋，出差在外也会带上一双母亲的步鞋。藏蓝色的呢面衬着洁白的鞋底子，精神利落。这往往就是他的一张面子，朋友们就会看出父亲家里有个多么聪慧的女人。

　　那时候，几乎每家的女人都会做鞋，但做得好的却并不多，邻居们就到我家来找母亲要鞋样子。紧邻的吴妈、隔邻的张嫂、张家姐姐……有时会有一屋子女人。吴妈尽管喜欢东家长李家短，但转脸就像没事人一样。

　　这鞋帮的纸样子就是个奇妙的东西。母亲会不时的创新，孩子们的脚一天天大了又按比例放大。看上去尺寸、款式都差不多的两幅纸样，出自各人的手就不同。照着做出来的鞋子也千差万别，有好看的，有不好看的，还有做走了形的。

　　女人们热闹逗笑，吴妈还是忍不住说些她感兴趣的见闻。母亲一个个给她们剪纸样，再说些她做鞋的要领与体会。

　　"那老人真好，从来不多人家的事，有求必应的。"这是张家姐姐和我说起母亲时，发自内心的话，充满真诚。

　　她手工缝制衣服，裁剪合体，走线时每个针脚细密匀称，像缝纫机压出来似的。但比机器压出来的又多了份立体的质感，穿在身上无一处不服帖。那些年流行样板戏，母亲的一件阴丹士林偏襟褂子，常被厂里的剧团借作戏服。立领的优雅，盘得精致的布扣，天蓝色的小清新，腰线凹凸有致，穿在"阿庆嫂"的身上真是别有风韵。

　　校园里我们姐妹的衣着样式清新，做工精细，很是让同学们羡慕。在当年黑白灰主色调的校园里，无疑是一阵山野清新的风。现在，每每同学会上，我当年的衣着还是他们津津乐道的话题。

我写父亲的文字要发表了，编辑要照片，我翻出了几张当年的老照片，有一张照片婉约着古典的韵味。那年父亲四十六岁，母亲三十七岁。照片中父母和我们的衣服鞋袜几乎出自母亲的手工。母亲的软底绣花鞋，立领盘扣衫，高绾着发髻，温婉地笑着。父亲是挺括的中山装，白色千层底鞋，白线袜，颇有绅士风度。母亲抱着一岁的四妹，父亲抱着两岁的我，我们的小绣球鞋、花衣裳，玲珑可爱，哥哥是学生服，母亲手工之精致清晰可见。

我按捺不住分享到朋友圈里，迅即我收到了朋友们如潮的好评。

"你母亲年轻的时候真是一个清秀佳人，后来上了年纪了，我看见她皮肤还那么白皙光润，她抱着的是你吗？"

"你很像你的母亲。美丽、端庄、清秀！"

"好一幅民国风的世家照片，太难得了"……很让我骄傲了几天。

我的儿子出生了，市面上已有五花八门的服装，裁缝师傅也可以上门。但母亲坚持拿起针头线脑，手工缝制毛衣小袄。我也只相信母亲的手法，她缝出来的衣服是对婴儿娇小的身体最妥帖的呵护，穿在孩子身上绵软舒适又好看。

儿子大了，那些小衣服还一直被我视为珍藏。大姐有了孙子后，她欢喜地拿回家，又穿了几个孙儿。

5

邻居们有这样过日子的，月初粮站里买了米回来，先是干的稠的好不痛快，然后不及月底米瓮已经光溜溜的了。那时，每一家人口都多，量米煮饭都是木制的升。邻居就拿只升子找母亲借粮，母亲总是从不让她们失望，升子量得冒尖。父母喜欢置办，家里动用的家什齐全，也常会被邻居们借来借去。像借个打水的提梁木桶、筛子筐箩等家什，借几块钱应急……母亲几乎都热情地迎着，一样样地照办。

对自己的兄弟姐妹更是看顾。她的兄弟，孩子们学费紧张了，第一个想要求助的自然是姐姐——我的母亲。

父亲退休后也闲不下来，开了家小百货店，仿佛他就是为做生意而生似的。父亲忙着卷裹他刚刚进回来的布匹，布卷花样不少但量不多，在厚木板的衬托里也热热闹闹，在货架上一字摆开。想必有点像他从前货柜的样子，他就很惬意的在店堂里打量，踱着方步。小百货铺烟酒酱醋茶，样样齐全，店堂里馥郁着果香酒香。

二表哥要学木匠了，缺买木匠家什的钱。母亲从抽屉里数出二十元来，转身递给侄儿，眼里蓄满疼爱。

这是80年代初某个夏日的早晨，是我记忆深处的一个片段。母亲的这些日常行举我看在眼里，记在心里，也多少影响了我，努力使自己成为母亲那样热情而善良的人。

表兄弟姐妹也是喜欢往我家跑，来了她总会拿出家里最好的东西招待他们，多留他们住些日子，我们现在还是很亲。

"要吃就到大姑家去"，这是我表哥孩子气的话，也透着孩子的纯真。女儿家的心还是细腻的。其实，那一桌子饭菜，母亲她自己又何尝动过筷子。母亲举着筷子，一样样往客人碗里挟菜，看客人吃得开心，她也跟着开心，比吃到她自己嘴里还受用的样子。

"要捡点男人"，这是母亲又一句时常说起的话，母亲这里的"捡点"是体贴照顾的意思。在物质匮乏的年月，家里有什么好吃的，母亲总是先紧着父亲。在她心里，父亲是家里的顶梁柱。父亲倒不似那种旧派男人的作为，不会心安理得照单全收地享受。于是，他往每一个孩子碗里拨一点，拨到母亲碗里是被坚拒的，然后他们就一起笑眯眯地看着我们吃得欢喜的样子。

记忆里，母亲向来都是吃剩菜剩饭的时候多。

暑假里，我每每带同学到家里玩，她都欢喜得很，忙前忙后，张罗一桌子菜。我们早早地洗了澡，把桌椅板凳搬到门前，天边的红霞，向晚的微风，天高地阔地吃起来。母亲的热情，茶是茶饭是饭，我的同学就像在自己的家里一样自然，一住下来就是好些天。

几天前，和一个同学聊天，她的感叹她的忆及又让我们回到了那个有母亲的年月。

"这几年，我每次坐车从飞鹅峰上过，远远地眺望你家的方向，我告诉孩子爱人说，那边窑厂是我同学的家，那山那石美丽天成。在她家里我们一起看书淘气，夏天的傍晚在院子里纳凉，一张凉席铺满了香喷喷的菜……"她也是个老"文青"了，一番回忆令我们唏嘘不止。

这也是我们姐妹现在有个好人缘的缘由吧。

"想当年，我孤单单一人来到这里，开枝散叶，现在大小几十口人，儿孙满面。孩儿他妈，你辛苦了，我们也知足了！"遇着节庆，全家欢聚一堂，父亲就细眯着他那睿智的小眼睛，摸着下巴，舒心地感叹几句。

我们上班拿工资了，每年母亲的生日，我们都会提前定好了蛋糕，给她庆生。厅堂的方桌上，两盒精致的蛋糕，几枝燃烧的蜡烛，姐妹们举起茶盅给母亲敬茶，侄儿们依着桌面四周，满眼无邪的笑，漾着对蛋糕的欢喜。父亲在一旁呵呵地笑，母亲满足的笑挂在依然清秀的脸上。这是 90 年代初的一张照片，定格了那个幸福的生日宴。父亲说你们忙，不能老是请假，记着你妈妈的生日给她定蛋糕就行了，我的就免了。母亲几乎一辈子都享受着父亲宠爱有加的幸福。

父亲喜欢他的茶和丝绸的布料子，母亲就是点心水果。

"你也尝尝，这是我家兰儿刚买的啦。"邻居串门来，母亲一样样拿出来，请茶品果。母亲一惯的客气，但分明也藏着骄傲，只要她高兴就行，我在一旁看着也挺开心的。父母就是这样，孩子们一丁点回报都让他们幸福不已。

6

母亲的病来得突然，突然得让人措手不及。父亲走了，母亲就像倾倒了整个世界，那个她照顾惯了也絮叨惯了的人没有了，母亲一下子失落得像个孩子。

一个假期，我照例回家看母亲。

"妈，妈妈……"不见应承，各屋去寻还是未见，那一定是在菜园子里了。母亲抬眼看见迎风而来的我，那眼里亮了一下，欢悦爬上面庞。

掮着母亲种菜的锄，母女俩一前一后往家走。落屋洗手，母亲似有话要说。

"小兰，我感觉有些不对劲，身上没劲，吃饭老是鲠得慌……"

"什么，多久了？"

"有大半年了……"

我的心猛的一沉，我深知母亲的脾性，平常有头疼脑热的不舒服，她从来不说，最多一个人躺床上休息一下，默默就扛过去。这么久才告诉我，肯定又是想能扛就扛。

我的心沉甸甸的，有种不祥的预感。我带着母亲到我定居的安庆市，去看医生。算来，母亲这是第二次来安庆，一直以来她都忙着家里的家务，帮哥哥姐姐带孩子。平常想接她来玩，她须臾放不下家里的一切。

母亲第一次来安庆也第一次看医生，是在安庆照顾我月子的时候。她和我说了她的不适，我带她门诊上开了药，困扰她已久的小毛病很快便好了。

这第二次，母亲也告诉了她的女儿。我带着母亲去医院，做各种检查，母亲对我的依赖像个孩子，默默地听话，一样样做着检查。做胃镜检查时，母亲因为食道竟至于堵塞的病况，那检查仪器很难深入。细长生硬的管子进去又出来，她身体蜷缩着，痛苦不堪，我的心哆嗦着不忍直视。小时候，我生病，母亲也是这种恨不替代的焦虑与心疼。那场景直到今天想起，心还泡在酸楚里，电脑前我打字的手在颤抖，不听话的眼泪又流了下来。

等待检查的结果最折磨人的，我在走廊里焦躁，不停地走着，从这头走到那头……

急切的去拿化验单，医生是朋友，脸色凝重："情况不好，怀疑食道肿瘤病变……"短促的一句话打破了我最后的一点希望，我头脑一片空白，耳鼓嗡嗡地响。一瞬时，痛苦与恐惧紧紧地钳制了我，伤心的眼泪止不住地流，扑簌簌，打湿了脸侵浸着嘴角，我分明感觉那苦涩的滋味。我不能让它再恣意地流，我不能以这样的状况去见我的母亲。

拭干眼泪，我转身去见母亲。母亲此刻正坐在医院的回廊里静静地等。眼前，原本丰满的母亲身形是那么地瘦小，脸庞清瘦。我真该死，母亲的消瘦是从什么时候开始的呢？也许早就悄悄地有了这些变化，只是被我们忽略了。

回廊上的紫荆花开出一瓣瓣的粉紫，温和的光影从缝隙里洒下来，闪烁在母亲的脸上。她的眼里流盼着殷殷的光，她的脸在粉色的光晕里显得安然平静。母亲是何等聪明，从我通红的眼里约略感觉到什么。她不惊不慌也不问，仿佛那个病着的人不是她，还是默默跟在我身后。

人生仿佛在现世轮回，我嗷嗷待哺时，牙牙学语中，母亲养育了我。现在，母亲依赖着我也像个孩子。茫茫人海，唯有身边的母亲是肯用生命爱我，相信我的人，我不能够没有她。

远在广东的妹妹也丢下她的工厂回来了，孩子们已是羽翼渐丰的小鸟，而我们的母亲还没有好好地享福呢。背着母亲，我们姐妹相对而泣。

母亲的治疗从放疗开始。宜城，从家到海军116医院的路上，女儿我骑着轻骑，后座上是我那满头白发、面容清癯慈祥的母亲。

母亲茶饭难以下咽，有时吃下一点点便会呕吐。一家人正吃着饭，母亲突然跑进卫生间，反手关上门，她不想让自己的孩子直面那种痛苦。站在门外，母亲的呕声压抑而艰难，让人心碎。

流食会是最好的调理，我便买了压榨机，水果压出果汁，大米杂粮做成流食，煲各种营养汤，每天少吃多餐，营养合理搭配……上天待我残忍，却又给了我床前侍奉的机会，我唯有尽心尽意做着自己力所能及的一切。我想，这些点滴尚不够报答母亲之万一。

点滴的药拿回家，请了医生上门扎了针，母亲安静地躺在床上。我转身出门送走了医生。

"砰"风带着门在我身后响亮地碰上了锁扣，我进不去了。母亲还扎着针呢，万一药水完了她不知道怎么办？空气打进体内太可怕了，她可从没有自己拔针头啊……许多种担忧塞满脑子，我在门外急得团团转，大声音地喊："妈，您别怕，我就想办法。"

屋里没有应声，母亲听不见。我急得六神无主，二姨家的表弟来看他的姨妈来了。

"我妈被关在门里，她在打吊针呢！"我的急躁与焦灼感染了表弟，表弟径直扣开了邻居家的门。从邻家的阳台上，表弟敏捷地爬了过去，跳进我家的阳台。高高的五楼，中间又没有搭脚的地方，想想都后怕。

天外飞来自己妹妹的孩子，母亲眼前一亮，欢喜得满脸是笑纹。

"好危险，急啥呢，这点小事还难不倒你妈！"母亲看向输液的针头，温和地嗔怪我。

"大姨，我心里有底，小的时候，您就见过我爬高上低呀，还夸我像小猴子呢！"表弟朝着姨妈矮下身量，一个大男人的声音这时候温温热热的，也是柔软的。刚刚出差回来，表弟连家门都没进就过来了。

母亲心情放松愉快，豁达开朗，并没有时时当自己是一个病人，奇迹便出现了。医生隔段时间就喊我到机器前，通过透视镜，我看到那肿瘤一天天在缩小，最后融合成一个小点，那一刻我的心是欣慰的。母亲终于可以吃些软食了，脸色也红润了起来。

都说，遇事不慌、淡定从容，在病魔面前保持平和的心态。也许说起来挺容易的，但真正遇到灾难病痛时，又有几个人能这样洒脱呢。母亲的确是给了我难能可贵的生活态度，令我以后，足可以面对生活中所有的幸与不幸。

母亲出院了。我手头上剩下的钱刚够买一张软卧火车票，我把母亲送上了火车，送到了妹妹所在的深圳。那是母亲第一次出远门，她看见了她的小女儿正在蒸蒸日上的事业。

妹妹的工厂开得越来越兴旺，她可以有力量支持家庭的经济了。哥哥孩子读书的开支和母亲的生活用度几乎是她寄回家的钱。我的嫂子在县城全职陪读，还有照顾母亲。母亲顺便做了陪读奶奶，看着自己的孙儿一天天进步。

是的，母亲到最后都是清楚明白的。母亲要求回去，回到她和父亲生活多年的小楼。几天的水米不进，剧痛折磨着她，我没有听见她一声呻吟，一声也没有。她就那样安静地睁着眼，看着她的孩子们出出进进。亲戚们来看她了，有些已经很多年没有相见，她神智清醒，居然一眼就认出来。

长夜漫漫，守着母亲，大睁着眼，母亲示意我睡觉，我说我不。我怕她会在我一不留神，在我睡着时就走了。天亮了，又来了几拨人。我端着水杯给母亲润润嘴唇，母亲看着我的眼光忽然就暗淡了，那慈爱的火星暗淡了。母亲的脸却是圣洁安详，像睡着了一样。

"妈妈走了！"我大骇，凄厉绝望。

楼上，屋外响起杂乱的脚步声，母亲的孩子们在母亲面前跪倒一片。

鞭炮持续的响，纸钱扬起灰白的烟灰，打着旋，向上，那是捎向天堂的么？磕头的亲戚乡亲在不断地走进来，我跪着，纹丝不动，但我眼里却没有眼泪。我想，我不哭，母亲这是上天堂，所有的痛与不痛都不再去打扰她。

　　而这一天，是父亲的生日。

小姨的美好生活

我和妹妹相邀去看望在沙井的小姨。

沙井，这是个千年古镇，她的地名都是有趣得很，蚝一、二、三、四街，咋一听，仿佛你就闻着了那蚝的气息。蚝墙、宗祠、围村、归德盐场等更是浸润着蚝乡古雅的人文历史。

小姨的家就在新沙街的万科翡丽郡。车刚停稳，一打眼，老太太正站在车库门口巴望着。小姨的五个哥哥姐姐也即我的母亲、姨妈、舅舅们早已作古，她是我们唯一的长辈了。七十岁的人，头发完全的银白，气色格外好，瓜子脸上白里透红，皮肤还是平展得很，不见褶皱，一身淡雅的素裙，步履之间却看不出老态。这些相貌特征几乎是我们家族无一例外的遗传，在她那温和的笑里，我似乎看见了母亲的影子，也是这样的优雅、慈祥而端庄。

小姨的童年是凄慌的。我的外公外婆都因为不知名的病中年去世，留下一群凄凄苦苦的儿女。她那时才六岁，小小年纪就尝尽人间苦楚。

小姨现在的日子是幸福的。提起过往，小姨的眼里含着笑，看向远处，那样子好像是在说别人的故事。

小姨的一双儿女，90年代末南下深圳，于今家业兴旺，没有什么比这更能让一个母亲欣慰的了。深圳这个开放包容的城市，只要你足够努力足够好，机会机遇都将会拥你入怀，令你成就自己也有能力报答社会家人。

表弟先是在沙井工业区的工厂打工。彼时，南下大军从四面八方奔涌而来，深圳各处工厂生意兴隆，人气旺，想进厂谋职的人排着队。他说在工厂很能磨炼人，学技术，捕捉市场信息跑业务……不出两年，一颗年轻的心就不安打工的现状，和未婚妻一起筹办自己的工厂。

刚开始没有多少资本，他们租了沙井蚝一街的一处民宅。围屋里的老房子逼仄老旧，但房东很好，两开间房租八十元，这是2000年。几部机器，三两个工人，他们自己是老板又是员工业务员，表弟的工厂就开业了。"我那时看着真心疼。街上人都还睡着，娃就起来赶工，晚上又到十一二点头才挨枕，机器缺少又拿着货去蹭别人家的机器……"小姨每每说起他们创业之初，眼里还是写满了不忍。

小两口努力了几年，工厂如滚雪球般壮大。他们有了积蓄，拿出不菲的资金，给父母在老家翻盖新房，小姨夫妇就成了彭泽县城新房的主人。盖房时，我刚巧去看望老两口，十数间房屋的三层小洋楼，飞檐斗角，在村里最打眼。现在他们来沙井定居，又成了收租的翁婆，表弟又替他们买了统筹养老，生活怡然自在。

一大早，表弟两口子去工厂忙他们的事务，姨夫送孙儿上半托的幼稚园，小姨就处理家务。上午老两口分工合作停当，午饭整几个小菜，抿几口老酒。老两口的酒量都相当不错，天天都要对酌几杯。有的时候，两个人生了气，背背而向，就自斟自饮，姨夫就会像个孩子对儿子投诉说："你妈不给我的杯子里斟。"小姨就笑说："你自己没长手哈。"在我听来，这分明是老两口的又一种浪漫。

下午大部分是打牌，说起打牌，小姨一脸满足。小赌怡情，但她更多的是赚一个心劲，说是常常动动脑子，头脑会灵醒，也和邻居们有了社交。

小区的环境优美，周遭绿意盎然，花香鸟语，小桥流水淙淙……几个邻居相邀，亭阁的石桌上就可以摆开龙门阵。"碰杠，没想到我要九筒吧，杠上翘，胡啦！"小姨乐了。放杠的许伯拿右手直拍自己的脸，"啪啪"有声，这是许伯的招牌动作，老伙计们常常逗趣着问许伯："今天又打了几回脸呀？"许伯就嘿嘿地乐。刚交五点，牌局应时而散，各回各家，各找各孙了。

有时老两口还会相携着去公园逛逛，去影剧院看新映的大片，回来还会捡她以为的励志故事说给孙儿们听。也会出去旅游，更远的还出过国。

这，基本是小姨的日常。

大孙儿已经上高中，是个帅气阳光的小伙子了，前几年表弟又给她添了俩，挨肩着来的。两个孙儿虎头虎脑，调皮捣蛋，绕膝承欢，越发令小姨心情开朗，容光焕发。

走进表弟家宽广的客厅，房子里欧式的装修富丽堂皇，处处显示着主人生活的精致，据说在深圳以房产约略可以看出他的家势，这是表弟的第 N 套了。今天是小姨的生日，屋子里已是满堂宾客，表妹的一家四口，小姨夫的家族亲戚，还有表弟的客户……他们或早或晚来到深圳，都有了自己的家业，于今也算是沙井人了。

走在新沙路上，这是深圳一年里最舒适的秋日。天空高蓝明澄，絮白色的云条丝缕缕晰，卷舒之间也多了份灵动。异木棉、勒杜鹃正开得烂漫，火红、胭紫、粉红，撩拨着人，直把人的心也染红了。行道树伟岸挺拔，那厚重的墨绿黛青里忽然就闪出几枝新绿，鹅黄粉嫩，煞是好看。空气温润，气温不高不低，太阳温和地洒在身上，被孩子们簇拥着的小姨步态轻捷，精精神神。

小姨的生日宴定在新沙路上的禧荟轩。饭店食客盈门，热闹异常，包厢早早就预定好了。

"这里的饭店生意奇好，如果你临时来是很难找到包房的。"表弟告诉我。

来沙井肯定要吃沙井的特色菜，蚝。我说得点老人喜欢吃的菜，"你们喜欢吃就好。"小姨平日话就不多，说起话来温言细语。点菜等菜的间隙，表弟的一个客户，一个土生土长的沙井人江先生和我们说起了蚝。

"每一个土著沙井人成年前吃掉的蚝，足可以开一个养殖场，给他一只蚝，是每一个沙井人的成人礼，蚝的吃法煎炒焗焖炖蒸煮炸烤，可汤可煲可铁板红烧。我们沙井蚝，体大肉嫩，蚝肚极薄，'沙井蚝，玻璃肚'怎么做那都是鲜甜鲜甜！"

"蚝煎，外脆里嫩，咬一口，韭菜蛋香和着蚝的鲜味，美到每一根毛孔里，直抵灵魂！"江先生颇能渲染气氛，勾得大家口舌生津，肚子也有了饿的意思。

说话间，菜品如行云流水一样样摆上桌面，表弟的珍藏版茅台酒也斟了起来，孩子们单开了一席，满桌美食活色生香。还未动筷，小姨的大孙儿，那个英俊的高中生拿起薄如蝉翼的圆圆面皮，一片烤鸭、蒜丝、黄瓜蘸一点面酱，细致地卷了，来到奶奶面前，巴巴地递上去。有样学样，那几个小的举着烤羊腿，端着烤生蚝鱼贯相随，把他们认为最好吃的奉给奶奶，小姨应接不暇。看着眼前的场景，我感动着，眼睛潮湿。

我是喜欢吃蚝的。"烤生蚝"蚝肉和蒜香完美渗透，互相拥抱，令人口齿生香。"蚝豉粥"绵绸润喉，蚝煲出的各种汤品更是鲜美无比……

今天的蚝，我是品咂出了更美的味道。

能不忆江南

　　大姐被她的孩子们接来东莞，住了些时日。几天前的电话聊天，老两口还是说要回老家安徽，生怕给忙忙碌碌的孩子们添了累。中秋节，我和小妹约好了去看看他们。

　　岁月在不经意中流淌，衰老悄无声息而又无可奈何。因为顽疾，七十一岁的大姐苍老浮肿，叫人心下戚戚。临别，我的心一阵阵发紧，忍不住的泪水在眼眶里打转转，拼力地忍着不让它掉下来。

　　"我这不争气的身体，老是惹姊妹担心……"大姐嘟嘟囔囔语不成声。临别，她扶着车窗的手久久的不想放开，深深地看向我们，一种难舍的痛在炙烤着我们同样的心。谁知，这一别竟成永诀。

　　去年年底，外甥微信于我，传来了大姐入省医院检查住院的病况：肝腹水肝硬化晚期。外甥顾不了分分钟离不开他的工厂，撇下催命似的赶着要的订单，全心陪护。第一时间，我发到胡家微信群。一时，家人们满是对大姐大姑大姨的关切之声，微信转账，各自尽着自己的心意。小妹是当然的主心骨，配合外甥找到省立医院最好的主治医生，给出最好的治疗方案。

病体沉疴，病魔非得不依不饶着把我们的大姐拉到另一个世界，我们心疼欲裂……但总能多做点什么，让她少受点罪吧。为此，她的小女儿用心学习物理排毒疗法，替母亲按摩推拿、舒筋活血，天天如是。这次来看她，摸摸她原先浮肿梆硬的小腿，居然绵软了许多，也活泛了，心下着实得些安慰。

大姐的病根始于四五十年代老家肆虐的血吸虫。虽然后来得到很好的治疗，但这种病莫可奈何的便是对肝不可逆转的伤害。年长我们近二十岁的大姐，少年时上山下河，摸鱼捞虾，就这样不幸染着了血吸虫。而我们，因为很小，因为后来血吸虫的彻彻底底被消灭，才能幸免。

童年的记忆是落入西山的月亮，沉下去又爬起来。

"绿水青山枉自多，华佗无奈小虫何！……天连五岭银锄落，地动三河铁臂摇。借问瘟君欲何往，纸船明烛照天烧。"伟人毛泽东 1958 年 6 月得报江西余江县消灭血吸虫，欣然命笔，著名的《七律二首·送瘟神》便应运而生，具有划时代的感召力。

血吸虫的宿主是钉螺，彼时，大江南北兴起了浩浩荡荡的灭钉螺运动。旷野里红旗招展，人山人海。深埋、喷药、地毯式搜寻，全民出击的壮观场景气吞山河、震心裂帛。这是最具特色的那个年代的影像，有直抵人心的震撼。今天想起，那画面依然清晰如昨。血吸虫"瘟神"终于被淹没在全民总动员的汪洋大海里，尸骨无存。

而此前，血吸虫病人骨瘦如柴，肚腹积水膨胀，受尽折磨而死，真是"万户萧疏鬼唱歌"。听父辈们诉说，看宣传图片，心里真是惊悚恐惧。

大姐一直到初为人妇都面黄肌瘦，脾脏积液到小腹隆起，出嫁几年都没有身孕，是父亲母亲心上硬生生的痛。

60 年代末，父亲终于等到了有药可治的时候，于是寻访好的医院，请专家动了手术。姐夫周到的护理，父亲细致的调理，大姐康复了。出院回家的大姐，在少年我的眼里，原来是那样的漂亮。没有了病容的脸，白皙里透着水润的绯红；长而浓密的睫毛忽闪着，像一道青幽的帘；黑亮的杏眼水汪汪的，宛如两潭秋水；一对粗长的辫子黑油油的，发散着丝绸样的光泽……好一个青春美妇人。

第二年，父亲就有了第一个外孙，接着又添了一双。

大姐的家在江南池州。一座农家小院，三层的小洋楼，飞檐翘角，里面装修成城里住家的样子，洗手间热水浴，房间铺着木地板。这是外甥几年前开工厂，初获利润奉呈给父母的孝心。院外菜畦枣树，清清池塘，远山如黛，近处迁陌交通，小鸟啁啾，田园风光无限，颇安适自在。

我打小就喜欢往大姐家跑，基本上见证了大姐家屋子的变迁。我喜欢现在的小洋楼，也喜欢那颇具江南特色的老屋。青砖堆砌起门脸，穹形的门楼上刻着古雅的砖雕，粉墙黛瓦。一整棵一整棵高大浑圆的杉木做沉立柱，横梁、顺檩、椽子俱是原木，它们在杉木榫卯里，严丝合缝。杉木板搭建了内墙，铺就了地板，漆成喜庆贵气的朱红色。在干净的木地板上打滚、抓沙包、趴着看小人书……农家小屋盛满了我无忧而温暖的少年记忆。

唯一的过江交通是每天一班的小轮船，小轮船早上六点就开拔。老家江北离码头有十五里，没有公路、没有车子，我们只有靠脚力步行。

小小的我，一听说是去大姐家，一咕碌爬起。

初夏的后半夜，天是朦胧的，地是朦胧的，远山是朦胧的，睡眼也是朦胧的。江边一块空阔的地带曾经枪毙过犯人，偷眼瞄去，黑魆魆的，透着阴森森的冷。我头皮发麻，顿觉后脊梁骨凉飕飕的，但想去大姐家的心切呀，我参着胆子不说害怕。月华如水，照着河坝上的沙土路，路面是白色的，看上去清晰完整一些。走不几步，大姐怕我累了，就会背我一肩。我软软地趴在大姐背上，颠颠着，像在妈妈的摇篮里。

江面上笼罩着蒙蒙的细雾，长江有"滚滚长江东逝水"的壮美，又有江南女子婀娜的清丽，江面帆影只只，水声拍岸。"呜呜呜"，轮船长声鸣笛，吐着浓浓的白烟，螺旋桨轰轰烈烈地响，尾翼翻涌起长长的白浪，离开了码头。散席仓里，几只条凳早坐不下了，有人便坐在甲板上。甲板在发动机的轰鸣里微微地颤抖，我依着船舷，任江风吹拂，身伴鸥鸟翱翔，各种船只在江心划过，轮船乘风破浪，岸上的田野村庄像翻开的画页不断变化着。

一个小时不知不觉就过去了，船泊在南岸的乌沙码头。码头也算不上真正的码头，只是几只趸船连在一起而已。江堤下，铺满黄褐色细细的江沙，踩在上面松松软软。上岸还要步行十里，那条弯弯曲曲的羊肠小道，多少年来一直在我的梦里时时出现。哦，见到那水塘便是大姐的家了。

在村里，大姐有个好人缘。我第一次去时，江南人家有种讲究的礼节，抓十几个鸡子，拿一挂自家纺的白纱线，白纱线绕成长长的线圈，便是"白胡子"了。大娘们将它挂到我脖子上，还不忘记说几句吉利的话，说是这样会长命百岁。而那鸡蛋是全家的油盐罐，针头线脑的出去，平日里自家都舍不得吃上一枚，自然珍贵无比。我清楚的记得，来大姐家给我送"白胡子"的大娘一个个相跟着，喜欢拿着我的手看"啧啧，多白净，像个瓷娃娃"，我多少懂得那眼里的喜爱。

小镇人家，我吃的是商品粮，粮站的米往往是有些年头的陈粮，食之寡淡无味。大姐家刚刚收割了新米，米饭又香又软，没有菜都能扒拉一大碗。我六岁的光景，第一次看见收割稻子，稻子在机器里"哗哗哗……"倾泻而下，纷纷扬扬的稻壳，雪白的大米，在我面前水一样流淌。新奇让我的小眼发亮，幼稚地说大姐家的米是稻做的太好吃，令人捧腹。

"兰儿，大姐家的米是稻做的。"村里大爷们一见我就"嘻嘻"笑着打趣，然后我也捂着小脸"吃吃"腼腆地笑。

大姐对我总是会温言软语地说话，哪怕我犯错了也从不疾言厉色，这也是我依恋她的一个缘由。我读书时的寒暑假，大半是在大姐家度过的。少年的我，吃着大姐做的新米饭，个头儿蹭蹭的往上长，顶实地长，长得亭亭玉立。

晚间，忙了一天的人们歇息下来，串门唠嗑是邻里之间最热烈的活动。大姐又带我串门子，村里我便有了小伙伴。

只有队长家的大会在读书，小芹、月儿、梦儿只读了小学两三年级。拿她们父亲的话说，女孩子认个字，会算数就行了。才十岁左右的少年就帮家里做活了，替大人拿拿农具，抱抱稻稞，放牛放鸭。

梦儿跟着爷爷奶奶生活，我从来没有见过她的父母，听说她那个妈妈搭上城里下派到村里蹲点的医生，丢下老实的丈夫跑了。梦儿的性子就有些闷闷的，整天里，不见她和小伙伴们搭话。我想找她玩，但她就是那么远远地看向你，不开笑脸。

"梦儿呢，梦儿呢……"爷爷奶奶从田地里回来，拉长了尾音的叫声包裹着疼爱，大老远的就涌进家门。时不时的，这揉了蜜的甜润叫声，在农家院落里此起彼伏，梦儿这时就忸忸怩怩，有了小女孩的万般娇娇滴滴。爷爷奶奶的爱聊以慰藉父母的不在场，梦儿就这样一天天长大。

女娃们几乎每天捡粪，捡来的粪交到队里，会记工分，一分两分的累记，到年底就能多分点口粮，于是都很上心。猪每家不能多养，一头猪宝贝似的，牛也是有专人管的，拾到的最大可能就是鸡粪。

一早，鸡们飞出笼子，满村里疯跑，四处张望，啄食，地上便开始有了星星点点的鸡粪。单薄的肩上抗着粪耙，粪耙的一头挑着粪箕，女娃们开始在村里週巡。每发现一坨鸡粪，她们的小眼睛里就会跳动着晶亮的光，箕口贴着地面，粪勺轻轻一转，一坨珍贵无比的鸡粪就妥妥地落在粪箕里了。村庄村道在她们的梳扒里，干干净净，好似被打扫了卫生。

梦儿专心细致，她拾的粪总是最多，奶奶时不时地会打上两只糖水鸡蛋，甜甜她的梦儿。梦儿小嘴吧叽着，小脸还是那样恬静。

　　玉宝、来宝俩兄弟一个长得白净，一个黑黑生生，喜欢下河摸鱼虾。也真怪，在泥塘河沟，他们总是会有收获。宝哥俩在泥水里划拉，弓腰摸索，不一会，立起身子的同时，他们举着的手里变戏法似的就有了一条活泼生猛的鱼。有鲫鱼、乌鱼、泥鳅……居然有时还能抓到倒刺的泥鳅。鱼儿裹着泥浆在他们手里扭着身子，拍打着尾巴，泥水点子直甩到他们笑得开心的小脸上，瞬时成了泥猴子。我这时会在田埂上高兴地跑来跑去，给他们拿鱼篓子接鱼，一会玉哥哥一会来弟弟，看着篓子里的鱼越来越多，红扑扑的小脸乐成了年画上的喜娃娃。

　　抓黄鳝泥鳅也是兄弟俩的绝活。天黑前，将网状笼子"毫子"放置好了，"毫子"造型不同，放的地方也不一样。7字形细长的"毫子"把尾巴塞住，里面装几条蚯蚓，放在稻田或者水草沟里，敞着口，用泥巴固定，第二天一早再去收。时常，等我睁眼起床，跑到村口，宝哥俩已经背着大肚子篾篓往家走了。他们光着的脚丫子欢快地拍打着黄土路面，能听见有力的"啪啪"声。我趴到篓口看去，咦！大半篓黄鳝泥鳅，黄黄黑黑，厮缠着游动。

　　趁早，他们去赶集，换回的钱交给他们的妈妈。家里的针头线脑、油盐酱醋茶还真指着哥俩淘换的钱。但宝哥哥总是会给我留几条，送到大姐家里。

　　直到现在，我每每去大姐家，还是会吃到玉宝送来的鱼鲜。玉宝长成了个帅气精干的小伙子，娶了镇上主任的女儿。两口子是村里最坚定的留守者，承包了村里万平方米的湖面，养鱼种藕。于今，养殖场里猪肥鸭跑，是幸福人家。来宝在外打工很少遇见，说是干得不错。

　　芹子、月儿嫁得早，我再没有遇见过，听大姐说她们儿孙满堂了。每次去村里，我还是喜欢到她们娘家坐坐，看着我长大的大爷大娘们喜眉笑眼地欢迎着我，说些她们的事。

梦儿嫁在村里，小伙子很俊朗，也勤奋，给爷爷奶奶送了终，有了一双儿女。儿女大了都读到大学，很有出息，据说在某上市公司谋职。现在的梦儿却是换了个人，变得喜讲喜笑的了。我去了，喊她两口子来喝酒凑热闹，吃喝之间说着少年趣事，我心想，这还是那个梦儿吗！临别，梦儿让她丈夫特意去抓几尾鱼，她自己去田里掰新鲜的苞谷，用袋子装好了，默默地放到我车子的后备厢里。

读书那会儿，初中上的是公社初级中学，高中就到县城里上了。放暑假时我去了还是会看见他。我带着自己看的《西游记》《水浒传》《红楼梦》等，他会找我借，一气看完。

会儿很用功，东方微曦，清晨的空气格外清新，四野里静寂寂。会儿捧着本书在田埂上踱着步，忽儿低头向书，忽儿仰脸向天，忽儿大声诵读，仿若周遭的一切都与他了无关系，只把他自己沉进书中。

晚上，他披着小褂，就着昏黄的油灯，看看写写。头上热汗滴答，蚊虫在嘤嘤嗡嗡，他全然不晓。母亲会心疼的坐到他旁边，一下一下忽闪着手里的芭蕉扇。

"你去睡觉吧，别守着我啦。"会儿也心疼母亲，他知道，每天一睁眼，家里零零碎碎的活儿在等着母亲。

会儿终究还是没能考上大学，性格本就内向的会儿愈加沉默。每天除了出工便一头扎在屋里，沉浸在一个人的世界里。高中的暑假，我再去村里便很难看见他。几十年来，我仍然关注着那个沉静而忧郁的少年伙伴，从大姐那里打听关于他的一切。他的母亲托媒婆给她的独子寻亲，会儿似乎一直没有遇到称心如意的那个姑娘，又决不肯将就，亲事一件件黄了，会儿的年纪也一天天大了。会儿陪着家人，送嫁了两个姐姐，送走了父亲，母子俩相依为命。母亲最后的日子里，会儿请医问药，床前侍奉不离左右。大姐一直和老队长家走得近，常常会过去陪他们母子说说话。

"唉，会儿真是孝呢，和他恩母说话轻言细语的。"江南人是这样称母亲的，大姐夸着会儿，叹息着。生活总是差强人意。

成家后，我居住在与大姐一江之隔的安庆，我上班少假，孩子小，大都是大姐过来看我。而我的孩子到放假时也是喜欢到大姨家去，大姨领着哄着宠着，令我偷得放假时日闲。

我上班第一个月拿工资了，便急切地寄了一半给大姐，心疼她手上没有活泛的花销。大姐家有什么事，身体不适或者住院，总是愿意第一时间告诉我，我和先生一定会过江去，看望老两口，多少是个慰藉。

近几年来，我和先生闲了，常常去陪他们住上几日。

听大姐说，会儿还在村里。会儿的小屋座落在村中，和大姐家一墙之隔，小院清爽干净。隔墙望去，木门紧闭，像他那扇关闭的心门。

"这几天又没见到他人，是被大姐姐接去了。"看我引颈长观，从我的眼里读出了关切，善解人意的大姐告诉我。这些年来，会儿总是将孤独的身影伴随着小院清风，明月和白云，但把日子料理得井井有条。恍惚里，村巷里走来那个白净俊朗又腼腆的少年，这是会儿留在我记忆深处的样子，定格了我心里永远的会儿……

房间早已被大姐拾掇得整洁，窗明几净，那温软干净的被子已经铺陈在那里了，发散着太阳的清香。

我尤其喜欢姐夫侍弄的菜园，一去就直奔那里，享受亲手采摘的快感。支棱着架了秧的瓜果在风的轻抚里，忽隐忽现，小白菜青翠水灵，各式时鲜菜蔬体态丰饶。再到藕荷里采一把藕心菜，嫩白如象牙，那味道真个是脆生爽口。

清晨，东方微曦。我喜欢在这个时间起床，在陌上湖边徘徊踯躅，享受一个人的"烟雨江南"。

薄雾朦胧，远处的山峦，近处的村庄，若隐若现，宛如一幅大写意的水墨画。那雾气在湖面变幻莫测，有的丝丝缕缕飘荡着，就似生长在湖面的水草，晨光渐现，在淡紫色的光晕里摇曳。星星点点的荷花或菡萏含羞，或次第绽放，露珠在荷叶花瓣间滚动，晶莹剔透，折射出斑斓的光。

太阳慢慢地爬了起来，露出一脸灿烂的笑，那些雾做的水草，花间的珠露齐齐地被明晃晃的阳光收割了。而此时，荷们如刚刚补了水的美妇，愈加地青翠欲滴，明媚娇艳。悠悠荷香伴着泥土草木的清香扑人鼻息，玉米花在风里轻舞飞扬，身后的村庄也醒了……

大姐已备好早餐，绵稠的小米粥、煎饼子、煮鸡蛋、几碟养胃的泡菜……刚刚新拔的小白菜水灵灵的还挂着雾气，择洗干净，也已经在柴灶锅里爆炒了，青丝碧绿充满诱惑的摆上了桌。大姐知道我的这些小资。

遇着冬日，姐夫会采几节藕，或炒或炖，浓浓的藕香在唇齿之间萦萦绕绕，浓得化不开。

我喜欢去街上买些土猪肉，又巴巴地跑到鱼塘，找渔人买鲜活的鱼虾。深懂我心的大姐找出久置阁楼的炭炉，是那种小时候过年才用的三耳泥炉，通体灰白，小巧玲珑。炭火殷红明灭，紫砂锅"咕咕嘟嘟"冒着热气，柴灶锅里焖着鱼虾，香气在木头锅盖的缝隙里冲撞而出……

我和先生烹饪炊煮，忙得不亦乐乎，酒菜摆满一桌子。客客套套里，玉宝两口子、梦儿夫妻俩、史家大哥，被大姐一个个请来了。

"三妹妹来了！"大姐的热情与由头没有人能"抵挡"得了，我当年的小伙伴，于今也只剩下他们留守这片村落。一群人围炉而坐，喝着酒聊着天。大姐举着双筷子，不时地布菜，眼里盈盈着欢喜，脸色明亮，精神也好了许多。

温暖的灯光打破夜的黑，朗朗笑语让这寂寞的村有了生气，冬日的夜，暖意融融……

永远有多远

楔子

记忆的素手在抽丝剥茧，又似低吟的潮水一浪浪漫过来。那潮涌里，我的三姐温婉地笑着，有柔美少女的三姐；有丰腴少妇的三姐；有现时儿孙绕膝怡然慈爱的三姐……

父亲负责全厂的营销，经年累月出差。早逝的第二任夫人留下了俩女一男，大姐、二姐、哥哥。孩子们一直寄住亲戚家里，想是多么地无奈落寞，没有父母陪伴的童年是灰暗的。机缘巧合，父亲"众里寻她千百度"，和母亲走到了一起，从此告别了他们彼此遭际多舛的生活，这些过往又是另一段佳话。有父亲母亲的视如己出，父亲的孩子们、母亲随嫁的女儿我的三姐，他们集体地找到了久违的父爱母爱。如幼苗逢春，雨露滋润，院落里孩子们嬉戏耍闹，活泼热闹，本该属于孩子们的天真无邪又回来了。

1

我的父亲母亲是很看重孩子们读书的。每日里，母亲拾掇浆洗炊煮，四个天真烂漫的孩子一肩背书包，一肩背算盘，像小鸟一样欢实地扑奔校园。

三姐一开始就表现出颇高的天赋，数学成绩总是班级里独占鳌头。20世纪六七十年代珠算是小学生的一门必修课，上数学课时满教室都是算盘珠"噼里啪啦"的撞击声。

一日，舅舅来了。舅舅是生产队的会计，一副算盘在他的拨弄下如行云流水。屋子在母亲每天的打扫归置下，窗明几净、清清爽爽。原木厚重的四方桌子上，煤油灯的玻璃罩也被母亲擦得锃亮。如豆的灯光柔和四溢、满屋温煦，摇曳着孩子们的身影。

舅舅第一次教我的哥哥姐姐们乘除法。

"哒哒哒……"三姐总是领会最快的。紫檀色算盘珠子在灵巧的小手里拨弄着，很快，答案便在算盘珠子的错落有致里精准地呈现出来。

三姐的学业在她五年级时戛然而止。我出生了，一年后我的两个妹妹也相继出生了。一屋子的"小萝卜头"给这个家带来了热闹与喜气，但母亲手足无措的忙碌也相伴而生。

从那个年代里走过的人们大抵知道，保姆仅仅止于书本里电影中的模糊影像，生活中曾经的一段时间几乎是缺失的空白。孩子们大都是大带小，在磕磕碰碰里相携相伴着渐渐长大。大姐已经出嫁了，哥哥是不能歇书的，他是家里唯一的男孩。母亲这样想，那失学的就只能是我的三姐了。

三姐是多么地留恋她的教室、她的同学、她的课本，回家的路上一步一回头，失失落落了好一阵子。

村庄里似三姐这样的女孩太多了。村前场院、老槐树的绿阴下，姐姐们背着、牵着、拽着，带着各自幼小的弟弟妹妹们。

活泼好动是孩子与生俱来的天性，那些小的高兴了就此坐到地上，摸爬滚打，不一会儿黑亮的眼珠是黑的，满脸也是乌漆嘛黑。小姐姐们或许能偷得一刻闲，在松软的黄泥地上画几方格子，玩跳房子、蹦橡皮筋、抓沙包、踢毽子……撒了欢地玩。

母亲爱干净，三姐更不舍得将我放到地上。我两岁多的样子，养得粉嘟嘟、胖墩墩的。

"要……要扛毛肩。"我口齿不清咿咿呀呀。

三姐便抱着我上了高处的石碾，矮下小身子搭上我的小手，准备"骑大马"了。我像条扑棱着尾巴的欢乐的小鱼，在三姐的肩头直闹腾。她自己还是个半大的孩子呢，一个不吃重，从她肩上一个倒栽葱，我结结实实地摔了下来，头角撞了个洞眼，殷红的血濡湿了毛茸茸的头发，顺着小脸滴答滴答。

我的哭叫声惊来了母亲。母亲着急忙慌，扯一块干净的新棉花，浸了香油按捺到破处，用布包了。然后是几天不敢碰潮湿，伤口很快结痂，居然好了，只是那破处有一块铜钱样的疤，就此躲在我的发际里。那时候的孩子真皮实，有个什么跌撞，这是大人们常用的土法子。

直到我长大记事了，三姐还时常摸摸我头上的疤说："我看看疤小了没有……"满眼是爱怜与不舍。

我就说："哈，我早好了伤疤忘记痛啦。"

2

物资匮乏，缺衣短吃，这是六七十年代之于人挥之不去的印记，我们家好像是例外。

窑厂隶属县轻工业局，工人、家属大都是商业户口，每个月有国家定量的供给。但曾经有段时间供应的米粮被若干比例的红薯片替代。拿红薯片当零食让我们这些少不更事的妹妹们欢欣雀跃，而当主粮就差强人意了。孩子们正当饭量和身高比着赛地生长。母亲精打细算，用尽心思稠稀调配，但米瓮还是在母亲的焦虑里，在不及月末就快见底。

三姐与母亲好像有种默契，三姐平常帮衬母亲干各种家务是不用母亲支使的，完全是她的自觉，才十几岁的三姐就巧动心思，寻摸家里的吃食。

窑厂紧邻乡野村庄，阡陌交通，山地稻田麦地漫无边际。

麦子黄了，一浪一浪翻卷潮涌，辛苦了一季的人眉开眼笑，荡起一脸的满足。真正的麦收开始，我们家有几分自留地，那是厂里分给的，母亲带着三姐在那里也种了麦子。六月，太阳已经是个热辣辣的少妇，热情张扬得像一把火，捂了风的麦棵垛里，热气又添了许多，暑气难耐。

以前割麦子全凭一把镰刀，镰刀被磨得飞快，磨刀霍霍向麦子。那镰刀挥舞得巧妙。"唰唰"麦子被齐齐地放倒，接着就打捆驮回院落。驮也是人力，特制的"锚担"包裹着铁皮的两端深深地轧进麦捆里，一头能串起好几只麦捆。麦捆的小山里，我看不见三姐的身子，只见两只飞快倒腾的脚，脚下生风。

晒在院子的麦铺散开来，趁着阳光正艳得脱粒归仓。家里是没有脱粒机也没有碾子的，还是用手工。一种粗长竹手柄，顶端是能活动的转轴，带连着一排编结在一起的竹片，像扇面一样铺开的"连盖"便应运而生。高高扬起、摔下，在竹排沉重的扣压里，麦子离开它的孢衣落到地上。这也是种技术活，没有几次三番的练习，那竹片就会短促在地，不会如你所愿平躺着结结实实地亲吻麦子。

最后扬尘过筛，新鲜饱满的麦子滚动着，在母亲姐姐衣襟濡湿的辛苦里，充满诱惑飘着怡人的麦香。

周边生产队的粮食在一场场忙碌里归仓，田地里徒留谷茬麦桩，但这里总会有漏网之鱼。三姐捡麦子很有耐心，低头弯腰仔细搜巡，每一穗都不会遗漏。手里攥不下了就扯几根穗子上的麦秸，绕成一束放到高腰竹篮子里，每一次都能捡满一篮子。

那麦子很快在石磨的转轴里，推压成精白的粉，又被母亲做出各式面食：手擀面、疙瘩汤、煎饼……

山脚下是红薯地，入秋后生产队的收挖也告完成。在这里三姐还会有她的发现，哪块地已经被人翻挖了几遍，三姐几乎一打眼便知道个大概，她才不会浪费气力呢。有时我会一路蹦蹦跳跳跟着三姐，她在前面翻挖，在我的大呼小叫里，那大大小小的红薯就露了出来。浑圆如拳，椭长如榄，我仿佛闻着了烤红薯的清香，姐妹俩又是收获一篮子的喜悦。

3

三月，桃红柳绿，半山腰上桃园杏林点缀了满坡的浪漫，六七月里，桃子熟了，杏儿黄了。弟弟妹妹们眼馋得不行，母亲便给几块零钱，让三姐去买果子了。去桃园有个好处，就是买桃的人能可劲地品尝，三姐便想着带上我。

"让我妹尝吧。"三姐对看桃人如是说。她深悟桃李品味，哪棵树上果子酸涩还是香甜脆爽，她一上眼便知。

三姐指指点点，皮薄粉白透红，桃嘴尖尖鲜红，掂在手里沉沉甸甸，闻起来香甜，那这棵树上的桃子一定没有错。于是，我急切地咬上一口，桃子果然脆甜多汁盈盈满口。

又过一月，清风徐来，野桃发散着幽幽的清香——野桃熟了。野桃有的苦涩，是不能吃的，有的香甜。三姐和这些树相熟不是一年两年了，寻着那香甜处，爬高上树又拎回满满的一篮。熟透了的小个头的野桃，黄灿灿的，轻轻一捏，肉便和核分离了出来。那果子紧实味厚，入口面糯甘美，吃着便难停得下来。

直到现在，桃仍是我钟爱的水果。

那桃核紧致，又可以雕刻出各种各样的桃篮，造型各异，小巧玲珑的艺术工艺品。拿它们在手里摩挲把玩，桃红色的光润愈久愈亮，还是人们追捧的小玩意儿。

4

冬天来了，那时候的冬天真冷啊。鹅毛般的白雪纷纷扬扬，一夜之间，乡野村庄已满是厚厚的白雪，落下的雪堆积起来，填满了沟壑，铺盖了山岭。树站成了玉树临风的模样，树叶在清冷的北风里窸窸窣窣。河床也结了冰，野惯了的男孩子在打冰漂玩，随手捡起块薄薄的石片斜刺里扬手飞去，"哧溜溜"那石块在冰面上留下几处白印，打着旋儿滚滚向前，很快就不见了影踪。除了袅袅的炊烟、隐隐约约的鸡鸣狗吠、远处淘气的男孩，村庄隐在一片静谧里。

三姐还是闲不下来。

每年的丰水季节，长江水位上涨，有时会漫过堤坝，水位退却，田野里那大大小小的河荡就突显出来。顺江水而下的鱼虾却是贪食美味丰茂的水草，不肯离去，被河荡雪藏了几个月后，那是鱼肥虾美。三姐要奔的正是这些地方。

三姐捕鱼的用具是"虾探"，这几乎出于她的手工。一根长长的毛竹杆，杆头在火里炙热，乘热压弯夹住一根细长约三尺的横杆。鱼网周边镶有串绳的轴，方正的一端穿过横杆，另两端在毛竹杆上收紧捆扎。一方前直后尖，三角形口袋样的"虾探"便做成了。鱼网也是母亲与三姐的杰作，她们织网的样子真美，母亲与三姐飞梭引线，看着看着，"日月如梭"的成语便在我的小脑袋里跳跃。

白铠铠的雪映衬得乡野空旷清朗。

"咔咔"一大一小两个女孩迎着清冷的风，一前一后踏雪而来。姐妹俩一样的"卡基布"大红棉袄，三姐那收了腰线的棉袄勾勒出少女凹凸有致的曲线，圆润的脸盘白皙娇美，眼如点漆。妹妹我厚实簇新的棉裤，蓝底上大朵的红花，天蓝色的连脖毛线帽裹着头脸，武装到牙齿，只剩下一双如黑葡萄样晶亮的眼睛。

天边飘来了两朵红云。

河荡里的薄冰差不多融化了，湖底的水草摇曳生姿隐约可见。三姐轻巧地抡起"虾探"，紧贴湖底大力地向前推进。毛竹手柄在她的手里一点点向前延伸，快到末端了，三姐猛一使劲，三角网兜头回拉，收网开始了。那网露出水面，裹挟的泥浆在三姐熟练的轻荡里也被洗涮得干净。越来越近了。"叭"三角网面地倒扣，也扣出了我们一地的欢喜。那刚出水的小鱼欢实地蹦蹦跳跳，闪烁白练般的银光；褐色的大虾张牙舞爪；米白色的小虾腾挪翻爬……我小手翻飞，忙不迭往竹篮里捡。

三姐探得越来越起劲，趟趟不落空，有大个头的鲫鱼，那鲫鱼拼命地张嘴，一扇一合，活泼泼地翻身腾跳，尾巴击打得地面"啪啪"地响。有稀罕的乌贼、塘鳢，更多的是一拃长的仓条。那战利品在我的前面已一溜儿排开。

三姐头上已经是热汗蒸腾，回身问我："冷吗？把手袖棉袄里暖和暖和。"

"不，不冷！"我响亮的清脆的应声透着欢快，小手兀自小鸡啄米，忙个不停。其实我的小手在冰水里出没，被北风侵袭，已经冻得红红的。眼前这些活蹦乱跳的鱼鲜，足以给我鼓舞，就算再冷也全然不晓了。

三姐返身回来，捧起我胡萝卜样的小手哈着热气，小心搓揉，冻僵的小手又热络了。

我和三姐的配合简直是无以复加的默契，这样的配合会延续一个冬天。

"湖鱼香胜肉，饭热鱼鲜香"，那时的河水清亮纯净，干净得像个初入世的姑娘，河鲜的味道美极了。那鲜香多少年来萦萦绕绕，藏在记忆的深处，以至于我后来每食鱼鲜，一定要寻那水质出生好的，但大多不能一如当年的味道了。

家里的鱼虾多得吃不完。母亲会用盐腌制些鱼干。虾在烧红的铁锅里热焙，等虾渐渐露出虾红色便出锅，遇着响晴白日，晒那么几天，鲜美无比的鱼干虾干便成了。这些干货慢慢可以吃到来年的夏天。小鱼干或烹或蒸，虾米炒菜煲汤，虾干和着辣椒面滴上些许香油，隔碗放到饭头上蒸，是我最喜欢的，那种鲜美刻骨铭心。

日子过得清俭而丰盛，我们是少年不知愁滋味，全没有别人回忆里那个年代苦哈哈的样子。我就着如是想，生活无需抱怨怠废，智慧与勤勉足以令你活出不一样的意味。

5

老家傍山面水，临江而居。远山逶迤，定泉水清冽甘甜，盘山汩汩而下，经年不绝注入山下的浣河。入口处的河滩，水流清浅，鹅卵石浅黄淡绿迷人的弧线，游曳的小鱼清晰可见。浣河像一条翡翠缎带环系，飘逸款款。东北角一座龟形小山突兀地闯进河床，它的脚下，一些岩石高低错落没入水中，呈红褐色的温润、青白色的峥嵘。这是天然的搓衣板。

村庄里的大姑娘小媳妇们在这里浣纱洗衣。她们一水的裤管及膝，白净的小腿细腻如玉，肌肤胜雪。清澈透明的湖水倒映着她们柔美的身段，在波光潋滟里风姿绰约。惹得那些鱼儿也是有了灵性，生了喜爱的心，在她们周遭游来游去，不时和她们肌肤相亲，咬着脚趾挠着脚面，痒痒得逗得她们"嘎嘎"地笑……

真个是，越女天下白，浣河五月美。

一方水土养一方人，山水的灵秀，鱼虾的丰腴滋养着那里的人们，小伙子英俊帅气，姑娘水灵俊美，一个个出落得如花似玉。那时节，窑厂里七聘八媒往来穿梭，厂外的姑娘期望着嫁进来。仿佛约好了似的，厂内的姑娘被县城、都市里的青年青睐。

姑娘们洗着衣服，撩着水花，逗着别人的心思，说着彼此的新嫁衣。

三姐已经是个大姑娘了，韶年正当时。三姐也在想着自己的心思，父母俨然也有他们的心思。前几天，隔壁的李妈来我家坐坐，找母亲聊天好像是有备而来，给三姐提亲呢。父亲母亲未置可否，他们心里早有自己的主见。

我的哥哥、三姐，这两个没有血缘关系的孩子一起在这个幸福的家慢慢长大，平时姐弟相处，倒也自然融洽，父亲母亲把他们撮合一对的念头也由来已久。三姐想，母亲性子弱，从外面娶了媳妇，怕是会受些委屈，心下也就有默许的意思。我的三姐天性保守内向，她把一颗年轻姑娘的心藏在自己垒砌的厚墙里，外面的春风找不到缝隙，里面的人只远远地看外面的风景，婚姻也只会但凭父母之命，媒妁之言了。所幸两个年轻人同一屋檐下生活几十年，算是真正的青梅竹马、两小无猜。

话挑明了，三姐和哥哥反倒多了份羞涩，面面而向时手都没地方放，好不腼腆的样子，我那时就窃窃地笑。哥哥在离家几十里的区中学教书，一星期才能回来一次，三姐还是妈妈的得力助手，忙忙碌碌着。

新年里的一天，家里来了两个不速之客。一个远房的亲戚带来了两个城里人模样，打扮时髦的青年，长头发，喇叭裤。三姐从出生就未曾谋面的生身父亲，失却了信息的父亲，突然地派他的两个儿子找来了。

母亲第一次短暂的婚姻却留下了漫长的十几年的寂寞。我的外公外婆中年早逝，留下一堆凄凄苦苦的儿女，最小的女儿我的小姨才六岁。

母亲是婆家的童养媳更是家里的长女，就放不下她的弟弟妹妹们，常常住到娘家照顾。十六七岁完婚不久的两口子就生了嫌隙，一次大吵后，那个心智尚不够成熟的少年人，出了趟远门此后就再也没有回来。

那个男人人间蒸发后，母亲才发现自己有了身孕。

张冲，一个大山里的小山村，母亲挺着个大肚子住在了娘家。孕妇的心是易感和脆弱的，母亲的心绪低落黯淡，茶饭不思的结果就是营养不良。三姐还未足月，冬月的一个寒夜，窗外夜深沉。但那晚，上弦月悄悄地爬上了中空，一束月白色的微光透进屋子里。母亲感觉肚子不同往常，疼痛已经让她筋疲力尽，羸弱地支派舅舅请来接生婆张妈。

张妈刚一上手就发现胎位不正，久经世面的她犹是惊骇得脸发白心发慌。我的母亲有个好听的乳名美姐，因为她美丽温婉的样子，村民们平素美姐、美姐地称呼她。母亲秀丽的娥眉紧蹙，枕畔洒落一咎咎汗湿的头发，紧紧咬着手巾的一角，仍是不哼一声。

"美姐，有我呢。"张妈心痛美姐，更在心里佩服这个平时话不多、温温热热却又坚强的女人。

"哇……"一声清亮的啼哭，母亲九死一生，终于母女平安。母亲看着躺在身边的女儿，那可怜瘦小的小人儿，母性的柔情在心里一点点化开，越来越浓地包裹着她。

在母亲既是妈又是爹的关爱里，三姐转眼已长成个粉嘟嘟可爱的小姑娘了，会用自己的小眼睛小脑袋看事物了。

和邻居家的小伙伴玩得热烈，下工的人陆陆续续地回来了。父亲们向他们的女儿张开大大的怀抱。玲儿、春儿欢快的扑向她们的父亲，做父亲的在她们的小脸上狠狠亲上一口，又高高举起放到肩上"喔，我们骑大马马回家啰！"

目送已是万般娇宠的小伙伴，和她们的父亲留下一路的笑声渐渐走远，小小的三姐满眼的落寞和羡慕纠结成疙疙瘩瘩的一团，在她的小脸上，原本天真灿烂的笑定定地凝住了。

我的爸爸呢？他在哪里？伢乖，他一定也会疼他的伢的。可爸爸又在哪儿啊？

乡村的夜格外静寂，劳累了一天的农人早早地就歇下了。偶尔有几声狗的吠叫声，窗前煤油灯透出柔和的光，灯下的妇人低头做着针线，这些让沉默的村庄有了些许生气和温情。母亲每天晚上都要忙到深夜，三姐常常一觉醒来，睡眼蒙眬里母亲灯下的侧影是那么地好看。

"橐橐"似有似无又隐隐约约，窗外似有人在窸窸窣窣地弄响，令这本就黑魆魆的夜有了几分冷森。

"妈，我怕！"

"伢儿别怕，是猫儿老鼠呢！"母亲就将门再紧了道栓，吹熄了灯，上床将女儿揽到怀里，母女俩才安然入睡。

后来三姐才知道，那声响是来自村里仰慕母亲的未婚年轻人，他们常常会在母亲的窗外踟蹰。母亲是个心气高而自律的女子，他们求而不得，一次次的失望。

现在，她曾经朝思暮想的父亲出现了，以她的两个同父异母牛高马大的弟弟站到她面前的形式出现的。有欣喜有失落也有哀怨吧，三姐的心一定是五味杂陈。

三姐的父亲目前正官运亨通，是地级市的区委书记了。

母亲于任何来家里的客人都一贯客气，情到礼周，哪怕自家俭省着也要弄出一桌子饭菜。此刻她又一头扎在厨房里忙，吩咐哥哥三姐带着那两个弟弟出门去爬爬山，看看他们感兴趣的东西，到处走走。她自己和远房的表弟说着话。时间最能抚平伤痕，幸福更会让人心怀宽厚，母亲的眼里已经没有了幽怨。

父亲一根接一根地抽烟，面前的烟灰缸里已经积满了烟蒂。母亲殷殷地看着父亲，父亲又大力地吸了几口，发狠地将烟屁股压到烟灰缸里：

"让年她去吧，也许对伢子的前途有好处。"语声却不是那么坚决，仿若游丝在牙缝里一点点挤出来。

"我不，这么多年他又到哪里去了？不是他养我的小……"三姐倔强地梗着脖子。

几天后，三姐还是走了，和她的弟弟们去往宜城。我失失落落，一路跟到路边车的站台。站在风中，三姐和我依依挥手。

"三姐还会回来吗？"我眼巴巴地看着汽车绝尘而去。

宜城，曾经的省会城市古老而繁华。街面，店铺老字号，新牌楼鳞次栉比。琳琅满目的货物，熙来攘往的人流撩花了人的眼。电影院《庐山恋》《小花》的巨幅海报高高地擎起，张瑜、郭凯敏一对金童玉女清新可人。陈冲笑得灿烂，两只酒窝像盛满了馥郁的美酒，不知道令多少男子心醉神迷，女孩子心生向往。几个花衬衣喇叭裤的年轻人，提着双喇叭录音机飘然而过，也一路播撒下邓丽君甜美的歌声。黄梅戏在剧院里，在七拐八弯的街巷飘荡……

三姐第一次离开宁静的村庄，展现在她面前的完全是另一种热闹的城市。她新奇地打量，又在一下子还热络不起来的弟弟们面前装出一副漫不经心，留守着她心底那份矜持的盔甲。

市委家属大院，两个弟弟拥着三姐踏进他们的家。已近午饭时分，客厅里，天蓝色丝绒沙发里坐着一家之主吴书记，正是要找三姐父女相认的那个人。他身着灰色中山装，考究的料子挺括有型，肤白面润，保养得很好，正悠闲地喝茶看报。乍见三姐，目光热情里不乏从容，却少了份三姐期望里的慈爱。他不紧不慢问着三姐一些闲话，读了多少书啊？平时都做什么工作啊？……对着三姐像作报告。

一种陌生的当官作派，是一扇横隔的屏风，三姐觉得她和面前的这个人像隔了层凌乱的纱，他怎么也不能和三姐心底的父亲关联到一起，三姐一路热切的心徒然冷寂了许多。

吴书记，权且这样称呼吧，因为我一直没有听三姐嘴里称过他父亲。他也许从三姐的眼里看到了游离的陌生与厚重的包裹，便笑笑站起来说："吃饭吧，刚来有些生分，你要把这里当着自己的家。"

吴书记的夫人是个丰满到胖硕的中年女人，也是个女干部，热情张罗做了一桌子菜。小弟胡乱吃了几口，放下碗说："我有朋友回来了，约好了出去呢。"说话间人已经大步地迈出了门。

"这孩子，我做的菜就那么不待见吗？是又找理由出去吃呢，唉！"吴夫人叹着气摇着头。

"姐，等会吃完饭，我带你去舞厅玩，去跳舞。"大弟不管不顾地说，跳舞是他痴迷的爱好。

"你那迪斯科震得人脑壳痛，你饶了我吧。"和大弟相处的几天里，三姐喜欢他的简单可爱。

"阿姨我来收拾碗筷。"勤快让她没有了刚来地局促。

大弟已经把"燕舞"牌双卡收录机调高了音量，高保真原声带乐声曼妙，他忍不住抱着椅子跳起了交谊舞，舞姿老道娴熟，舞到兴致勃勃，拉着三姐就旋转起来。三姐在我们窑厂的剧团里还是个角呢，那个年代流行样板戏，她那小铁梅、阿庆嫂的唱腔有板有眼。

一家人每日里上班下班，吴书记轻易看不见他的人。半个月过去了，这几天三姐想家的心思愈来愈强烈。她想，家里的柴火垛又该帮妈妈堆码了，地里的菜秧该间苗了吧？妹妹们该开学了，家里店铺又该上货了，厂里青年队也要开工了……当然她心念里还有一个惦记的人，我的哥哥。

吴书记回来了，兴冲冲的心情很好的样子。

"年伢子，我找相关单位谈好了，给你安排在街道居委会上班，好在你的户口本来就是商品粮，办手续更方便些。"

"叔叔，我也要和你说一件事，我要回家了，家里离不开我的。"

"回家？"吴书记的笑僵在了脸上，"这份工作有多少人掂记着呢！

有多少人想得到它呀！"看着三姐坚决的样子，吴书记萎顿到沙发里。

"孩子，你就不能叫我一声爸爸吗？"吴书记一脸的殷切。

曾经，三姐在心里无数次想象过自己的父亲，喊过父亲，甚至在来时的路上悄悄练习过爸爸的发声。

"我……"三姐嗫嚅着，但此刻，那声"爸爸"像块沉甸甸的珠玉含在她的嘴里，还是没能吐出来。

回家的脚步是欢快而轻松的。

"大大、妈妈，我回来了！"三姐喊着，脆生甜润。亭亭的梧桐、沉默的苦楝树已是满树青绿，忍冬的冬青树一如既往地深绿着，熟悉的小院，亲切潮汐般涌动、蔓延……

父亲的脸上露出了久违的笑容，绽放的笑纹挤得睿智的小眼睛更细长了。

6

父亲母亲要给哥哥、三姐筹办婚事了。他们不想委屈自己一双璧人儿，家里请来了远近闻名的木匠、油漆工，做家具置办嫁妆。

雕花大床、高低衣柜、箱笼妆匣……一样样齐备了，那雕花全是出自木匠师傅的手工。原木上鸳鸯戏水，蝴蝶翩跹，牡丹富贵，每一样精致玲珑，仿佛呼之欲出。木工活在我家里整整做了三个月。

新年正月，亲朋好友齐聚，婚宴的酒席隆重得破了我们那个地方的记录。

三姐成了我们的嫂子，游离的身份后面，是她于这个家默默地奉献与长情地陪伴。

相思渡口

生命里总有一两样弥足珍贵的封存。我和爱人的"两地书"就这样多年来一直静静地躺在书柜的一角。今天读来,尤是一份温柔的感动。当年那令人耳热心跳的绵绵情话在一个个平常而真实的日子里化成了绕指柔。

日子有忙乱有甜美,仿佛一眨眼的工夫,我和爱人的婚姻已经走过了第三十一个年头。

1987年的春节,一个军人骑着一辆"永久"牌自行车飞驰在乡间的小路上,带着他的妹妹一起来我家玩。

"这是我二哥。"

"这是我三姐。"

两个妹妹是同学,各自介绍着自己的哥哥姐姐。那个军人,是妹妹同学的二哥小朱,他一身85式军装,橄榄绿空军蓝先就让人赏心悦目。他笑得有些腼腆,腮边一双酒窝一跳一跳的,大盖帽下是一张俊朗的脸,最稀罕的是他那一双眸子黑黑亮亮,深邃如海,越发透着睿智英武。

"哦！"我们几乎同时这样应着。虽然初次见面，但彼此的情况却早已经在两个妹妹的嘴里耳熟能详了。

华就不止一次在我面前说他，说她同学的二哥，有关他的一些事体。

他当兵第一个月的津贴，除了买些洗漱用品，其余全部寄回家中。从几元的津贴到几百元的月工资，父母常常会收到二儿子来自空军部队的汇款单，他的弟弟妹妹们的学杂费用大多出自这里。

1985 年，他妹妹需要三千元集资款，时下的月工资也才几十元，他一跺脚就给他的妹妹筹了一笔。

"我又收到了二哥寄来的生活费，五十元！"他的妹妹声音里浸漫着喜悦。华是同学中和她是走得最近的，她每有高兴的事都和她说。

他在部队里的种种进步与趣谈。

新兵连集训标兵。篮球场上身形矫健，三分球精准凌厉如风，常常代表连队出行比赛。后来，我去连队探亲，就喜欢静静地坐在场外，看他在球场上叱咤风云。有我的在场，他那"小前锋"更是精神实足。控卫拿球，左冲右突，别人轻易近身不得。三分球，一个潇潇洒洒的弹跳，张臂如弓，手腕轻扣"砰"的一声，球应声落篮，顿时响起一片喝彩声。他得意地回望，和我骄傲的眼神撞个正着，顿时温馨满怀。

任炊事班班长多年，精打细算自己去海边采买，和渔民做朋友，买到的海鲜就生猛新鲜，价格优惠，他们汽车连的伙食羡煞了兄弟连。

小车班班长做了几年。首长们用车，他派车一板一眼，除公干原则得竟至于拘泥。

后来我参加他们的战友会，战友老乡就朝我打趣：呵，那时候朱班长老牛了，那后门都扒不出一丝缝。

年前调到空军某部驻地安庆机场，后勤汽车运输连里又是个技术骨干。

后来我才知道，这是她们说者有心听者无意的小计谋。受他妹妹的影响，这次来，他好像也有着自己的小"企图"。

告别时，他回首的双眸落到我的身上，长长的注目礼意味深长，那一刻，我的心仿佛探进一双温柔的手……

妹妹在我耳旁鼓噪得多了，我对他便有了好印象。

两个妹妹倒成了我们的红娘。

"1976年，一辆绿皮火车拉着我们这些刚出校门一心报效祖国的热血青年南下。投身军旅，一切都是全新的，骄傲与激动充盈着年轻的心，就想着好好干吧。部队有发的四季全新的军装、大米饭白馒头、猪肉炖粉条……那个子蹭蹭往上长。新兵连集训后，马上拍了张照片寄回家。我长高了长壮了，英姿飒爽的军人模样，一家人争抢着看，高兴得什么似的。比在家里的弟弟妹妹可幸福多了，省下的津贴就想着寄回家。父母年迈，三弟突然离世，我这个做哥哥的不可能也不忍心不管，支持弟弟妹妹也等于减轻了父母的负担，算是尽点孝心吧！"第一封信不期而至。

一个多有原则与爱心、有担当的人。这就够了，足以令人刮目相看。

"我最看重的其实也是你这种男儿的担当，一个连自己亲人都不爱的人又谈何爱别人呢……"我给他的回信是理解和欣赏。《谁是最可爱的人》魏巍的那篇文章感染了我们那个时代，他的品行也同样感动了我，一个纯情不物质的女孩。

他给我的信也越来越火热："说实话，春节去你家送小云也是有我的心思的。妹妹和我每提起你，眼里都是赞赏，说你文静秀气，尤其是你的经历为人。我就生起了看你一眼的想法，一见到你心里就有了一种无名的感触……如果妹妹不和你提及，我打算就自己闯到你家，当面求爱呢！"

二十九岁的他也算个大龄青年了，部队的领导知道他有了心仪的姑娘，就非常关心。连长关心地说："小朱，姑娘家你得主动，得多跑跑，工作你就别担心了，我们考虑合理安排。"

"那哪成，现在是阳光雨露，工作也更有劲头了，我也会合理安排，呵呵！"小朱憨厚地挠挠头，一双酒窝盛满了喜悦。日子久了，我还发现了他无处不在的幽默风趣。

小朱所在的机场距我家有近六十里，交通班车还挺不方便，这也难不倒他。骑车，公路上、乡间小路上，常常看见一个年轻的军人骑着辆"永久26"，风一样驰过。

飞鹅峰下的长河与长江一衣带水，两岸芦苇扶风，水草丰美。春天来了，万头攒动的芦笋，穿透打苞的牙叶，探出头来，几日不见便会齐刷刷地窜得老高。满眼的新绿里，小鸟也在叽叽喳喳。

我所在的工厂在河的对岸。芦花渡口的黄伯和他已经很熟了，远远地看见他的身影，黄伯便起桨解缆，木桨漾起浪花，小船推开风中袅娜的芦苇，从如絮的芦花里悠悠地摇出。

他的心也一如这起起伏伏的河水，伴着游曳的小船向他心仪的姑娘靠近。

他第二次来我家，是母亲的生日。面对一屋子人，他腼腆局促得像个大姑娘，手都没有地方放。

他那一脸通红的憨厚却是更会给人以好感，善解人意的我心里窃笑脸上绽放着热情。"家里的热闹和谐的气氛，我紧张的神经慢慢松弛了下来，当然主要还是你灿若桃花的笑脸给了我底气。"他很快就融入这个家。

"你上班了，担心我一个人闷，会着急，其实我一点也不着急，我们早早晚晚能在一起呢！每到快下班的时间，想着你快回来了，往往不能自己，跑到门口张望。你回来了，你看书，我写字，静静地相对而坐；我们一起出门，一起去小河边洗衣服；我还和二老谈谈天，听爸爸谈天说地地摆龙门阵……"给我的信，他那一笔字写得真的是好，潇潇洒洒。

母亲做的家务活，菜园子里的活，他干得趁手熟络。母亲缝被子，他也穿针引线干得像模像样。不愧是炊事班练过的，他切菜的刀功娴熟得像个大厨，饺子包得玲珑有形……

　　"当兵的吧，这些都是自己平日常做的事。"

　　"是个勤快实在的孩子！良心好身体棒，还图什么呢！"母亲在心里认可了他。

　　父亲一开始是犹疑的，总一副待客的意思相看。父亲倾其所爱，舍近求远选择名校，很小就送我出远门读书。

　　"家有小女初长成"在父亲眼里，他的女儿出落得如花似玉。刚刚参加工作，那时上门提亲的人多得可借一句"踏破门槛"来形容，有厂长有局长出面介绍的青年，他们是医生、财务干部，最起码也是大学生吧。而我偏偏看上一个当兵的。

　　暑假，照例的丰水期。那一年的水势来得格外地汹涌。长江水位在不断窜高，分分秒秒在变化。内河的圩堤溃不成军，漫天遍野滔滔黄水。

　　芦花渡到公路的一段田间小路也没了影子，我想这个暑假他大约不会再有办法来了，就连惯常几天一封的信，也因为邮路的隔绝好久没有收到。

　　他还是来了。不是骑自行车来的，而是车骑着人来的。骑到没有路的尽头，扛上自行车他想都没想就爬上了山。正是草木茂盛的盛夏，没人的深草，荆棘纠缠，找不见路也根本没有路。蚊虫、蝎子、洋辣子……各种小动物满山地撒欢。

　　终于千难万难到了山脚下。

　　"黄伯，过渡啰……"中气实足，声如洪钟的呐喊在河面荡起，隐在芦苇荡里的小鸟也感染了这份生气，扑棱棱飞起，掠过水面，落在不远处的水草中。喊声在河面来回打着旋，和那些惊起的鸟一起旋向隔岸。黄伯的小船慢慢地就摇过来了，远远地看着像一片轻灵的树叶。

"爬了趟上甘岭！"小朱给黄伯递上一支准备孝敬未来岳父我父亲的"大前门"，满脸歉意的憨笑。

"大水漫天的，这几天一个过渡的人都没有，但我估摸着你说不定就来了。"黄伯看着眼前的青年，温和地笑。

他被蚊虫、洋辣子蜇得满脸满胳膊疙疙瘩瘩，手被扎破了血，腋窝下现起肿大的红包，满脸灿烂的笑，站在了我面前。淡淡地说了几句路上的经历。

这种执着也感染了我的父亲。他以军人的执着热情，呵呵！再有"大前门"端茶倒水的"小贿赂"征服了父亲。父亲后来嘴里每次提及他，总是"我小朱"这样亲切地叫，那是一个父亲的疼爱。

那次回连队，我送他到了芦花渡口。回首作别，我伫立小河边，目送他渐渐走远，想着他又要走一趟那难走的路，心里别提有多心疼了，我想，我是真的爱上他了。他说我袅袅婷婷的样子，站在河岸像株亭亭的小白杨，几乎让他迈不开脚步。一个军人的责任与使命感又在召唤着他，想着心爱的姑娘，他归队的脚步坚实而有力。

他也有失约的时候。

一转眼已是秋天。他说要出一趟远差，去浙江拉桔子，五天左右完成任务就来看我。

二十天过去了，没有看见他人。他的工作有一定的风险，我的心便忐忑不安起来。终于收到了他的来信。

"这次执行任务，可谓出师不利。我们车队有辆车被地方车撞坏了，好在我的战友训练有素，应急处理得快，车子受损人没有受伤，要不然后果很严重。我留下来处理修复了好几天，但车况已经很不好了。满车的橘子是部队的供给不能耽误，我和副手继续前进。山高路险，天气寒冷，重载受伤的车有两次坏在大山沟里。山沟沟前不着村，后不着店，人是饥寒交迫，几天几夜未曾合眼，东奔西颠买零件自己动手修理。前前后后折腾煎熬了半个多月。但绝处逢生总算完成了任务。回连队时，连里战友差一点都认不出我们了，体重整整减了十公斤，另两个战友回来就住院了。"

"路途艰险无法形容，等我回来时再详细地与你谈，也挺有意思的。你听到后一定心疼且更担心了吧。不过不要紧，我身体底子好，休息十来天就会恢复元气的。我的职业就这样充满了不确定性，做一个军人家属以后也是挺考验人的，短不了让你牵肠挂肚，真是抱歉！"

"但军旅生活也挺能锻炼人，给人应变能力。还是要感谢你，爱给了我勇气与力量，这种感觉在具体的环境体味更深。一想到你我的心也变得强大起来，我就是一个不肯向困难低头的人。在那样恶劣的情况下，完好无损地完成了任务，回来得到战友的称赞、首长的表扬，那也是美美的。我还要到贵池去几天，回来再去看你啊，特地给你准备了喜欢吃的橘子……"

"收到你的来信，心疼！但一颗心也就安了。军人的职责与属性我是懂得的，既然选择做一名军属，心里早有这个准备，我会和你一起面对以后的一切。回来了还是要休息，不一定急着到我这里来，不要影响到你的工作。只要你常来信，两地书也能给恋爱中的我们以慰藉，是么！……"第一次，在我飞快的回信里，没有了姑娘家的羞涩，直白大胆了起来。

几天后，当他站在我面前时，又黑又瘦。

就这样，我们的信使来来往往，有时是信来了他人没有到，有时是他人来了信还在路上。

1988年春节，两家老人郑重其事谈婚论嫁了，也惊动了部队的战友和领导。我们的婚礼在两个人各自的村庄掀起了创纪录的热闹。一辆吉普车，一辆皮卡，连长亲自带着一排人去我的娘家，一群朝气蓬勃的年轻军人，迎亲的队伍威风而别致。他那些退伍后的战友也不知道从哪里得到的消息，纷至沓来。在他的村子，那酒宴从中午一直摆到午夜时分。

"老朱，最后的胜利！"在一起入伍的战友中，他成亲是最晚的，战友们的祝福都来得直接而真诚。他给我的是一个足以令我回味一生的温馨而热闹的婚礼。

那年月书信背后是情感的交流，是绵长的思念，是真挚的情怀。无论篇幅长短，总有着冲破笔墨、直抵人心的力量。

书信是我们那个年月的印记，从渐行渐远到销声匿迹，科技带来的便捷与高效不可否认，但这世上始终有一些事情并不执着于效率。相较于即时通信的便捷，存留在纸张中的温情更弥足珍贵，值得反复回味。

每一个人都有自己的年轻岁月、恋爱时光。焦急里的等待，终于收到信了，小心地折开封口，那一颗激动的心"砰砰"直跳，仿佛就要冲出胸腔。一枚邮票的浪漫传递着绵绵情话，纸短情长。近在咫尺的情话也不敌书写的酣畅，滚烫的话会让一个纯情的姑娘春心荡漾，衷情的小伙子血脉贲张。一封书笺，如湖岸新月里的一把琵琶，拨动得恋爱中的人心弦震颤。我们的婚姻便在文字的温度里多了份牢不可破的坚强。

朴素的语言、朴素的情感，唯理想的崇高，对军人的敬仰……我和爱人的书信没有卿卿我我的肉麻，他的字又漂亮潇洒。我想或许真的可以拿出来示人，未尝不是我们那个年代的军人军嫂的情怀。

1989 年，军地交接，温暖的安置政策，爱人小朱顺理成章地入职安庆汽运集团。部队练就的纪律与技术令他在车队里如鱼得水，成绩斐然。先进工作者、福利分房，一件件美丽的事情眷顾着我们。搭上改革开放的顺风车，1999 年爱人又以军人的果敢承包了客运。风风雨雨十几年的运营，有磕磕碰碰，更有可喜的成绩，为家庭撑起了一方天，为单位年年月月纳了份承包金的责任。

"看，好一条肥实的家伙！"一声惊喜打破了池潭边的静谧，也把我从思绪的远方拉了回来。昔日的小朱已经是老朱了，但身体还是那样硬朗，在池潭边也站成军人的风度。此刻他正心无旁骛，欢快地溜着他那条上钩的大青鱼。好一场博弈，鱼儿闹腾，水花扑扑四溅……

母亲的年

　　年的仪式感是在母亲煮的绵稠的腊八粥里蒸腾起来的。进入腊月，母亲忙忙碌碌的钟摆似乎又上紧了发条。镇上唯一的裁缝师傅，东家约西家请，也忙了起来。一大早，母亲嘱我去接师傅，与师傅抬了她心爱的"蝴蝶牌"缝纫机，脚步轻快如飞。

　　木头凉床搭起了宽大的裁剪台，青灰卡其布、雪花呢、鲜亮的团花棉布、雪白的棉絮、的确良……这些布料堆起了小山。新年的第一天，全家人头脚一身新，来年的春天，自己姑娘身着一件"棋子格"或小碎花儿的的确良衬衫，别提多漂亮了，洋溢着不尽的青春活力。母亲这样想。

　　母亲说，师傅是娇客，厨房里烹饪蒸煮，忙了一桌子待客的菜，色香味俱全。

　　母亲的手工还是不可替代。譬如父亲的中式对襟卦、母亲的斜襟衫、布纽扣、孩子的斜襟毛袄……

　　母亲手里的画粉，画出流畅的彩色线条，衣服裁剪合体，像长在身上一样，多一分则肥，少一分则瘦。从民国走来，母亲喜欢这样的衣着，修长的脖子配上挺括的立领，清新脱俗。记得有一年，我也给她在裁缝铺定制了件立领对襟褂，试穿时，母亲说这领子松松垮垮，左右不顺眼。于是，拆了自己重新修剪，果然秀挺了许多。母亲的衣服几乎是厂里剧团常借的戏服，穿在"阿庆嫂"的身上，凹凸有致，真是别有风韵。母亲的精益求精长在她的血脉里，也糅进她的生活日常里，更影响着她的孩子们。

年轻的女裁缝，娟秀的脸满是恭敬，说："胡妈妈，您才是师傅啊！"

"哒哒哒……"缝纫机速度快了，师傅和母亲聊着天。母亲坐在旁边盘布纽扣，针脚细密匀称，像缝纫机压出来似的流畅，但却多了份质感。这样的画面在年关的家里会持续好几天。

腊月二十四，掸尘扫房子，也是南方民间传统的祭灶日，又称为"小年"。

天边几束鱼肚白，划过铁色的夜空，母亲起床了。灶楣上庄重地贴了父亲和哥哥从土地庙请来的财神。据说青竹叶能辟邪除秽，母亲用它扎了笤帚，头上包了花帕子，打扫房梁庭院，掸拂尘垢蛛网。每一处仔细周到，原本窗明几净的家愈加清爽了。

接下来清洗各种器具，拆洗被褥窗帘。井很古老，浑圆的井台是一块完整的石头雕琢出来的，透着红褐色的纹理。井底幽深，爬在井台上，能照见我的小脸。山上的清泉经过井的过滤，幽幽沁出，清甜的水仿佛永远取之不竭。井台旁，"哐哐"的打水声，女人们的笑闹声，捶衣捣被的木槌声，此起彼伏。雪，撒在屋上、地上、枯草上、山梁上、河上，破冰的河推着一垛垛白雪缓慢地流动，大地苍茫，一片耀眼的银白。人们嘴里呼出白白的热气，木盆里温暖的井水也冒着袅袅的热气……

我也会帮助母亲擦洗玻璃灯罩，擦得晶亮透明。母亲说要注意轻拿轻放，不要打破了。果真不慎，则要念一声罪过。大神不在小神在，认错后小神不再汇报你的过错了。

小年的夜饭在接祖的仪式后来了。打豆腐、炒花生干果、腌腊鱼腊肉、炸圆子……直到大年三十，这一切都在紧锣密鼓中进行着。

而母亲的油炸圆子，是最浓墨重彩的一笔。

门前的河汊湖荡，水质清亮，原生态，野生的鲩鱼，以水草、浮萍、芦苇为食，肉质细嫩，骨刺少，是制作鱼圆的最好材料。母亲挑条几十斤重、肥厚的鲩鱼，破肚片肉，红红白白的鱼肉颤颤巍巍，铺满了一面盆，留着待用。

再说肉圆子。母亲养了一年的猪，腊月二十四后杀年猪，也是个值得期待的日子。母亲养的猪吃的是野菜，麸皮粉糠，四野里闲逛，那猪俏皮亮壳，那肉自是紧实细腻，鲜美无比。母亲选那"前夹缝"最鲜嫩处的前腿肉，片下来，三肥七瘦，又是铺满的一面盆。

剁馅颇能考验功力与耐心。先用刀横竖正反细细地切，切出臊子，再反反复复抹平剁，直至成糜。肉和鱼糜分门别类，按比例加上辅料调味品，两味炸圆子的材料便成了。

"咚咚咚……"菜刀在案板上有节奏地响，带着愉悦的情绪。食物也是有灵魂的，舌尖上渗透出来的不仅仅是味道，还有情绪，炸出来的肉圆子便有了灵性，有弹性有筋骨，味道好极了。

一条村街串连着近百户人家，四檐滴水的青砖瓦屋，比邻而居。此刻，仿佛受了感染，"咚咚"的剁馅声，一家比一家声高，好像比着赛，谁家的声音响亮了，那年才过得有味道。

油锅烧红了，虎口处挤压。

"哧溜……"珠圆玉润的肉圆在油锅里泛起油花，迅即香气氤氲满屋，挤出厨房，满村街都浸润在浓郁的香气里。

刚刚出锅的圆子，那是又脆又松软又香，我想，世界上没有什么语言能够比拟那种口舌之美。今天，孩子们是能可着心意去尝鲜的，我靠着灶台，倚着母亲，吃得停不下来。

那年出嫁，在婆家过了新年。带着新女婿回家拜年的那天，母亲将大年夜的菜谱又演绎了一回。三耳红泥小火炉，炭火殷红，一家人围炉而坐，火锅里热气香气蒸腾。刚刚有身孕的我，像个小馋猫，吃着母亲的鳜鱼炖粉条，吃着母亲的油炸圆子……心满意足。

秋祭

处暑时节，炎阳不再炙烤，盛夏渐行渐远，秋意愈来愈浓。妩媚的秋色在天地万物间如水墨画般一点一滴地铺陈晕染开来。

"一场秋雨一场凉，日头一天短一线了。"儿时，在母亲的絮叨声里，秋祭就已经来了。

母亲通常会把祭祀放在农历七月十五。这一天，也是传统意义上的"中元节"。

记忆看不见，只有去抚摸。

夏秋之交，稻子熟了，菜蔬滴翠，瓜果丰盈。民间照例要祭祀，用新米等做成祭供，秋尝庆贺丰收、酬谢大地，追怀先人。于是"七月半"同样是我值得期许的节日。因为那一天，有母亲用新米做的米粉粑，有许多庄重而新奇的祭祀活动。

日子挨近了，母亲便寻思置办祭祀的物品。街面上买了花花绿绿的光面纸，母亲操刀弄剪，手法稔熟。一套套精巧的"纸枯衣"便热热闹闹的摆在蔑萝里。剪出成人服，剪出童装。对襟中式，上衣下裤，惟妙惟肖，赤橙黄绿青蓝紫，煞是可爱。最庄重的是折荷灯，母亲屏息凝神，折着、叠着，生怕哪个地方不周正。母亲是个精益求精的人，她将她的精细揉进每一个平常的日子里。

那一桌子的热闹、七彩花哨也撩起了我的兴趣，便跃跃欲试。

"我的兰儿已经是十二岁的小姑娘了，可以自己梳小辫子了，也可以祭祖烽香了，去洗洗小手……"母亲递给我的眼神是鼓励的。方正的绿色、红色、粉色、黄色的彩纸铺开，一张张对折又剪成长方形；长条彩纸四角内折；对中轴线面折；向后折。如此几个步骤，一条有棱有角的小船就出来了。将这些彩船罗叠，绿色是荷叶须在底层，做成一组。如此六七组，用细线绑住，一组组拨开。见证奇迹的时刻来了，一层层、小心翼翼地翻起、打开。莲花开出大红、粉色的花瓣，花蕊透出隐约的姚黄，映衬着碧绿的荷叶，起起伏伏，生动极了。

母亲耐心地指点着，我完成了人生的第一次手工。那盛开在掌心的莲花，也生长出一个孩子的自信。拿眼得意地瞄向母亲，此刻，母亲弯弯的柳叶眉微微上扬，细长好看的眼睛奕奕发亮，樱桃小嘴闪烁着优美的弧线……母亲赞许而舒心的笑，温暖着我的记忆，铸刻在我生命的年轮里。

最让我魂牵梦绕的还有母亲的米粉粑。米粉早几天就备下了。乡里亲戚送来了刚刚下场的新米，母亲带着我们推起石磨。"嘎嘎……"转轴推送，磨盘倾泻粉白的瀑布，在少年我的眼里那是最美的画。

十五这天，一大早，母亲便吩咐我去街上称肉买豆腐干，她自己去菜园子里摘些小菜，预备做米粉粑的馅。这馅也很讲究，那刚刚还染了晨露的嫩嫩的豇豆，专挑那细脆碧绿的，豆荚还没有长出籽粒，母亲摘了回来，切成细碎的颗粒；三肥七瘦的黑猪肉、豆腐干、青辣椒一并切成丁，头茬的韭菜做香料。这些食材以它该出场的秩序，在油锅里大火爆炒，待七分熟，红是红绿是绿，一款喷喷香的馅便做成了。那年月，吃肉见油荤也算得上一件很隆重的事，米粉粑的内容颇能看出主人的家境。

米粉下到煮得沸腾的开水锅里，快速翻炒。母亲说，这粉也要用心揉捏，还得趁热，揉搓到黏腻，那粑的皮壳才绵软有筋道。刚煮开的米粉可真烫，母亲下意识地捏一下自己的耳坠，好像这样能缓解灼烫感，又下手大力去揉。

该做粑了。揪一疙瘩粉团，再搓揉，顺着一个方向旋捏，面团成了个窝头样的巢窠。装馅合拢团揉，一个粑便成了。很快，竹簸箕上摆满珠圆玉润大小一致的米粉粑，在堂屋的方桌上一溜儿排开。

油锅烧热，米粉粑一只只贴到铁锅面上，贴锅旋一瓢水，压上盖焖烧。水气蒸腾，渐渐地就听见锅里"哧哧"的响，那是水气快蒸发干了，米锅粑的香气从锅盖的缝隙里一缕缕飘逸而出。

可以揭锅了。母亲先捡起一大海碗，那是留着晚上祭祀用的。又装了几碗说是送到隔壁张妈李叔家，让他们也尝尝我家的米粑。我便热烈响应，欣欣然而往。像这种母亲分派的、给邻居送东送西的事情，我打小就喜欢去干，在左邻右舍的眼神里，我享受着那种被赞许的快乐。

母亲做的米粉粑皮薄馅大，新米粉的香甜糅合了菜肉的鲜香，咬一口滋滋冒油。全家那期待已久的米粉粑，也糅进了母亲一颗细致的心。

月上柳梢头，月亮将它如水的光华倾倒在尘世间。鞭炮的炸响在此起彼伏，家家燃烧纸钱的火堆在村头河畔接续起了火龙。在大人们庄重的祭祀活动里，活跃着孩子们的身影。他们朝着烟火闪亮的地方奔突，一路打打闹闹，主家会热情地送上一捧铜钱般大小的米粑。是企图吉利抑或是应景，孩子们并不是真的为了那口吃的。立秋后的夏夜凉爽而深阔，虫儿在草丛里起劲地鸣叫，萤火虫明明灭灭……中元夜，也点亮了孩子们的童真。

月上中天。走过没草的小径，我陪着母亲来到屋前的浣河。浣河上承山泉清溪，下接滔滔长江，水色清亮，在少年我的心池，便似个不染风尘的美少女。十五的月亮真圆真亮，月华在清幽的水面洒下了点点碎银，河面波光粼粼，凉风习习，水声拍岸……

河畔，母亲摆起祭祀的供品。

"你二姐在日就喜欢这米粉粑呢！"岁月经年，母亲叹息的声音尤是浸漫了酸楚。放荷灯了，点燃荷心的蜡烛，我也学着母亲的样子，小心的将荷灯放到河里，一只接着一只。风吹荡着河水，推移着荷灯，渐渐地远了。那荷灯在深幽的河面，蜿蜒向前，宛如一条烛光闪烁的小路。

"云儿、珠儿，看见回家的路了么！"母亲小声地念叨着，那是她在喊我那青春早逝的二姐，还有我那未曾谋面早夭的四妹。

温润如玉的月光里，母亲面容柔美，漾着母性的光辉。她那逝去的爱女是她心荷里一盏不灭的灯，一个母亲的思念唯有在此刻能得到些许的寄托与安慰。

树影在水下粼动，泪水在脸颊悄悄流。折一盏荷花灯放在水中，闭上眼睛，双手合十，愿天堂里的人能感受到我们的思念，和我们在梦中相见。

缘起深圳

磨难与决绝，抑或是凤凰涅槃般的新生。

20世纪90年代末，内地正遭受改革的裂变与阵痛，妹妹华所供职的工厂终于在挣扎彷徨中轰然倒下。彼时，深圳的改革发展正如火如荼。于是，华走出了关乎她人生诗篇最为重要的第一步。

安庆高河，去往深圳的火车站。南下的大军从四面八方奔涌而来，售票窗口排着长龙似的队列，倒票的黄牛忙活的身影在人流中忽隐忽现。候车室里歪七扭八，或坐或站，到处是人。

这是1997年的4月，正是姹紫嫣红，春意浓烈。然而我的心里却塞满了惆怅，像一个不断往里充气的气球，越胀越大。毕竟，一个女孩独自走天涯。

绿皮火车"哐当、哐当……"喘息着缓慢起动，车轮梆硬地撞击铁轨，向着南方越滚越快，呼啸着驰往前途未卜的远方。月台上，我情不自禁的跟着火车小跑，华大声地喊着，声音里透着坚强与坚定："姐，放心吧，我会经常写信回家的。"

一票难求，华买的是无座票。车厢很破旧，别说座位了，过道上，洗脸池旁，甚至厕所里都挤满了人。行李架被编织袋、行李箱各种包裹塞得满满当当，花花绿绿。每一站上车的人都在努力移动，企图找到见缝插针的位置。人们相互裹挟着，拥挤不堪，想接杯热水吗？那你可能会花费半小时地一路厮杀，二十五米可能比五百米还要漫长。

车上没有空调，闷热而空气浑浊，令人窒息难当。人人像一条条插空的鱼昂着写满缺氧表情的脸，疲惫是相似的，浮肿的眼睛与水肿的脚也是相似的。

那时火车还没有提速，两天一夜，妹妹仿佛待了一年。

自此，收到华的家书便是我们一家人最热盼的事情。

第一封信节选

几天来，我在深圳的各大工业区奔走，工作找到了，还不错，是一家电子公司做财务，老板还是老乡。以前在工厂练就的财务技能在这里又派上了用场。我现在是早八晚六的上班，平日也加班，可能是账目做的清楚，没让老板分心，很得老板信任呢……

第二封信节选

……我来也已快一年了，积攒了些工资，和同事合伙买了台货车，把厂里物流送货这一块业务承包了下来，工资之外又有了一份不错的收入，过年回家，爸妈会收到一些小惊喜……

当然，她也有报喜不报忧，我们后来才在她淡淡的说谈中知道她刚去时的一些艰难。工业区的门是敞开的，但找工作的队伍也排得老长，就算是进工厂当工人还老乡托老乡。巡街的联防队，摩托车"突突"的响声会令那些没有特区通行证的人心头哆嗦、身体打颤，查到了就会被遣送回乡。

华是有特区通行证的。开始的几天差一点就误打误撞了一个传销组织。老乡说惠州有家公司要人，要华结伴同行，过去一看，一群人打鸡血样玩着"资本运作"的"庞氏骗局"，聪明的华抽刀断水走得果断。

深圳都市的模样，亚热带胜景令人流连忘返，每一天都让人感觉到它新的变化。工业区里机器喧响，走进走出忙碌的人，产出走向世界的产品，华惊喜于自己来对了地方。她是个不服输的人，看似柔弱的小女子却有强大的内心，决定的事情从不拖泥带水。她在心里给自己打气："我一定要留下来。"

宝安正在开发，布吉、观澜、龙华、横岗……山隔着山，工业区的工厂零星地散落在这些荒山里，道路在草木葳蕤中出没。

这天，华走在观澜镇的小路上。带来的两千元钱花得差不多了，近二十里的路她再不舍得花几元钱为自己叫辆摩的。早上只吃了一个馒头，此刻，肚子也在"咕咕"叫着和她抗议。

那时的深圳关外，治安尚不够好。突然，一辆双人摩托车"嘎"地停在她面前，后座上，蒙着头盔看不清面目的人一把夺过她的背包，迅即，摩托车绝尘而去。一霎时，她被惊吓得呆了，软软地跌坐到马路牙子上，身子瑟瑟发抖。那包里装着要紧的证件和本就不多的生活费啊，无助与胆战心惊是怎样地袭击着她。当然，现在的深圳，治安管理严谨，这样的事情再也不会有了。

终于，凭着她的一纸会计证和老乡的引荐，华在一家电子厂找到了一份会计工作。这家工厂的王厂长也是安徽人，来深圳已经有些年头了，刚开始也是从打工仔做起。特区无处不在的商机与勤勉让他的工厂风生水起，也带出了他的一家人。

华仿佛就是个社会人，把她放在哪里，都会和她周围的世界融洽得很，就如她在以前的工厂是财务科长一样。很快，她便凭着自己灵敏的头脑、扎实的专业成了电子厂老板信得过的人。厂长的夫人、女儿连带小姑子都成了她的"闺中密友"。后来的商途，她和她们就此结下了打不散的生死交情。

"姐，我腊月二十八的火车，到你家估计是晚上一点左右，还有一帮朋友。"此时，家里装上了电话。

腊月二十八，守在家里的我没有一点睡意。凌晨，楼道里传来纷沓的脚步声，赶紧开门迎接。打头的华站在了我的面前，兴奋里难掩疲惫，她的身后相跟着七八个人。哦，这是阿珍、阿莲，她以前老家厂里的同事。这是大姐家的儿子，这是小姨家表弟……华生性热情、豪爽，自己稍有安顿，就介绍这些太需要工作的人也去了深圳，且他们一去又把她那里当成了落脚点，也就有了今天这颇壮观的队伍。

"今天，要不是这些棒小伙子左冲右突把我们几个女的从车窗里架上车，我们估计都回不来了，有钱无钱回家过年啊。"

火车站，乌泱泱涌动的人流，车刚停稳，门口已挤得密不透风，相互拥挤着往车上攀爬，有人从车窗飞身而上……一瞬时，我的脑子里幻影着这样的镜头。

"你们辛苦了。"欢喜的我，乐颠颠地去厨房端出早已经准备好的饭菜。

我们姐妹两在彼此的家里安然自如，就如我在华之前单位的宿舍里一样，从不把自己当外人。大凡华带她的朋友来我这里，我往往都当他们是最尊贵的客人。

"别再推来推去了，拿起……"房间里传出华和她的朋友细碎隐约的对话声。我探头打望，两个人都朝我嘿嘿的笑。原来朋友跟了一年的一个大单子，过年前客户突然的人间蒸发，款收不回来了。朋友别说提成，工资都没有了，华就拿出自己的工资，让朋友过年回家给父母买个礼物。

哦，我也似乎明白了，今年儿子破例没有收到小姨礼物的因由。我想起，一个月前的来信里，妹妹曾经和我说到的惊喜，那惊喜也随着客户的跑路而打了水漂。这喻示着干了一年白干了，我的心里满是心疼。

时间进入跨世纪元年，2000年。

"姐，我注册成立了自己的电子有限公司，这里有发展自己事业的机会，如果不好好做一点事太可惜了。但万事开头难，租厂房，买机器，招工招管理人员，千头万绪，要紧的是资金紧缺。我从打工的公司离职，老板待我不薄，之前签约的股份也兑现了，但还是缺钱啊……"

"那多好啊！姐刚刚把运营费力不讨好的出租车卖了，有些钱。该还人家的也缓一步，我先给你全部寄过去，也是绵薄之力吧。"我知道华这个时候最需要什么。

"姐，那太好了！"电话的那边，我似乎看见了华欢喜的样子，心里涌起了暖意，像喝了杯蜜甜丝丝的。

2001年的暑假，因华的邀请和着对深圳满心的向往，我带着刚刚小升初的儿子踏上了南下深圳的火车。妹妹一再说要接站，我深知，办厂伊始，千头万绪的，坚持不要她来接。

"你放心，你姐也是跑过一些地方的读书人，丢不了，嘻嘻。"我自视颇高地打趣。

火车在东莞停靠。东莞作为"广东四小虎"之一，还是"世界工厂"，工业经济发展迅速，交通也很便捷。不出车站，大巴司机就热情地接我们上车了。一个小时后我们到了华在深圳公明镇的宿舍。

城中村，当地村民在自家的宅基地里翻盖的房屋。它们一水的方方正正，平顶，四周墙壁上贴满了马赛克瓷砖，里面是一套一套的开间。也许是寸土寸金吧，楼之间的间距很小，是那种一伸手邻居们都可以相握的样子，这就是著名的"握手楼"了。华的住处就在这里，是个两居室。生性爱干净整洁的她，屋里收拾得清清爽爽，家具一应摆设齐全，关起门来，也是个安落的小窝，倒也温馨。

华很快地从外面回来了，小脸蛋像刀削了般又瘦了一圈，清亮的眼闪着灼灼神采，小巧玲珑的身子透着十足的精神头。随即，她风风火火地带我们母子去她开工不久的工厂。

塘尾工业区沿着一条马路展开，街上人来人往，零星地散落着诊所、小吃店、购物店，周遭还没有完全开发，边缘地带还是隐没在一片片杂草里。楼房几乎都是方方正正，大约四五层高，华的工厂就在这里了。

华租了一栋房子的两层，有五千多平方米，一边是车间，一边是办公室和食堂。从车间走过，几排机器"滴滴、咔咔、呜呜……"热闹地响，焊接机蓝光闪烁，操作台边几十个工人正在流水线上忙着，有的机器尚在安装。不大的库房，打包成箱的产品堆得高高的，一台小货车装货送货往来奔驰。

四处逛了一遭，我很新奇也颇欣慰。

"姐，你寄来的钱可有大用处了，装修厂房，添置机器，真解了我的燃眉之急。现在还只能说是个小作坊，一切才刚刚开始。"华的眼里漾着踌躇满志。办公室后面的隔间，放着几样家具，简约里的简单，是华她们工作休息的小房间。华安顿好我们，转身她又折回车间。

兴奋令我精神饱满，没有一丝的疲倦，我按捺不住也跟了过去。华正在操作台上的工位上忙着。

"这几十款电子线产品，从一根电线到产品出炉有十几道工序呢，稍有偏差就出残次品，返工交不了货就是大事了。"

"事情零零碎碎，刚刚开始，开源节流，有时候就自己盯着了。"

"我也喜欢听这机器的声音，呵呵！"一拃长的电子线镀了锡，过秤称出精准的数字，再捆扎成束，华开心地笑着，说话间手里的活却是一刻不停。

华的手指灵巧地飞转，动作干净利落。不大一会，台面堆起电子线五彩的小山。我也学着她的样子捆扎起来。可看似容易，那细细的电子线到我手里就不似那么听话了。终于，手忙脚乱半天才捆起一束。心下思忖，华这是非一日之功了。

"丁零零"，午餐铃声响起，餐厅里工人排队打饭，菜还不错，三菜一汤。他们来自广西河南湖南江西各省，包吃住，每个月还能有千儿八百的工资拿，一张张年轻的脸上阳光得很。要知道，我那时在内地的月工资大约三百元的样子。

"给，"一个小伙子殷勤地递出一封信，信封上的字迹有些歪歪扭扭。女孩也递给小伙子一个香甜的笑："哦，寄回家的工钱收到了！"一对年轻人找个靠近的位置坐了，膝盖抵着膝盖，头挨着头，嚼着饭菜，偶偶私语。

因为我们，华让大师傅多加了几个菜，说是晚上再请我们去饭店吃大餐。我说还是不用吧，又不是什么外人。

"胡总，今天菜市的老陈送菜来说，接下来的菜他会天天送，叫你不用担心。"食堂总管的话无疑让华很高兴，她想起了那对喜眉笑眼的陈氏夫妻。几天前，他们来到华的办公室，几番交谈，陈老板折服得一拍大腿说："胡总，就冲你这样的仗义，你食堂的菜我包了，我先赊给你，月结半年结都行"。

就这样，华困扰的菜金紧张问题也化解了。

"拿去，应应急！"我掏出随身带来的不多的钱塞到华手里。华朗声的笑说，"这算什么事啊。也好，先拿着，算我借的"。过了几天，刚有一笔资金到位，华就首先掂记着抽出来还我，说是我路上要用。

晚上，塘尾最大的酒楼园兴大酒店，华还是坚持在这里请我们吃海鲜，我们坐定了闲谈。

"小胡，那个今天的铜咋样？我给你的可是地地道道的四个九，电解板铜。"未见其人已闻其声。随即，走进一个身材高挑、脸盘白净周正的中年女子。

"好呢好呢！拉丝顺畅得很，铜份量足，你给我的货我放心大胆地用。"华一叠声地应着。

昨天晚上，华还自己干了半宿拉丝工。

该给值夜班的员工夜宵了，她自己在食堂炒了鸡蛋炒饭。

"胡总干什么都有模有样，这鸡蛋炒饭和扬州炒饭有得一拼！"员工们吃出心满意足也不忘记吹吹他们的胡总，华听了就很开心说："那下次再露一小手，我还有别的手艺呢，让你们都尝尝。"

放下碗，我和她又到了车间。铰线机前，摞了许多铜线圈，闪着金灿灿的光泽。这些家伙该值不少银子吧，我心里这样想。华一只只挂着线圈，我也赶紧帮忙，尽管慢了半拍，挂着，挂满了铰线机上的圈位，我数了数十七只。拉开电源开关，拉丝机就转起来了，一根根细细的铜线被抽出，又合成粗粗的一股，生产电线的铜芯就这样成了。机器在嗡嗡地响，铜线像水一样流，华打趣也是由衷地说："哈，今晚我们干出了一个加班费。"

"这是大姑，"华转身对我介绍，我从沉思中回过神来。

"哦，大姑？"我语气里明显有了份惊喜。她便是华初来深圳的引路人王厂长的妹妹。我已经不止一次听华说起过她，有关她对华的帮助以及和华的交情，她也是华现在的供货商。于是，我对这个大姑也就有了份亲切感。

"这是我姐姐。"语声响亮，仿佛她有一个多么值得介绍的姐姐。客人们夸赞着："嗬，姐姐文文静静的呀！"

"这是赵总、孔总，铜陵老乡，开着几千万的铜线厂。"后面相跟着来了赵总夫妻俩。

"你妹妹才是女中丈夫，爽快大气，有头脑，我们是惺惺相惜吧。"这我信，父亲给她起的名字，一个中性的"华"，我不形而上学，但我想，这是不是一如父亲所望，又多少有些潜移默化的影响呢。

赵总也是个女人，四十几岁的样子。最先她从单位下岗，弟弟90年

128

代初就来深圳开发软件，今天公司做到了深圳五百强企业。在起动资金方面，她获弟弟援助，加上自己的精明强干，生意是做得越来越顺溜，随着先生也停薪留职来了深圳。老乡总有种天然的亲切感，他们就走得很近，忙里偷闲他们会一起喝茶聊天，谈谈行情。

饭桌上，华点菜时，大刀阔斧，看不出她厂里开支时的捉襟见肘。几个女人聊得欢，说得最多的是生意经。大姑趁"乱"，悄悄地把单买了。我忽然想起父亲常说的那句"名言"：吃喝不计较，买卖论分毫。她们可以在饭桌上抢着买单，但生意上的事情丁是丁、卯是卯，毫不含糊。

这一餐饭，我们都吃得满心欢喜，儿子也吃了他心爱的肯德基。

一个月很快就过去了，儿子也要开学。临行前，我悄悄地将自己刚刚买的新手机留了下来，那是一部别致的翻盖手机，是时下最新款。还算细心的我，常常看见华的那只手机关键时候掉链子，早该换了。

我是带着对深圳万般的留恋与牵挂回了安徽。

2002 年，我们又踏上了去深圳的火车。

"碰巧，今天迅达公司的采购部要来审厂，想去接你又走不开，但我已经安排小严去接站了。"小严就是她做物流的合作伙伴。电话里，华一再重复这些话，话语里我听出来许多纠结。

"生意要紧，可不能耽搁了，有这样的好机会，我巴不得呢！"审厂从生产应变力到质量，环环节节非常复杂，要给客户最好的展示，才能赢得客户的订单，这个我懂。

跟随着如潮水般滚滚的人流走出站台，坐在小严接站的小车里了，我的眼睛就此一刻不停地四处打量。宽阔的双向八车道，车窗外行道树挺拔葱郁，是那种厚重如黛的绿。隔离带上常青植物里不时看见或明黄，或粉紫，或橙红，或青白的小花……粉的夭夭，红的灼灼，紫的妩媚，黄的明艳。远处，高山榕盘根错节，树冠丰满如盖，虬劲的根须四野攀爬，彰示着它蓬勃的生命力。大王椰躯干粗壮笔挺，枝头的树叶似孔雀开屏，又似张开的手掌在热情地欢迎着我们……好一派亚热带雨林风情。

"深圳没有明显的四季更换，你每天都可以看见花开花放。"

"看，那是木棉花，也叫英雄树。"小严指点着。眼前，瓶颈形粗短的树干，四方伸展开来的枝头，叶子却成了陪衬，橘红色的花瓣姿意绽放，纯粹得如霞似火。我的心也被点亮了。

车子到达公明镇。这个建于明清时的小镇，方园不过百平方里，本地土著不过两万多人，而外来人口就已近五十万。改革开放带来了公明镇的繁华，这一年它被评为中国经济百强镇。

"我刚刚在桃园居新开的楼盘定了套三居室，明年就可以搬新房了，你们先好好休息，明天我给你们接风洗尘，出去玩玩。"高兴的事当然让亲人分享啦，刚一见面，妹妹不无兴奋的说。

"小姨，我最想去你的工厂了，""好好，明天我们就去。"儿子雀跃着新围工业区，华的工厂已经扩展搬到了这里。极目望去，到处是成片的厂房，楼房还是方方正正，大约四五层高，两个不同的厂区是紧挨着的。

合约签租，新围村干部坚持签个三年的合同，频繁地搬迁于合作双方都不是上策。商谈酒席上，华和她的团队轮番说合，轮番敬酒，夸村领导对公司的支持，数创业的不易，工业区长足发展的大环境……华更是舍了命似地喝酒，一杯又一杯，直到把她自己灌醉。回宿舍的路上，她和她的文秘小张姑娘，一路拖拽，一路跌跌撞撞。

感动了一应村领导。第二天，那张为期十年的合约终于落下了村委会的大印。

几年后，华有了"小棉袄"宝贝女儿妞，妞儿成了妈妈的"护酒使者"。大凡酒桌上，华端起酒杯，觥筹交错之间，妞儿殷殷的眼光就传递过来了，劝酒的人也就不好再坚持。

"妞不想让我喝酒。"华这时候的眼神特别温柔，声音软软的，一个小女人的温情就出来了。我看在眼里蛮欣慰的。

厂大门的空地上，排着很长的队，大都是些年轻的姑娘和后生。有些人风尘仆仆，刚下火车的样子，他们是来见工的。主管挨个打量、问答，那些填了表格拿了工牌的人提上行李，欢天喜地进厂去了。

门楼上那烫金的厂牌，华告诉我说还是出自名人手笔呢。两旁是两进四层楼的厂房。后面员工公寓，每一层的阳台上，晾晒满了五颜六色的衣裳，似万国旗在风中招展。中间是大大的院落和停车场，总体厂区有一万五千平方米的样子。

办公间，一色的田字格写字间。管理人员、销售、文员、跟单员出出进进，间杂着传真机"嗞嗞"的声响，电话打进打出的声音……

几部车子停在了厂门口，有"宝马"，有"现代"。一群人走了下来，他们是清一色的年轻人，带着满身的朝气。他们是 LG 公司来审厂的员工，昨天的工作依然在进行中。华脸上含笑，如沐春风，带了前台客服，一应主管上前迎了客人，一行人如鱼贯而入，像一股旋风从我面前飘过。

转身我也跟着走进了车间。成排的机器，成排的拉，每一条拉都是流水线作业。工人们各就各位，认真地忙着自己手上的活计。他们几乎是脚步匆匆，手儿灵巧，谁也不舍得停下来多看你一眼，这都是计件工资，时间就是金钱。

LG 的业务员们就此一刻不闲，每一个工位上徘徊观察，看产品工序，看产品检测，有时他们还会自己动手检测。几个细心的姑娘用带着白手套的手擦擦工台，摸摸那些电子产品，再把白手套凑到眼前看看，白手套依旧很白，没有污渍，哪怕一点灰尘也没有。再抬头看地板，漆色地面光亮如新。环境的整洁折射一个企业的精神风貌，也是保障产品质量的重要一环。那些电子产品在华和她的员工眼里娇贵得像个公主，当然让它们有个纯净的样子。

从车间出来，一群人又到了会议室。一排软椅围着船形长桌，实木的大拼台，透着木头的质感与端庄，中间空格处摆着几盘"摇钱树"，绿意盎然。拉开丝绒帷幕，大屏幕亮了。图片在不断幻化，业务经理小张一项项介绍，客人们认真地听、提问，然后他们相互交流。那些专业术语我是不大懂的，就见他们不断颔首。我想，那大约是他们都认可了产品的品质。但还没有完，接下来就是商谈订单的报价了。我窃笑，又要展开一番唇枪舌战了。

　　办公室，有张紫檀色硕大的办公桌，依墙是一溜的书柜。送走了客人，华坐到大班椅里，开始了又一项工作，将自己沉在了桌上一堆堆厚厚的报价单里。果然不愧是会计出身，抑或遗传了父亲经商的天赋异禀。"哒哒"和着计算器的声响，成本和利润就此在她飞扬的指尖下明明白白。

　　华的客户群很强大。她说她的业务客户有华为、比亚迪、三星、飞利浦等，她的产品已经走出了国门，走向了全世界。说着，她嘴角上翘，眉色飞扬。

　　几百人的厂子，每个月按时发工资，产品质量把关、房租水电、该交的税费，一大笔开支。哪一样她都得尽心尽力，像个旋转着的陀螺，一忙就停不下来了。

　　"姐，喝茶，这是上好的碧螺春，这还是留着招待客户的呢，当然你比客户更重要。"她打趣着，不忘记招呼着我。

　　一年的工夫，我看见了华今天的成就，但这成就背后有着太多的付出与艰辛。

　　"喂，阿珍吧！是的，我姐姐过来深圳了，今天晚上准备给她接风洗尘，你也过来吧。"华在一个个摇着电话，请一些想着要请的人。

　　"小兰来啦，那让她多玩玩，我明天请她吃饭。"阿珍在那边高兴得什么似的。

"阿珍现在也开了自己的工厂，生意很不错。"华告诉我。

"我哪里能和你比呀，只是一个小作坊。"电话里阿珍的声音谦虚里不乏舒心。

这一切，让偏安江南小城的我着实是惊喜交加，欣慰与自豪油然而生。

"又一村海鲜楼"，气派得很，包间金碧辉煌，妹妹点了许多我喜欢吃的海鲜。阿珍来了，已是妹妹合作伙伴的阿莲来了，外甥也来了。

阿珍还是那么年轻漂亮。听妹妹讲，她的工厂刚刚起步，一个人领着十几个工人在干。起早贪黑，业务管理一把抓，有时生产线上自己也顶上去。其实，华何尝不是呢，这也是深圳所有草根创业者的日常。

"三姨，改天我接你去我那玩几天。"外甥热情地张罗着我们入席。跟着小姨历练几年，如今他也有了自己的生意。

几年后，这些"外来妹""外来仔"们，都成了或大或小的企业主，有着近亿万的年产值。当然，这是后话。

周末，妹妹带着我们去深圳市区玩。那时，深圳还没有撤关，关里关外界线分明，来自外地的人，过关还要出示特区通行证接受检查。南头关，关口排着长长的队，半个小时后我们过了关口。

市区比关外又是别样的风光。大楼林立、立交桥纵横交错，街道两旁绿树成阴、蓬勃着、茂盛着，隐天蔽日。花园城市绿影婆娑、风光绮丽。街道像水洗了一样的整洁干净，街上的行人行色匆匆，谁也不舍得停下来看看这风景，或许有太多要紧的事情正等着他们去忙吧。

地王大厦，超高超扁，宝绿色玻璃幕墙在灿烂的阳光里，闪着迷人的光晕，远远地就看见那两根尖尖的针形塔顶。那是此时深圳地标性建筑，每两天半就建一层楼，刷新了"深圳速度"。伴着悠扬的乐曲乘上电梯，到达地王大厦六十九楼最顶层。站在三百八十四米高空之上俯瞰，蜿蜒的深圳河宛如巨龙展身，静待腾飞，又像墨绿色的华丽绸带把深圳与香港紧密相系。哦，那是华强北，那是世界之窗，那是华侨城……远处关外的工业区，老宝安县现在的宝安区变得隐隐约约……

夜幕降临，万家灯火，远远近近、明明灭灭、璀璨流转，深圳又向人们展示着它华丽丽的妆容。

夜已经很深了，工厂里还是一片灯火通明，华办公室里的灯依然亮着。比亚迪公司的采购黄小姐坐在办公室里催单了，这批货必须在今天检验打包交货。这样子人手就不够了，办公室全员顶岗，华也站在工位上，成了一个熟练工。手机不停地响，客户在不停地呼叫，华的宝贝女儿也在不停地呼电话，问妈妈几时才能回家，她说妈妈不回来，她就不睡觉。华时不时停下来手里的活，客气地和客户交流，温柔地和小女儿说话。

我无数次看见她这样了，我的眼眶潮湿了。

我见证着华的辛苦，她的公司在一天天壮大。

如今，华的公司已经有了新的腾飞，实现了从半机械化到完全机械化地华丽转身。年产值近两个亿，年纳税几百万，就业员工近五百人。2014 年获得国家高新企业荣誉，各种荣誉证书挂满办公大厅一整面墙，那是对一个民营企业家最好的肯定。

草坪如毯，花木扶疏，流淌五彩斑斓的底色……我深吸一口这春天里才有的草木气息，心旷神怡。这生命的原味与生机，于深圳，它是四季绽放。

车在光明大道上奔驰。绿化带、花园小景、园林建筑……这一切是那么地别致，如一帧帧山水画在车窗外飞快地掠过，又如倒影着的电影胶片，令人目不暇接。我眼前的深圳公明已是个繁华的都市小镇，南国风情无限。小镇繁华的背后，又该收藏了多少外来者打拼的故事，蕴含了他们多少的智慧与汗水。

"来了就是深圳人"，深圳以它的热情与包容让外来人尽意谱写着各自的人生，也成就了它自己的发达与辉煌。安徽女子华，只是无数个来深奋斗者中，最普通的一员。

于深圳，我们便有了割舍不断、千丝万缕的缘。

第三辑　岁月小笺

书香弥漫

哥哥的书箱里藏了很多的书，小人书、四大名著、鲁迅的杂文小说，现代小说等，甚或手抄本。我读的第一本书是《西游记》。五年级的暑假，一个清纯如荷的小姑娘，安安静静地坐在树阴下，又或者趴在睡床前，捧着厚厚的《西游记》，爱不释手，心思已然沉迷于那些传奇和曲折之中。那是个美好的开始，带着阅读的饥渴，我又啃完了《水浒传》《三国演义》《红楼梦》。我读"三言两拍"，读鲁迅、朱自清，读巴尔扎克、狄更斯……

最爱《红楼梦》。一部《红楼梦》说尽了人间荣辱苍凉，道尽了世间多少的恩恩怨怨、缠绵悱恻。宝黛的爱情，让我和他们一起喜一起忧，一起悲天悯人。那酒令那诗词更是让我抚掌叫绝。金陵十二钗不仅花容月貌、仪态万方，更兼诗词歌赋，才情万丈。林黛玉焚香断稿，一曲"葬花吟"让人柔肠百结、我见犹怜。

恢宏的气势下，各色人等轮番上场。林黛玉的弱柳扶风，多愁善感；薛宝钗的温润与善解人意；王熙凤的八面玲珑，如水照淄衣般的人情练达；刘姥姥的憨态可掬……上流社会的奢华，人物精细工笔画般地描摹，曹雪芹的写实力透纸背，让人相信那便是他的真实生活、真实的命运。鲁迅先生说"正因写实，转成新鲜"。

小人书的诱惑力绝不逊于几块硬糖。跟父亲一起在街面逛，我总会在摆着"小人书"的摊前流盼。70年代，父亲一个月的工资大几十元，却是可以令全家衣食无忧了。

"小人书"的价格变迁，是由两毛到块把钱一本。父亲平素花钱仔细，但从女儿眼里读出了喜爱，于是就毫不犹豫地买几本，我便一路欢喜雀跃。

哥哥的书箱于我又是一个磁场，但他轻易不肯开他那百宝箱。为饱眼福，我和妹妹极尽乖巧、殷勤，使尽浑身解数。哥哥终究是爱妹妹的，也知道我们真心喜欢，于是也就随了我们的心意，可劲地找来看。

我的父母很开明。在七八十年代的小镇，女孩子读书且能读到完成学业的并不多见。从初中开始，我和妹妹便被父母送到离家百里外的一个小镇，小镇上有个教学质量全县冠名的中学——麒麟中学。中学时，完成课业，闲下来的时间我都会看课外书。毫无功利的阅读，也许让人没有了那份浮躁，专致于品味文学的美丽，享受阅读的快感。

80年代，文学阅读的氛围如杯酽酽的茶，香溢村头街巷。

《红岩》《青春之歌》《钢铁是怎样炼成的》等，大凡能弄到手的书，我读起来都如饥似渴。我常羡慕现在的孩子，有那么宽敞漂亮的图书馆，图书馆里海量的藏书，有个多么好的阅读世界。我们那时的书刊稀罕，我甚至读过坊间流传的各种手抄本。《第二次握手》我是一个字一个字抄到信笺上，钢笔字娟秀公整，几十张信笺合装成册，便是文学青年们炙手可热的书了。琼瑶小说更是风行，美化人生的爱情理想是她小说的主旋律；曲折新奇、波澜起伏的故事情节是她小说引人入胜的主要手段；具有浓郁诗意、雅俗共赏的文学语言是她小说独具魅力的重要特点。她的言情小说影响了我们那一代人，"文青"是我们最以为骄傲的称谓。

散文家余光中说，百年来在华语文坛，白话文无疑是主流，但文言文简约凝练。"如果一个人有好的文言文功底，可以写出更华美的文章"。

四大名著写作手法与思想艺术皆为后人仰视，是中国古典文学的巅峰之作。她的语言无疑是美的，尽现国学底蕴。我的用词遣句，仿佛也浸漫着她的光芒，古典文学语言的精髓与品位，隐隐约约又无处不在，就那么自然地流于笔端。而读余光中的散文与诗歌，其作品风格不拘一格。诗性的语言，幽默风趣的比拟是他文字的魅力之花。意志理想的壮阔铿锵，乡愁爱情的细腻缠绵，一唱三叹……仿佛能触摸他的鼻息，与他的文字起舞共鸣。

《罗兰散文》《罗兰小语》，她那贴近生活的小清新无处不在，一纸温馨柔美。就连日常也在她的笔下过成诗。出生书香门第的罗兰，她的作品蕴含着深厚的中国文化底蕴，含蓄、隽永，又流溢着中国式的哲思与睿智……

阅读，这种爱好便深入骨髓，就此融进我的生活。有书的日子不寂寞，每得一本书，那日子也跟着明艳灿烂起来。读过的书悄无声息，浸润着你的内心，也在影响着你的修为，藏在你的气质里谈吐中。或许会成就一个优雅知性的你；或许遇着沟沟坎坎你会更容易排解了；又或许你想表达什么，读过的书就等在你记忆的某个角落，喷薄而出，信手拈来……

读着，便有写的冲动。记忆看不见，只能靠抚摸。听从心灵的统治，记录生活，就像生活本身在讲述一样。我写亲情、友情、爱情……或许这些真实的文字触摸到了人们心灵最柔软的一角，最能引起共鸣的和声。

我写父亲的睿智与慈爱；我写母亲的贤良淑德；我写大姐身染绝症，那种锥心的痛楚与无助，几十年的心灵相通，生活相依的姐妹深情；我写乡土风物、家乡的非遗文化……这些流于心底的文字，这个世界在我眼里，充满了比有趣更有趣的素材。

文字娱乐他人才是更令人欣慰的吧。我的一颗文学心宛如南国的芭蕉树，和风生长，从此一"发"而不可收。两年来有百余篇散文先后在各级报刊发表。

却原来，少年时的文学梦一直都在。

百货店里的故事

六七十年代，窑街上的供销社是一栋简易的平房。棕色木头货柜挤满了一面墙，分门别类，针头线脑、玻璃灯罩、煤油炉子、小学生笔墨纸砚、香烟等，每一格都摆满了货物。店堂里，一只又大又深的陶缸盛着白花花的盐，几只酒坛压着沙袋，有阵阵酒香飘出，它们无一例外放着幽幽的蓝光。高阔的木板柜台透着厚重的原木色，台上玻璃亮瓶里是馋人的水果糖，水果糖也算不上水果糖，是用番薯熬制的黑糖，那时一分钱能买两块。还有裹着金黄色米糠的皮蛋，充满诱惑沁着玛瑙色泽的红糖。香烟的烟草味、糖果的甜香、酒坛里的酒香……店铺里充满各种好闻的气息。

我从母亲手里接过几分钱来高兴得一路蹦蹦跳跳。在高不可及的台面下，我只能踮起小脚，仰起小脸。主任兼营业员潘伯，白白胖胖，笑起来像尊弥勒佛。他麻利地掀开店堂的活动隔板，走出来，矮下身量，疼爱地拍拍我粉嫩的小脸。

"童叟无欺，"潘伯说，对每一个来店里的人他都热情有加。

那红糖可是要凭票才能买到的，限量，每家半斤。

"快去排队呀，红糖来了。"窑街上，消息一传递开，供销社门外很快就排起了长队。

"二毛，你这糖买回去给谁喝呐？老娘，还是你那俏媳妇？"

"轮到老娘，怕是漱糖罐水哦！"有人就打趣，被叫着二毛的汉子就"呵呵呵"，不停地挠着头。队伍一点点往前移，人群在闲扯里不急不躁。

黄麻纸裁出方方正正的纸片，在柜台上一字摆开，潘伯拿着鎏金小秤一家家秤量，轻轻筛到纸片上。糖包裹成宝塔样，棱角分明，用细细的纸绳捆扎。这样的包装是潘伯驾轻就熟的技艺，当然也是多年练就的，我后来在书本上读到"埃及金字塔"，就很自然地把它们联想到了一起。那麻纸有黄有棕，可真是毛糙，能看见细碎的麦秸秆，斑斑点点，我却很喜欢那种粗粝感，透着种原真，今天想来还挺环保的。

大肚釉陶酒坛，闪着锃亮的光，正中菱形的大红纸上，一个呼之欲出大大的"酒"字，白细布包裹绵柔细腻的江沙，有些年头了，那沙袋白里透着黄，沉甸甸地压着坛口。小酒坛的封口压着大红色的沙包，"那酒一定特别些。"我的小脑瓜里闪出这样的念头。

潘伯又在自斟自饮了。吊二两酒，捏一枚皮蛋，思忖着该多少钱呢？潘伯自掏腰包放进收钱的抽屉。一个人经管的店，完成这一系列动作，潘伯毫不含糊。于是慢条斯理地剥蛋、品酒，和来供销社的客人唠磕。

"这可是古井酒厂的高粱酒呢！啧啧，喝到嘴里像丝绸一样绵软，还不上头。"

"好酒，你不能一口就闷吞啰，先将酒含在口中，在口里打着圈，慢慢地盈盈满口，从舌头、舌背、舌尖，延伸到喉头，那香味就出来了，这时你再慢慢喝下……"潘伯满脸惬意地谈着酒经，面色驼红。

这酒香仿佛大章鱼无数漫舞的爪子，勾引得爱酒人士生了馋虫，口舌生津。发了工资的人们便三三两两，来店里打酒买货，闲谈聊天。馋得不行，有人就吊了五钱酒，倚着柜台，就着几粒花生米、剥只皮蛋喝起来，品咂之间，心满意足。

小小的百货铺就是个热闹的集市。每日里，潘伯早早起床，用鸡毛掸子各处掸掸灰尘，白细布再抹一遍，洒水扫庭院，便开门迎客。潘伯的日子在人来客往里充实且滋润。

潘伯退休了，小潘顶职上岗，那是70年代中期，店里有瓶装酒了。

小潘墩墩实实，圆脸大眼，平时话不多，是个实诚的青年。二十五岁的人该成家了，媒人上门，介绍的是个心灵手巧的俊俏姑娘。

老潘用红绸子扎了两瓶酒，两斤红糖，糖包尖尖上，纸绳里还压了红纸条，有了喜庆之气。父子俩便随着媒人带了礼物上门求亲。

女孩的父亲接了礼品，有着一双精明眼睛的小潘先就让他生出几分满意。古井贡红红的商标，熟悉鲜亮，女孩的父亲面露喜色。礼可不轻，两瓶古井贡三十元，相当于他半个月的工资了，又点着他的软穴。其实，老潘也是用了心的，来之前就打听好了，他喜欢这口。

姑娘和母亲在灶间忙着做菜炊煮，厨房里一时油锅"哧哧"地响，香味浓郁。

"火在笑，娇客到"，灶堂里跳跃着欢乐的火苗，映着姑娘羞涩的脸。

这一场酒喝得欢天喜地。

"哦！古井贡，俏媳妇……"小潘领着新媳妇在街上走着，就有一群拖鼻涕的孩子唱儿歌似的，一路起哄。小潘可一点也不恼，瞅一眼身边的小媳妇，女子双颊飞霞，也娇羞地看着他，相顾的眼光撞个正着，漾满了甜蜜……

时光深处的味道

爷爷有老寒腿，说是他只有喝几口小酒身上方得松懈。

老酒坊的大肚釉陶酒坛，闪着锃亮的幽光，正中菱形的大红纸上，一个呼之欲出大大的"酒"字。高阔的木板柜台透着厚重的原木色，贴着"窖久泉甘"的红纸黑字招牌。博古架上搁着酒漏，一溜儿吊着竹筒酒端，一两、半斤、一斤，酒端大小不一，提把细细长长，计量是早就设好了的，精确得很。

白细布包裹绵柔细腻的江沙，有些年头了，那沙袋白里透着黄，沉甸甸的压着坛口。

"老伙计，来啦！"带着瓜皮小帽穿着长衫的老板放下手中"哗哩哗哩"作响的算盘，迎出来，喜眉笑眼，一团和气。

掀开沙包的刹那，酒香泛荡，那淳香迷人鼻息，又弥漫开去。老街狭长的石板路光溜溜的，闪着青幽幽的光，酒香浸润着老街，在曲里拐弯的宽街仄巷盘绕，飘飘荡荡。

去老酒坊沽壶地瓜干、高粱抑或小麦酿造的老酒，在晚间的浅斟薄饮里，是爷爷最受用的时光。这是民国年间，父亲故事里爷爷的时光影像。

父亲作为总厂的销售厂长，一次又一次将厂里的销售业绩从低谷推向高峰。南来北往，他喜欢购置采买，林林总总，新奇复杂，然后悉数交与母亲。

母亲的"百宝箱"也是个大大的木柜，木柜的门脸镶着黄灿灿的铜锁环，纯铜手工錾花，一双蝙蝠要飞起来的样子。母亲将蘸了栀子花汁的桐油细致地刷了一遍又一遍，箱体透着明艳的橘黄，不单好看，还杀虫防腐，里面几乎囊括了父亲数年的宝贝。

民国时期的金圆券、股票债券，当然只是一种花花绿绿的念想了。宜兴紫砂壶，各式各样的酒，玻璃瓶的简单，青花瓷的典雅，景泰蓝的高贵……

还有我童年里的上海饼干，各种小动物造型充满诱惑地躺在精致的铁盒子里，它是乖巧的奖励。打开柜门，酒香合着饼香迎面而来。拈一个"小猴子"，再捏起一个"小兔子""小公鸡"，小心把玩，终于禁不住那诱惑，小心地咬一口，仔细地品尝。脆脆的饼香掺揉了淡淡的牛奶香味，充盈口腔，在舌尖跳跃，慢慢地润滑着我小小的肚肠。

如今商家卖场，琳琅满目的饼干撩花了人的眼，却再不似那童年的味道了。

舅舅姨夫来了，就意味着要改善伙食。母亲拿出几块钱来嘱我去买鱼割肉，少年时，这是我最喜欢的差事。

一路蹦蹦跳跳着跑向供销社。

土墙灰瓦，平房老屋。供销社年轻的屠户，牛高马大，胳膊、胸脯上结实的肌肉一疙瘩一疙瘩的。那时杀猪是用人力的，大约非这种体力而不能够驾驭一头猪。宰杀煺毛刮净，已经是白花花的净猪，屠户一肩驮了，脚步从容，气定神闲。毛糙的肉案上就躺着粉白的肉片。阔厚的木头案板已是刀痕累累，千沟万壑，油渍发亮。那刀技更是娴熟得很，在刀削斧劈里，一头猪被切得零零散散，供应了七里八乡。那是七八十年代相交的时光，猪肉七毛三一斤，很多人家也是逢年过节，家有来客才去割上一点肉。

母亲好一番忙碌，蒸炖烹炒，厨房里热气氤氲，香气飘荡，似乎要冲撞进紧邻的人家，一桌子丰盛便呈现在堂屋的方桌上。

河水煮河鱼冒着鲜香的热气；小干虾在辣椒油的滋润里透着诱人的虾红；水碗内是滑滑嫩嫩的肉片，山高水低拥拥挤挤；山粉圆烧肉，珠圆玉润，发散着亮亮的光泽……

小镇人家，我家是没有山粉的。那山粉是姨妈万般辛苦种出来的红薯，又熬夜起更，费心劳神淘洗出来的，干净纯粹。不常出门的她，每年都会让姨夫送些过来，这粉就愈加显得珍贵。

沸腾的热水冲煮，用心的揉捏，母亲做的圆子劲道有弹性，那丸子浸润了肉的精髓，反倒比肉更好吃。

这些都是我心仪的菜。人们说，人的味蕾是有记忆的，初始的味觉与饮食结构就此会在你的生命里留下印记，一辈子萦萦绕绕，挥舍不去。那就是母亲的味道。

父亲便拿出收藏的老酒。

父亲很讲究，收藏的一套青花瓷酒具精美玲珑。壶直口，口下渐展、渐粗，似孕妇隆起的肚腹，腹下内敛。壶嘴是上细下粗的长弯流，流上绘有火云纹。另一侧弯曲的手柄，上端有小系，柄上绘银锭纹饰。平顶盖有圆珠纽，盖上绘菊瓣纹。通体于青白釉下装饰青花纹，腹两面绘着凤穿缠枝花卉，火珠云、竹石纹影约其中。那酒盅肚腹处也是一溜的青花火珠云，小巧到能盛下五钱酒的样子。

父亲天生酒量不大，只捏着个酒盅慢慢地啜着，细细品咂，他的兴致就在这细斟慢品里。生活从容也好，困顿也罢，营造温馨的氛围给自己及家人的心寻些熨帖。多少年来，父亲这点"小资情调"也影响了我，如此岁月静好。

待客之道却是要让客人喝得痛快，在父亲的生花口舌、侃侃而谈里，他的酒器酒水就罩了层扑朔迷离的光环，客人就喝得酣畅。我想，他那颇能算得上辉煌的推销业绩，肯定有口才的丰功，千真万确。

"就说这古井老窖吧"，父亲又说道开了。"红高粱本来吧就丰润，三蒸九酵，然后是窖藏。这酒的酱香先让人微醺了，喝到嘴里软绵绵的……"

舅舅也和父亲一样小口的啜着，然后眯起眼，任凭姨夫如何鼓噪，我自慢慢消受。

姨夫是善饮的，和他的性子一样，急急的端起酒盅一饮而尽，"痛快，比我那老地瓜干厚实……"

品着醇厚绵香的酒，拉着家常，舅舅说他养的牛又添了几只牛犊子，再过几个月牛队伍就能压半条村街了，一脸的美滋滋。

姨夫俩眼渐次迷离起来。"除了栗柴无好火，除了郎舅无好亲……"很快变成了"除了郎舅无好柴"。

姨父自己停不下来，还一味地拉舅舅陪他多喝。

母亲倚到厅堂的门框上，笑眯眯地看着这些男人——她的亲人们。见他们只顾喝酒，就举着筷子一样样地往他们碗里夹菜，生怕酒压了他们的肠胃……

女代课教师

20世纪七八十年代，教师资源缺乏，像麦田还在灌浆的麦穗，青黄不接。

代课教师便应运而生。在学校中没有事业编制的临时教师，1984年底以前他们被称为民办教师，他们没有任何"名分"，却在特定历史阶段起到了不可忽略的作用。而在西部地区和偏远农村，代课教师为维系义务教育承担着历史性的责任。

回望那个年代，有这么一批青年，怀揣教师梦，在被"标签化"甚或工资福利低下的境遇里，用自己的热情，站在三尺讲台，像蜡烛一样燃烧自己也照亮了他人。

1983年，高中毕业的我来到了一个叫石婆的地方。清清池塘，水草摇曳，一条沙石小路依着她，蜿蜒着伸向校园的石拱门。就这样我走进了代课教师的行列，这段经历像醒目的路碑，伫立在我的人生旅途。

那是一个乡办初级中学。周遭水田坡地，丘林起伏绵延，自然的墨点染四季的颜色，不留空白。绿树影里，一溜溜平房，白墙红瓦，简陋但却干净齐整；黄泥巴铺就平展的操场，蓝球架下奋跑的少年；乱石拌着沙浆的围墙，能看见石头好看的纹理，环抱着热闹静谧交响的校园……这一切都那么地美丽。

校长曾经是我的老师，深知我的所长所好。教程是跟班转的，于是从初中一年级开始，我拿到手的课程表是两个班每周共十六节语文课、两节音乐课，还兼任初三年级政治课。

摸着石头过河，研究课本，听课做笔记。我学着自己语文老师的样子，认真备好每一堂课，课堂板书在备课时设计好。那年我才十九岁，年轻记忆好，那些课件便稔熟于心。

"丁零零……"第一堂课的钟声响起，我夹着课件登上讲台。

"起立。"班长清脆的声音里，台下，同学们齐刷刷站起，显得既紧张又严肃。

"咚咚……"我能听出自己慌张的心跳。稳一稳神，偌大的教室静悄悄，一张张青涩的脸、明亮的眼漾着希冀与信任，那是天使在微笑，这似乎给了我力量与鼓舞。我调整气息，让因为紧张而过快的语速慢下来，不知不觉便沉入语文教学的意境里。入与出、破与衡、环与链、师生互动……一节我想要的语文课堂生动地展现，充满生机、灵性与情趣。第一堂课的槛成功迈过。

而板书和批改作业，我写的字坚持用正楷，一笔一画都工工整整，绝不潦草马虎。

上课并没有碰到太大问题，头疼的是管饭堂的纪律。下课的铃声骤响，颀实地长个头的少年人，带着自己的饥肠辘辘冲出教室，饭堂外的队列排得老长。逢着男老师值守，那排着的队伍有条不紊向前推进，波澜不惊。我值日时，那场面可就变了。那些调皮的男生起着哄、闹着，推推挤挤，队列不听话地扭成了麻花。我急得满脸飞红，额上沁出细密的汗。看着我手足无措的样子，男生们越发地起劲了，但到了师傅打饭的窗口却是一个个中规中矩。我知道他们是在逗我了，逗我这个同样满脸青葱的老师，是另一种亲密的方式。

在教室里我是个老师，在课外更像个邻家姐姐。

门缝里会塞进一封信，稚嫩的笔迹向我诉说着同样稚嫩的思想与困惑。宿舍门外常常出现一提兜红薯、一把青菜，它们是谁不声不响的就放在了那里……遇着星期天，我出门有事，问："有谁愿意住我房间呀？"台下的女学生争着举手。若干年后，201班的雪梅告诉我："胡老师，我和爱梅好喜欢住您的房间，干净的闺房，好闻的气息。您还记得那件毛衣么？鹅花色的好漂亮！我和爱梅比画着，忍不住穿上，在房间里走来走去，急急地问对方：'你看我像不像胡老师呀？'"那件在今天看来再平常不过的毛衣却在少女的心里留存着。我想，唯有从那个年代一起走过来的我们才能懂。

"代课教师的编制越来越紧了……"几年后，教导主任在办公会议上的一番话让我作出了一个决定。尽管万般不舍，我还是参加了县里的招工考试。

走出石拱门，还是那条细长的白沙石路，我从这条路上来，又要从这条路上走了。晨曦里的池塘透着朦朦胧胧的美，身后静谧的校园在我模糊的双眸里渐渐地远了……和一个同样是代课教师的女同事依依惜别，我悄悄地走。我怕面对那些相处了几年的孩子们，我会迈不动离开的脚步。

在工厂上班是另一个不一样的世界，我时常会想起那教室，那些学生……那年的暑假，我还是去了一趟学校。

"301、302班考得很好，全县排名第三呢。"似乎从我热切的眼里读出我最想知道的东西，校长告诉我。那一刻，我的心里是满满的欣慰。还好，没有误人子弟，校长当初也没有看走眼，于语文我还是有点小自信的。

去年春节，我接到了爱梅的电话，说她们301班同学回校聚会，希望我能参加。那里有他们的青春也有我的青春，尽管那几天偶有小恙，心想，拍照会不会拍不出好的状态呢！但急切地想再看见他们的心念，让我早早地就到了。

　　站在饭店门前，我还是没来由的紧张，这紧张里挤满了喜悦，和当年的第一堂课是不一样的。包房里盈盈满座，他们也早早地就到了。

　　岁月经年，记忆像一面面网搜罗着那些过往，那些一起走过的上学放学的乡间土路；那些教室里上课的场景；那些校园里打球运动的画面……这一切的一切都变得清晰生动起来。同学聚会要紧的也最为看重的是，那些年，一起走过的年少时光，那是最青春、最懵懂、最单纯干净的年华。不是么？人们总是愿意在心底守望一片净土一份美好，因而一说同学会，总是会让人兴奋并热烈着。此刻他们相谈甚欢。

　　见我进来，凝神的刹那，他们欢喜地围了上来。三十年后再聚首，青春的脸因岁月的磨砺与沉淀，变得或丰满或儒雅或知性起来！似乎从这一张张生动鲜活的面庞，我们都能读懂读出彼此的故事。

　　同时被邀请的还有另一位老师。多年后，还能被自己的学生记起，这于所谓的师者是莫大的肯定。席间，大家一拥而上，唧唧喳喳似回到活泼的少年，朝着我齐齐地举起了酒杯。合影的照片似群星伴月。看看，是不是有那种被热情簇拥让幸福绕膝的感觉与感动。

　　一段美好时光、一张张兴奋的脸庞、一声声问候和道别……相聚的余味被携走在各自的忙碌中。还要说，有你们真好！

过年

码字的日子充盈而忙碌，时间悄无声息在指尖流淌，倏忽之间，年已等在那里，如约而至。

深圳的街上比平日少了份熙熙攘攘。往日拥挤的人群，像水滴被吸进海绵，这块海绵的名字，叫家。过年回家的心思根深蒂固，不可动摇。父母在家就在，膝下承欢，全家团圆，才是充满仪式感的节日真正的硬核。

"娘想儿有路那么长"，家乡那倚门而望的母亲，是系在风筝那端的绳扣，牵扯着我们回家的脚步，越系越紧。

我自嫁为人妇，一直随丈夫回老家过年。爱人的家是个大家庭，公婆养育了五男二女"七子团圆"是人生的大圆满，每年的春节便是一个大家族的欢天喜地。

自50至70年代，爱人的兄弟姐妹们，一个个比肩相跟着呱呱坠地。那些年，正是自然灾害多发，物质匮乏，父母养育他们，可谓欢乐与艰辛并存。

公公是上个世纪的大队书记，在任上一直干了三十多年。

"老书记真是个好干部，有水平有公心"，这是我和村民们相熟后聊天里听到最多的肯定，这至美的褒奖足以安慰天堂里公公未曾走远的灵魂。记忆里，他是个很有魄力且精干的人，不脱产地身先士卒，令他身材结实魁梧。他中气实足，语声铿锵，不要稿子的脱口秀，能使得公社的万人会场鸦雀无声。他的心思牵系的是他的工作、他的社员，孩子们的父亲永远是每天天一亮便出门，傍黑才落家。

操持家务，照顾孩子便是婆婆的全部，当然婆婆只要有可能，还会挤出间隙挣公分。

惯常的"超支户"，我爱人的孩提年少时光是缺衣少食的。稀饭清汤寡水，能照见他们精瘦的小脸，吹口气便"波涛滚滚"，吃干饭那得等过年了。红薯是他们最主要的口粮，煮红薯、红薯干、红薯渣、红薯糊……真吃反了他们的胃。

爱人说，那些年，他小小的脑袋里想到最多的是怎么寻获食物，安慰他贫瘠的肚肠。

上树掏鸟窝，下河抓鱼，架起柴草的篝火，便诞生了喷香的烧烤。那流着鱼油带着些许焦黑的小鱼儿，几枚鸟蛋，吃得热烈，顺带着脸上也搽了层黑漆漆的锅灰，陪衬得乌黑的小眼愈加黑亮。

孵坊里的毛鸡蛋也没少让他动脑筋。打着父亲的名头，赊几十只，在隔壁大爷家的灶台上好一顿忙碌，喷香鲜美的油闷毛鸡蛋便新鲜出炉，兄弟几个吃得满嘴流油，打着响亮满足的饱嗝。

年关了，会计报账，大队书记的父亲心知肚明。他那些饭砵般的儿子们，连同他们的古灵精怪，令他哑然失笑，于是做父亲的愉快地结账。

那年月的孩子们似荒原上的小草、贫瘠土地里的小树、野生的芽孢，兀自顽强的生长，便有了随遇而安、适应环境的本能，懂事而有担当。

冬天已然来临，预示着年的脚步也近了。那时的冬天真冷啊！哈一口气息，那热气立刻被凝固成缕缕白雾，屋檐上吊着长长的冰溜子，到来年春上才慢慢融化，滴滴答答。河床也硬结了冰块，飘絮的白雪，纷纷扬扬，染白了山梁填满了沟沟坎坎，村庄田野在雪藏的温度里休养生息。

而婆婆却是要忙她的另一场浩大工程。

定量的布票集中到年底，扯几方布料，过年孩子们的新衣新鞋也便有了着落。冬日的暖阳里，村庄的妇女晒着懒洋洋的太阳，聊着天儿，纳着鞋底，上着鞋帮，为家里人准备着大年初一早上穿的新布鞋。婆婆手巧，她做的千层底不仅合脚，还很好看。时间赶趟，她还会在线袜的底部绣上七彩祥云，或者几枝牡丹。

一个母亲的祈愿，愿她的孩子们足踏祥云，花开富贵。

过年。年的热闹，年的稀罕于平日的吃食，年的满满的仪式感，便是孩子们最巴望最欢喜雀跃的节日。

那时候，再拮据的人家也会用心营造出年的氛围。红红的灯笼挂上了，红红的春联贴起，红红的鞭炮炸响，缤纷一地的鞭炮屑也把大地染红了。撞击视角直抵人心的中国红烘托的是喜庆的年味。

那些漏网的引信尚在的零星鞭炮，男娃女孩们宝贝似地收到荷包里，一个个地点燃听响。或者拦腰折断了，露出橘红色的硝，朝着轴心围成大大的圆圈。划一根火柴"哧哧……"火花闪烁，火药味弥漫，孩子们拍着小手，跳着笑着，那是我们自创的游戏，甘之若饴。

炒花生、米角、山芋角、炸大头肉圆子、小炸儿……一应年货嚼头也在有条不紊准备着，那是孩子们一个正月里的零零碎碎，藏在裤兜里的美食。

年夜饭更令孩子们翘首以盼。

馋了一整年满盆丰腴肥厚的扣肉在颤颤抖抖冒着油光。杀年猪落下的猪头肉，在卤料里翻滚然后小火收汁，香味浓郁，勾引着万千馋虫，伴着快要流出的哈喇子，争先恐后地爬出来。先是祭神请祖，孩子们在仪式的冗长里，等待便显得焦躁与急不可耐，今天是可以敞开肚腹，大快朵颐的。兄弟们比拼吃肉，厚实约两厘米的猪头肉，有人能吃下十几块呢。日常里缺泛油水的肠胃在年味的抚摸得到暂时的滋润。

年夜饭也有讲究，饭桌上都会有两条鱼，一条完整的鲤鱼，只能看却不许吃，表示敬祖又意味着年年有余，另一条呢，是鲢鱼，可以吃，象征连子连孙，人丁兴旺。

1976年冬，爱人刚刚高中毕业，报名应征他梦寐向往的军队。量体重时，他第一次知道使心眼了，胳膊抵住墙狠命地使劲，身子往下压，磅秤吃了压的体重勉强够了，年龄可是虚岁十八呀。于是那年的春节便格外显得难耐，也全然没有了好吃的兴头。终于，在一个月的焦躁里他等来了入伍通知书，欣喜若狂。一个新兵临时身体出现状况，他成了幸运的替补。

从艰难里走出来的孩子更知道体贴父母兄弟。爱人当兵第一个月的津贴，除了买些洗漱用品，其余全部寄回家中。从几元的津贴到几百元的月工资，十三年里，父母几乎每个月都会收到二儿子来自空军部队的汇款单，他的弟弟妹妹们的学杂费用大多出自这里。多有担当有爱心的人，爱人便给了我最初的好印象，这也是我们能够走到一起的渊源吧。

婚后的日子里，我们一起为读大学的小弟按月寄学费，为小姑子办工作的事还账。1985年的三千元该是一个多么大的数字啊！相当于一个人一两年的工资。彼时还未成为她嫂子的我，是很羡慕她的，羡慕她有个多么疼她爱她的哥哥。这里三分之一是他二哥多年的存款，余下是从战友那里借得的。战友的借款一直在我们婚后，在我们每个月生活费的节余里，慢慢还清。而这些还债的日子，他从来不在家人面前提起。

那个年月，兄弟姐妹大都是小带幼，大带小，摸爬滚打，磕磕碰碰着一起长大。拿工资的，第一件要做的事便是补贴家用。长兄如父，那

156

人格魅力的光辉永远是懂得感恩的我们，心头那一抹温煦的阳光，照亮的是彼此和美的岁月。

如今，几代单传的朱家已是四世同堂，上下几十口的大家族了。枞川、宜城、徽州、闽粤，公公婆婆的子孙们开枝散叶，有着各自的家庭事业。

依山而居的小村，一眼望不到边的群山，连绵起伏。远山如黛，近处草木繁荣，云蒸霞蔚，掩映着玲珑楼宇，台前阶下，菜色青青。这是几年前公公尚在时，兄弟们集体出资修建的三层洋楼。

腊月二十八九，门前屋后的场院里，陆陆续续停满奔驰而回的小车，听见喇叭的欢响，婆婆急急跑出来。八十四岁的婆婆，面色红润，气色尚好。见到孩子们，她欢喜地笑着，满嘴的新牙是刚刚镶的，在冬日的暖阳里闪着光泽，原本豁牙干瘪的嘴饱满了，人也精神了许多。

"廉颇老矣尚能饭否"，婆婆茶饭饮食睡眠，样样尚健，这亦是我们这些晚辈孩子们的福气了。

留在老家的只有五弟夫妻俩。惯常的年下，五弟准备丰富的年货，是颇费心思的。猪鸡鸭鹅是野外放养满山疯跑的那种，活蹦乱跳的鱼也是选水质好的，当年的新豆子也送到豆腐坊磨了豆腐，还有我们都喜欢的家做的粉条……

五弟媳娴淑能干，拾掇浆洗，转轴的忙。蒸的煮的卤的炸的圆子，一样样齐备着。

我爱人勤快，做事还像模像样，每年一回家便系上围裙，帮衬婆婆下厨，也练就了杠杠的厨艺。婆婆年事已高，已好多年不用她动手了，坐到旁边唠嗑，看她的孩子们热火朝天忙吃忙喝。

爱人说女人们一年里忙够了，大过年的我们这些男人也好好表现表现吧！于是我听着便也很受用。

我们刚刚落屋，便上下齐动手，杀鸡拔毛，劈柴担水，那水是村头古井里沉淀的山泉水，清冽甘甜，用来泡茶煮饭，和家里的自来水味道自然不同。

五弟提溜着一条胖大的鳙鱼回来了，是特意用来做漂圆子的。那鱼珠圆玉润，阔大的嘴还在一张一合，鱼鳍肥厚，通体透着晶莹水润的光泽。有鱼源自活水来，不愧是来自浩浩荡荡清澈如镜的白荡湖。

长江边长大的我，对鱼自是情有独钟，爱人的鱼圆子便越发做得细致。将胖头鱼鱼骨剔除，鱼肉洗净，用勺子把鱼肉刮下来，要顺着鱼肉的方向，接近鱼皮的鱼红不要，他说会影响鱼圆的颜色，不那么好看了。鱼肉用刀紧砍慢剁，直至成糜。搅拌好的鱼茸再放入适量泡好的葱姜水搅打上劲，要分次放入葱姜水，放入适量生粉搅拌均匀。要紧的就在搅拌的工夫里，常常会令人手酸手软。搅拌好的鱼茸，很白很细腻，蓬松发白，很有黏性。左手取适量鱼茸，通过虎口处挤出鱼圆，用勺子接住放入清水中，鱼圆马上浮起，鱼圆便搅打成功，大功告成了。

大火里滚个来回，撒些葱花，鱼圆就可出锅了。偌大的青花汤碗里，那鱼圆晶莹剔透挨挨挤挤，山高水低，香气扑鼻。咬一口，嫩滑细腻，鲜美尽在不言中。这是老家桐城的名菜，桐城水碗中的一道菜品。"桐城派"诗文震古烁今，民俗名吃亦是它华丽乐章上，跳动着的一个美妙音符。

那鱼头鱼骨零零碎碎，用红薯圆子焖炖又是一道好菜。这样想着，好似心灵感应，婆婆的红薯圆子已经在捏了。那圆子又有讲究，恰到好处的水烧得沸腾，粉下去的刹那趁热搓揉，那粉团才没有白眼且细腻，做出的圆子有筋道。那圆子在筷头颤颤巍巍、玲珑剔透，带着鱼的鲜香，醇厚的美味在口腔缠绕，满嘴的胶原蛋白粘稠得化不开。小时候妈妈做饭的味道，婆婆今天给我找回来了。

柴灶锅是我们最青睐的烹煮，先是炖煮，后是小炒。架几块硬柴，大铁锅里咕嘟咕嘟着，好不热闹。一边是几只鸡炖猪骨，另一边是鱼头焖红薯圆子。紧火慢炖，香气在锅里横冲直撞，又从木制锅盖的缝隙里争先恐后地闯出来，很快便氤氲满屋，又在村庄的上空飘飘荡荡。

家家户户炊烟袅袅，鞭炮声不断地响，整个村子便浸润在年的味道里。

天上飞的地上跑的水里游的田地里长的，很快，丰盛的年夜饭摆满了桌面，家人团团而坐，围满了两席。其实吃什么并不重要，重要的是一家人在一起，这就是中国人中国传统。

年年岁岁年相似。年后，这烟火味的年，庸常的幸福将被携走在各自的忙碌里，留在彼此的心底。

玉宝

一年了，大姐走了一年。不管自己再忙，回家给她做周年，没有什么比这更重要的了。几部车回家，外甥非得给我定机票，说是怕我累着，也罢，孩子孝顺，便不再坚持。

大姐最后的日子，我在深圳，她在江南池城。电话里，我说："我在写你，写江南，等发表了我读给你听……"

"那多好啊！"又是那句熟悉得不能再熟的称赞，就像小时候，我又做了件自以为了不起的事情，得到的褒奖。

冬日的江南，因为小雨，天空灰蒙蒙的，更多了几分冷冽。车子在村里七拐八拐，停在了院门口，那熟悉的农家小院子面前。站在院子里，再也听不见姐姐急急相迎的脚步，欢喜的笑脸。姐夫明显老了，干枯的眼茫然无神。一衣一饭，姐夫依赖惯了姐姐，现在像个无助的孩子，他的哀痛与失落比谁都沉重。

我们在城里顺带着买了许多菜，摆满了厨房，准备祭祀和招待乡亲。铁锅已经生了锈，锅与灶台裂开了大大的缝隙，刚点着，火舌直舔着锅沿，满室烟雾弥漫，呛得人睁不开眼睛。这锅也因为没有了主人的养护而罢工了。

正手足无措间，玉宝和他老婆来了。玉宝壮实高挑的身材，穿着果绿色高腰连靴胶裤，手上提了几条鱼，肥厚的鲫鱼嘟着小嘴一张一合，稀罕的大黑鱼甩着有力的尾巴。显然他刚刚下河了。

"把菜择好了，拿到我家做吧。"玉宝的老婆叫玉凤，说话间已经卷起袖子干了。大白菜揪了，香菜芹菜掐了，胡萝卜切丝，土豆刨皮，鱼破了肚，湖板鸭斩了……玉凤和玉宝一样，农活家事的劳作，锤炼出一副健壮的身板，圆圆的脸盘漾着健康的红润，是那种黑里透红。此刻，她身手麻利从容，这些动作几乎是一气呵成。本该长皱纹的年纪了，玉宝的脸盘却依然白净，就算做粗活，他身上也是收拾得清清爽爽的。

玉宝看着自己的老婆，圆圆的大眼睛闪着赞许的光亮。我也赶忙打起了下手。

他们两口子就是勤快能干，不管我什么时间来，都能看见他们出双入对的身影。在田地里，在池塘边，在养殖场，一个握锄一个担水；一个冲洗猪场，一个就拎来了猪食；一个和客户聊天，一个在灶间忙碌……这让我想起"天仙配"里的男耕女织。人们说"兄弟同心，其利断金"，夫妻何尝不是呢。

"这萝卜水灵得很，园子里种的菜，回头你看看哪样喜欢，摘些带回去。"玉宝搓着大手，咧开嘴笑着朝我说。不知道什么时候，玉宝又跑菜地里拔了几棵大萝卜和几样小菜。沙土壤长出来的萝卜，用它烧肉，汤汁淘饭，香得能吃掉鼻子。我又想起有姐姐的日子，我来江南，遇上萝卜上市，她都会给我做这道菜。

玉宝家的小院就在姐夫家隔壁，一栋三层洋楼，前面是大大的院子。枣树还是那棵枣树，在院中挺着铁色的枝干，好像随便一抖便能洒下一片片碎银似的童年记忆。红瓦白墙的院坝子上，橘子树红红的果子绿绿的叶，它们挨挨挤挤，探出了墙头。院子里晾满了玉宝制作的湖板鸭，一串串、一排排，散发着腊味特有的香。玉宝说他每年都会有几千只湖板鸭销往全国各地，因为生态养殖，包括拔毛腌制都是纯手工，口味自然不一样，销路好得很。

"如今，生活水平高，不再是吃饱的问题了，而是吃好，人人讲究吃的质量和口味。"玉宝的见地决定了他的经营方向，成功不是偶然。

一转眼，一桌子菜穿过玉宝家弄堂，一样样摆到姐夫家的菜桌上。一时间，宽敞的大圆桌，热气蒸腾。

"我们去田里赶鸭，鸭要回巢了，你们先吃吧。"玉宝从外面回来了。

"我们去赶，宝叔您歇歇，上桌喝酒。"外甥急忙说。

"我那些鸭宝宝，可只听我和你婶的话！"玉宝朗声大笑，已经和玉凤朝外走去。我也跟着跑出来。

于今，已是机械化种植收割。稻田被切割成一个个方格子，半尺高的稻梗披覆着，把田野染出无边的金黄。玉宝的湖鸭就散落在四处，自由地闲逛啄食。

玉宝说鸭子翅膀长出了硬硬的羽毛，就不用喂饲料了，收割稻谷时，稻田里会撒落零星的谷子，鸭子冬天就在稻田里自己找食。

"你看，这铺天盖地的一片黄，够它们撒欢的了。"玉宝指点着，我顺着他的眼光也看向远处。

春夏季节，鸭子放养在有机稻田里，专吃虫子、小田螺与鲫鱼、泥鳅、黄鳝……与青蛙为伴，似乎它们天生就是邻居，和平相处，且看湖水涨与落。玉宝的湖板鸭早有归宿，销往全国各地，乌沙洲摇身一变，成了咸板鸭孵化基地。

玉宝还承包了水塘，种藕养鱼。不远处，几个采藕的工人弯腰抬手之间，一节一节鲜藕被扔到堤上，有的裹满泥巴，有的露出白胖的身段，让我想起娃娃白嫩的小胳膊。

"也啰啰……"玉宝和玉凤一声声唤起，四散的湖鸭扑闪着翅膀，向他们拥来，"嘎嘎嘎……"摇着肥厚的屁股，长长的脖子一伸一缩，传递着他们的亲热与欢快。很快，湖鸭们集体回到鸭寮，"嘎嘎嘎……"叫声一片。

美酒佳肴，村人围炉夜话。黑鱼片，洒上翠色葱花，在青花瓷大海碗里晶莹剔透；黑鱼骨在沙锅里炖出奶白色的汤；土家鸡汤色清亮，泛着金黄的光泽；湖板鸭伴着翡翠色的莴笋，在红泥小火炉里冒着香气……

先来一口玉宝的湖板鸭，鸭肉紧致而细腻，越细嚼慢咽，味道越鲜美。外甥劝酒实诚，一仰脖子，自己先干了，被敬的人少不得也一饮而尽。玉宝喝了些酒，话也就多了，他捕鱼的本事可谓十八般武艺，门门精。说到叉鱼，他眉色飞扬。我似乎又看见了那个少年玉宝。

那些和水有关，和少年有关，和童稚的梦境有关的东西，都曾经走进过我们的生命里。

1到3月，江南的雨水就像个黏人的孩子，下个不停，不是有那句歌"三月里的小雨，淅淅沥沥，淅淅沥沥下个不停"么。于是大河涨了，小河满了，从秋浦河下来的水哗哗往史家塘流，那条浅浅的河变得波澜壮阔，潮起潮涌。水的落差处，浪花滚滚，水在闹腾，鱼儿喜欢迎水，也在闹腾，它们头碰头，尾交尾，黑压压挤成一堆，还不时看见它们飞起来。

那些河沟河汊，田沟也是滢滢湾湾的，就有鱼儿在各处打子产卵，繁殖。这就是江南水乡。

5到6月，这个时候也是捕鱼人的好日子。

院子中央的枣树正在开花，它的花色于嫩黄中融进些许淡绿，枣树的枝丫上流淌出一股略带清香的花味，引得花蝴蝶和小蜜蜂围着枣树打转转。两只麻雀忙着撕扯着什么，紧绷的尾巴微微颤抖，几瓣乳黄色的花儿便飘飘然落到了我的身上。

扛着鱼叉的少年玉宝出现在村头。叉头乌黑，生着倒钩，手柄是用长长的苦楝树杆制成，泛着好看的红褐色，握在手里驯服而锋利。苦楝树柔韧性和防潮性能特别好，这样的质地让手柄很有韧性。

青绿的庄稼在青蛙的鼓噪声中拔节，牛蒡开着小小的花，依偎在肥厚的绿叶下。清澈的湖水里，鲫鱼、白鲢、草鱼……它们尾鳍摇摆，敏捷地穿梭。岸上，玉宝赤脚逡巡，半卷着裤腿。鱼叉在太阳下闪着蓝莹莹的光，脚步声由远而近，沿路的青蛙纷纷跃入水中，扑腾起惊悸的浪花。那些浮在水面晒暖的鱼儿就会迅速沉入水底，水面只剩下晕圈四散漾去。

玉宝静静地守着，终于，鱼儿在清澈的水里面游动，可以看得很清楚了。然而，沿着看见鱼的方向去叉，却叉不到。玉宝说只有瞄准鱼的下方才能把鱼叉到，这个位置就靠自己寻摸了。

"你怎么什么都知道啊？"我佩服得睁大了眼睛。

"当然，水边长大的人还能不知道这个"玉宝并不觉得稀奇。

我后来才知道这些光的折射原理，水里光的折射是往上浮的，人看到水中的鱼像比实际的鱼要偏高一点。于是更加折服玉宝的聪明。

玉宝摸透了鱼的习性。最难叉到的是黑鱼，玉宝说，黑鱼是孝鱼，长到一斤左右时，眼睛会失明，后面成群结队的小鱼，一个个跳到妈妈嘴里，以身饲母。当一群小鱼仔出现在水面时，水深处必有生鱼父母。黑鱼总是一对一对地出现，一条被捕捉，另一条守望巢穴，不离不弃。

鱼儿也会换气，玉宝静静地守着，终于隐隐约约看见大黑鱼两条长鳍，像青蛙的小蝌蚪。叉头朝下，手臂一凛，他的眼神也是一凛，似乎所有的目光都投注到了一起。铁器，突然变得机警，探寻也有了明确的方向。玉宝攥紧鱼叉，眼里闪着逼人的英气，向着水中刺去。刺中了，在黑鱼的挣扎里，水面忽然涌起血液的水花。玉宝似乎从我的眼里看出不忍，"捕捉大鱼，也是让黑鱼生生不息"，玉宝的这个说法，多少抚平了少年的我有些不安的心。

"听我妈说，还有一种竹子叫孝竹，抱根生长。"外甥又想起他的妈妈。

我说我们准备明天就回安庆了。

"那么急干嘛，没有姐姐，还有我们呢！明天我家刚好制一批湖板鸭，看手工拔毛，全手工制作过程，有你看的新鲜。明晚上让你嫂子再做一桌子你喜欢吃的菜。"玉宝知道我喜欢什么，挽留的理由足够打动我了。

回程的路上，我看见了满天的鸟，忽啦啦一片，在天空中舞着飞着叫着，在这江南的原野自由自在……

陪读妈妈

　　人生有很多种遇见，邂逅，有些只是生命中的一种点缀，一次经历，时间的沙漏会沉淀那些过往，不留一丝丝痕迹。而有种遇见，就似一双温柔的仟手，触摸着了你心底最柔软的一角，让人恻然。

　　又一次踏上南下的列车，离儿子越来越近了。不约而同，同卧铺车厢里竟然上来了四个女子。女人天性善谈，旅途闲适，我们不经意地攀谈起来。

　　那个文静的、鼻梁上架着厚厚的眼镜的女子，刚坐稳当，就打开笔记本电脑，手指翻飞。她说她在深圳某家上市外企供职，这次是刚刚送完孩子高考，返回请假数月的工厂。"想必你也知道的，深圳的企业一个萝卜一个坑，没有闲着的人更没有拖沓的事，老板因为我兢兢业业吧，这次真是破例了，给我了长假！当然了，受之以桃报之以李，这不，四个月来，我把电脑带回家远程办公，又在赶着发邮件。"

　　"你看，这是我儿子的照片，还有，这是我们一家三口从考点走出来时的背影，老师给拍的。"眼镜妈妈已将电脑切换到相册，不无骄傲地和

166

我说。

"呀！好阳光的男孩，好温馨的一家人！"

"看，这是我的儿子，也才刚刚参加完高考。"一旁的两个女子也忙忙的打开自己的手机，孩子在父母的心里是最帅气最完美的那一个，是的，千真万确！

"我也是从过年回家就再没出去，在家里陪孩子了，中山的早茶铺就让老公一个人回去打理吧，少赚点也就是了。我儿子一直很独立，我和他爸常年在外，老家有爷爷奶奶，但还好，他喜欢一个人照顾自己。"这是个典型的江南女子，玲珑有致的小巧身材，白皙细腻的皮肤，温婉娟秀，说话柔声柔气的。蓦然想到"豆腐西施"，想必，她也是那包子铺常年氤氲的水汽滋润的了，这样想着，心里窃笑。

"老公怕我走丢了，从一出门就不停地打电话，一会一会地问到哪里了。"另一个女子似乎从一上车就不停地接着电话，她自嘲地笑着，幸福荡漾在女人的娇羞里。

"我从儿子上初中就开始陪读，老公在广东上班。我还没有出过远门呢！昨天晚上，儿子坐到我床前说妈，我给你买了火车票，去深圳吧，去看看爸爸吧！"说到这她那小巧的鼻翼扇动着，好看的眼里泪光盈盈。

在遥远的南方工厂，她的丈夫上班下班，赚着钱养家，是形影相吊一个人的落寞孤单，除了每年的春节几天假期，他们平日里最多的联系大约是十天半月的一次电话。我从她五官清秀的脸上分明看到了些微的憔悴。

我已是泪眼婆娑。

六年，没有自我地守望，满心意里只有儿子的一饭一食、一衣一茶。

"妈妈，我回来了，今天什么菜啊。"

"妈妈，我上学去了。"儿子变声期哑哑里尚现稚气的声音，母亲的心被一点点融化，一切的辛苦与烦闷在这一刻幻化成烟。

牺牲与成全，不记回报的付出是母性自带的光辉，我也是在有了儿子之后才真正懂得，有一种爱是世上无可比拟的爱，无法计量的爱，那便是父母恩情。

小小的列车卧室一天里遇见了三位陪读母亲，还有我这个曾经的陪读母亲。巧么？哦，今天是六月九号，高考后的第二天，中国陪读母亲太多太自然了。

列车到站了，我们几个浑然不觉，虽初次见面却又似曾相识。再见了，姐妹们！再见了，陪读母亲。愿你们好运，愿你们的孩子们好运。

第四辑　花木芳菲

墙角的绿萝

　　墙角的一盆绿萝让我停了下来，准确地说是几枝。枝条稀落，缀着几许干枯的叶，叶子隐约着黄色的斑点，萎顿着。我看着它，真的蛮心疼的，于是捧回书房。

　　凡事都怕认真，打理养护从用心开始。松土浇水，第二天便看见它挺直了身姿，叶子舒舒展展。看它瘦瘦的，我想，该施点肥吧。邻家阳台，每日里花枝乱颤，枝繁叶茂，羡慕得不行，向朋友求起真经。食过的水果皮泡了水，发酵几日便是自然的养花肥料，陈年的杂色豆子，不用又弃之可惜，也可以拿来浸泡。维生素、蛋白质、氨基酸等都有了，还没有恼人的异味，拿来浇花真是妥帖。间或再浇浇水，让它晒晒太阳，变化在奇妙地发生。

　　我看见了两片芽，像初生婴儿毛绒绒的小嘴。一点一点顶开头上那点土，对芽来说，那土相当于一座山，也是花了吃奶的气力的。它掀翻了一座山。

　　"新绿却温柔"。那绿渐次生长，弥漫成青绿、墨绿，叶片光亮，丰

170

润肥厚。

"嫩绿是藤黄加花青，藤黄比花青多两倍左右；深绿是花青六份左右，藤黄三份加少许酞青蓝"。我的画家老师告诉过我，即便是画家也要用十二分的仔细方能描摹这丰满的生命原色。

那是我眼里的"绿生花"。整理完一个书稿，深夜的时候，它不经意间便绽放出一片两片，笑盈盈地看我。

绿萝青葱浓绿，长得飞快。枝条抽长，盘屈漫延，很快便是爆满的一盆。它潇潇洒洒着，立在书房的一角。层层叠叠的绿叶相拥相簇，遮住了花盆。它的枝枝蔓蔓，从花盆里弯曲着下来，倾泻出一墙绿色的瀑布，又似少女衣袂飘飘。这幽深的绿意，惹人沉静，发人深思。

绿萝是一种室内装饰植物。任其茎蔓从容下垂，宛如翠色浮雕，家里因一盆绿萝，净化了空气，又为我的书房增添了线条活泼，色彩明快的绿，给我的房间增加了融融的情趣和生机。

绿萝素有"万人迷"的称谓。早晨，阳光透过落地窗，金子般撒上去，满眼苍翠欲滴，闪烁着光泽，恍若每一片叶子上都有一个新的生命在颤动。那一刹，我会心驰神往，想起松涛雾霭烟岚、野花山涧……

人有人的尊严，物有物的尊贵，或许，有一日你会枯萎，但在我心里长存的永远是那一点对生命执拗的爱。我只愿每日的闲暇里能与你对望，我投给你无限温柔的眼神，而你以更清新的气息来与我靠近。每日里看着你旺盛地生长，总能让人感到有一股蓬勃向上的朝气，仿佛让人觉得春天就摆放在眼前。

5月的凤凰

都说"人间四月芬芳尽"，可在岭南，在深圳，却另当别论。

天朗气清，惠风和畅，凤凰花恰恰地开了。整个五月的美丽，只是因为凤凰而存在。

深圳的街头巷角、园林广场，行道树……凤凰花无处不在，纯粹而热烈，这火焰一样的颜色点亮了整个城市。

"叶如飞凰之羽，花若丹凤之冠"，凤凰木娇艳的花瓣像一只只红色的凤凰在起舞。于是便有了凤凰花的美名。除了以灿烂凤凰来命名之外，它还有"影树"的说法。叶子像凤尾草，又似翠绿的羽毛，每一长条枝干上，每一片叶子却是纤细的，成对成双，在极微小的风中也会颤颤巍巍。

树冠上，那是真正的花团锦簇。花们拥挤在枝头，分不清这一朵还是那一朵。不禁有些感叹，这多么像国人的生活情状，喜欢紧紧抱团，没有谁比谁更出众，却都在倾尽全力地盛开着，做出来的总体效果，是那样地震撼。那种火红青绿的情怀是要在树下屏息感受的。

细细打量，凤凰树上一朵朵绽放的花蕾，又多么像相知相惜的友人，它们在彼此的对视中相互欣赏、相互陪衬，又一同炫丽。

树很高大，花开时节如火如荼，整体大气磅礴，细节却是如此的柔美纤弱。

而在整个冬天，它是连叶子也没有的，秃秃的一棵树，默默地立在街角，坚忍着寒风肆虐。沉默、蕴藏，悄悄地集攒能量，在人们快要忘记它的存在时，它却华丽转身，化出满树的惊喜。细看凤凰花，花枝是在枝干的末梢，在状如飞羽的叶片之后，无端端就开出了花来，像凤凰展翼，娇俏无比。花大而美丽，你可以看见各种红，鲜红、嫣红、橘红，尾翼透着淡淡的黄晕，丰满而灵动。一棵树一种花色，在各自的树上自由开花。

成功的花，人们惊羡她现时的明艳，然而每一种炫丽都有它的因由。

世间的路，正是有了蜿蜒曲折，才显出幽美。大千世界，没有喧嚣繁杂，才显出鸟语花香的动听。就像凤凰花，经历了寂寞的冬，才酝酿出辉煌的花来。

我的朋友A君，是个内向沉默的人，不善表现自己。忽然有一天，她的第一篇处女作变成了铅字，从此"一发而不可收"，令很多相熟不相熟的人睁大了惊异的眼睛。其实成功没有偶然，A君自幼喜读书，阅读与写作是深入骨髓的爱，多年来如影随形。这是个厚积薄发、现实版的故事。我想自己或许也有她的影子，和她倒有了几分惺惺相惜，彼此欣赏。

如果世上有一段很长很长而且寂寞的路要走，可能路的尽头，便有一树凤凰花站在那里，背后衬着蓝蓝的天、洁白的云，身边有和煦的风。

举目凝望凤凰，我想把所有的愿望，都粘贴在凤凰树高高的枝头，红红的花瓣上，趁着旺旺的花季，把无尽的喜乐幸运，延续到人生之中。

蜡梅

　　春节临近，江南的冬，空气清冷。当灰云扫尽，大地撒满落叶，植物们像深藏不露的绅士，在养精蓄锐。落地窗前，晒着太阳，一杯清茶，一本闲书，颇自在受用。蓦地，一阵芬芳轻荡，暗香袭人。闭上眼睛，用心灵感受着奇异的香气，顿觉四肢百骸，一缕沁人心脾的幽香熏染了全身。哦，这香味儿太熟悉了，是蜡梅。

　　寻着香味儿往前走，小区的花园里，几棵蜡梅正开得浪漫。箭簇样的枝条四张着，高高低低，差次不一。那上面缀满黄色的小花，有含苞的花蕾、初绽的花瓣、绽放的花骨朵，各有风姿。

　　蜡梅先花后叶，花与叶不相见，花开之时枝干枯瘦，秃枝上百结丛生，仿若米芾书画里的"落茄皴"，蟹爪钩、竖钩陡起，外形竦削的体势，顿挫有力，风骨自现。

　　蜡梅光看品相有素心、虎蹄和磬口等，我眼前的这株是磬口了。蜡梅的花颚不全张开，张口向下，似"金钟吊挂"，像磬，在冰天雪地里敲响春的声音。它们像含羞的姑娘，浅浅的笑在嘴角挂着，没有声音，仿

174

佛带着思想，悄悄地、优雅地、慢慢地展开。唯有花蕊隐隐约约着紫色条纹的小瓣，那是一抹红晕在姑娘娇羞的脸上荡漾。花被外轮蜡黄色，像蜡烛的颜色。阳光投射在那一片明黄里，油光可鉴。阳光越好，芳香油就挥发得越快，香味也就愈加地浓郁。

它还像谦谦君子，歉恭地垂目颔首，温润如玉。太聪明的人容易受伤，太强悍的人容易被侮辱。而真正的君子，谦逊，像玉一样将美好品质敛于内，遇到事情不慌张、沉稳，处世不张扬，凡事都有度。是的，千真万确，谦逊往往能获得更多。

忽然想到一首古诗，"墙角数枝梅，凌寒独自开，遥知不是雪，为有暗香来"。虽然是三九寒冬，蜡梅却怒放。雪快化完了，没有了雪压枝头的美丽，但也黄得纯净耀眼，英姿飒爽，有一种剪冬裁冰的傲气。它在严寒中坚守，用生命点燃激情，在属于自己的季节里，把孤独绽成一树绝唱。

小时候住青砖瓦房，卧室的窗户外面是大大的院子。挨着窗户有枣树和蜡梅树，蜡梅树的枝丫都能探到窗棂格上来。

"梅花香自苦寒来"，寒冬腊月，风冷天寒，晨霜白得像黑女脸上的脂粉似的，屋檐上吊着长长的冰溜子。大雪纷飞，蜡梅却在寒彻骨时开放了，白雪覆盖的枝头透出几点艳黄。清早，太阳一上屋檐，鸟雀便又在吱叫，枝头的白雪和蜡梅在小鸟的叫声里震颤。雪花纷纷扬扬，一缕缕馥郁凛冽的清香，直扑鼻息，沁人心脾，令人心荡神迷，也在我童稚的脸上惊出欢天喜地。

蜡梅树喜阳光充足的环境，耐寒，能在露地栽培，耐旱，发枝力强，耐修剪……

"前村深雪里，昨夜一枝开"

"嘎吱嘎吱……"和蜡梅一样"皮实"，喜欢弄雪的村童踏着厚厚的白雪，来报告村景了。

它是蜡梅而非腊梅花，母亲这样告诉过我。蜡梅之所以为蜡梅，全在于它的色如蜜蜡，其形其香与蔷薇科的梅花也是不一样的。

"烈火烧过青草痕 / 看看又是一年春风 / 当花瓣离开花朵 暗香残留……"心里悠然升起这优美的歌声。

春色撩人

几场霏霏细雨，太阳终于灿然一笑，蛰伏了一冬的生物们苏醒了，仿佛能听见它们拔节破土的声响。江南的树枝软了，柔了也绿了。那几天前还苔干嫩碧芽孢含羞的油菜花、紫云英们，各色的花也等不及了，一夜之间便开得烂漫。

枞阳首届油菜花节也如约而至。约脾性相投的三五好友，去往岱冲湖，去凑一场热闹。

阳光正好，三月的春风温润和煦。远山空蒙，笼罩在一层轻纱里，影影绰绰，在飘渺的云烟里忽远忽近，又若即若离，很像是几笔水墨，涂抹在湛蓝色的天边；近处看那青色的山峰，将那伟岸的峰影摇曳在岱冲湖的柔波里。山和水的交融，是静和动的搭配，单调与精彩的结合，清涟里有青山的倩影，最是那一低头的温柔。

山上沟涧纵深，在林间山石中出没，清泉汩汩，不约而同扑入岱冲湖广柔的胸怀里，而它的上游是烟波浩渺的菜子湖。这湖水便有了许多的灵性，湖水清澈得透明，又静若处子，像一块无暇的翡翠闪烁着宝石般高贵的光泽。岱冲湖如面硕大的镜子深情款款，打眼望去辽阔得让你的心也跟着开朗明亮起来。

湖岸，环系田园村庄。那依山而居的村落，在绿树花影里隐隐约约，鸡吠相闻。门前碧水，三两只小船随意亦或是闲适地靠在岸边。湖湾是小船出发与停靠的港湾，小船与水呢喃着什么？大约主人家的午餐桌上将不可或缺一份鲜香的鱼虾了吧。鱼虾于我是一往情深的美味，岱冲湖此刻在我的心里不悌人间仙境了。

仿佛三千年前，便写入蒹葭的传说。

大窑圩堤依湖而筑，另一边是广阔无边的田畴，良田万倾，麦浪滔滔。少年时的大窑圩堤是一条长长的土堤，与岱冲湖，直通长江的古长河相依相偎。S形九曲回肠的古长河道口设有河闸，枯水期蓄水，旺水期泄洪。岱冲湖就这样和长江息息相通。

于今，大窑圩堤几经修筑，模样已经大变。堤腹镶嵌着麻石块，密密实实，给人一种厚重而坚实的美感；宽广簇新的柏油路面光亮如镜。车在堤上奔驰，听车轮"沙沙沙"，看湖光山色，远了近了，愉悦之心情油然而起。古陶瓷村落大缸窑到了，拐进一条小道，眼前便是岱冲村。女人们本就热闹，车刚停稳便欢闹着扑向烂漫的原野。

走在无际的花海里，任比肩的金色的花儿芬芳着我的脸庞、我的衣衫和我那久久悸动的心灵。一株又一株的油菜花簇拥着，无数株的油菜花簇拥着，在春天的大地上漫山遍野，在蓝天白云下张开它们那灿烂的笑脸，又一簇簇，一片片漫向天际的远方。

突兀的州头，一块浅滩像极了一尾鲜活的鱼，仿佛它正奋力的游向波光粼粼的湖面——它的生命之水。那上面紫云英正开得浪漫，弧形曲折的两岸，紫云英也一路蜿蜒。你看，那淡紫色的小花，从匍匐的翠绿柔嫩的茎叶里绽放出妩媚的笑，开得恬静优雅。它们一朵连着一朵，一片连着一片，淡淡的，带着泥土的质朴与芬芳，在春风里摇曳生姿，宛如翩翩起舞的花仙子，这般地灵动飘逸，又仿若普罗旺斯的浪漫，令人陶醉不已。

据说这些紫云英纯属野生。金秋时节，紫云英的种子随风起去，落入泥土。此一处北岸滩涂，长年淹于水下。冬季水退，湖滩裸露，春风才一吹拂，它便会破土而出，开得热烈。年年如是，你看与不看，它都在那里。给它些许湿意，它便沿着记忆的轨迹攀爬生长。多么顽强的生命力，我对它生出莫名的敬畏之心。

这些滩涂湿地，芳草萋萋，杨柳依依。牛羊在安详地吃草，牧人短笛舟自横，一蓑烟雨任平生；野鸭成群结队，天鹅游曳，白鹭低飞……这是一处怎样地恬静田园。此一方境地，枞阳人自喻"小西湖"也不为过了。

湖中大大小小的岛屿，宛如青螺缀玉盘，不远处的小岛"荷叶墩"像极了汪洋里的一条船。那碧绿的麦苗，成片的油菜地错落有致，又是别样的景。岸边歇着几树老柳，铁色盘曲的树干透着苍劲，很有些年头了。我想，它除了见证窑厂的百年沧桑与辉煌，又阅尽岱冲湖春光无数吧。

春季的岱冲湖，斑斓妍丽，姚黄魏紫，像被泼上了的颜料的调色板，在大自然这个画家的笔下，勾勒出无与伦比的美丽。

艰难洪荒的岁月无风景。儿时，油菜花红花草皆平常物，又哪里是入眼的风景。正青黄不接啊，油菜花开就代表饿肚子了。薅一把红花草，捋一把槐花，清水里潦一潦也能裹腹。现如今，人们也吃野菜，但那只是闲情逸致的点缀了。饕餮油腻，换换清淡的口胃，亦或生起对村野的温柔念想，一种儿时难已割舍的情怀。

现在，我们把日子过好了，生活妥帖，心神安稳，便处处是风景，看花事，且听风吟。卸却包裹臃肿的冬装，换上轻盈的春衫，三五成群的女子，在蜜峰的浅吟低唱里，在如霞的紫云英花海里，淡素妆，浅浅笑。同行的摄影师阿莉"咔咔"为我们拍下了张张靓照。那紫色的云霞是披肩的轻纱，那飘逸的发，那曼妙的身材，那微笑的面庞……微风拂面，盈袖的暗香。

满怀自信，走进大自然。我们此刻什么都不去想，只让自己的心牵着双眸触摸3月的千娇百媚，春光无限。

第五辑　身体和灵魂总有一个在路上

岭南，我想说爱你

两辆大巴正行进在去往汕尾的路上，这是深圳罗田商会的企业家们每年一次的亲子游，而对潮汕文化早就心生向往的我，被邀请着，自是欢喜得很。

如魔方样高耸着的楼宇渐次远了，进入龙岗地界，大大小小的山从车窗掠过。海与山是孪生兄弟，深圳临海多山，而山上那成片的荔枝树最夺人的眼。湿热的气候，充足的日照让他们恣意地生长，冠大如盖，枝繁叶茂。

正是荔枝成熟时节，那铺天盖地厚重的墨绿翠青里，在风的轻抚里，串串胭红在摇摆着，抑或在那肥厚的叶片中闪出一点耀眼的红。我对荔枝的喜爱，起先是因了那句名诗"一骑红尘妃子笑，无人知是荔枝来"，而现在却是因为和它零距离地亲近。摘一串荔枝，沿着中轴线纹路轻轻地挤压，嫣红脆薄的壳绽放开来，奶白色的果肉晶莹剔透，在指尖颤颤巍巍。小心地咬上一口，细嫩的果肉入口即化，瞬时甜美的果汁盈满口腔，怎一个"美"字了得！荔枝味美，但食不可太贪，一日七八枚足矣，在吃荔枝的日子里，你会欣喜地发现，你的脸容、你的肤色也跟着滋润起来。

岭南，荔枝林随处可见，几百年的参天古树盘根错节，数不胜数。随意地走在街道里，高山榕，似长满胡须矍铄的老者，撑起一片片华丽丽的大伞。那胡须是从枝枝丫丫探出来的气根，初时飘飘摇摇，接着直指地面，终于插入泥土。那么多条根须，它们簇拥着向下冲去，你似乎可以听见它们整齐的呐喊声，它们不懈的向下向下，再向下，用不了多久一颗树便能孳生出一片林，经年累月已长成一片青黛。凤凰木、异木棉……这些树会开出灿烂的花，鲜红、胭红得直闪人的眼，撩拨着人的心性，仿佛你也和这块土地一起热情洋溢起来。勒杜鹃、夹竹桃，更有那姚黄魏紫粉白，各色小花，这些花儿四时更叠，轮番上场，令你无一时不置身花园林海。得天独厚的资源气候，这一切是上天赐予岭南的厚爱吧。

车行半日，到达汕尾遮浪镇，红海湾与碣石湾交接处突入海的一个半岛，素称"粤东麒麟角"。海浪冲击与自然风化的鬼斧神工，铸就了岛上奇形怪状、横竖各异的礁岩。

自北而南，我游历过众多海滨岛屿，像红海湾这样的飓风巨浪着实让我开眼。风劲吻着面庞，狂舞着乱发，飓风裹挟着雪白浪花撞击着坚硬的岩石，激起巨大的水柱，又从高空跌落下来，化成飞沫水雾扑面而来。"哗，哗，哗"潮涨潮落，构成了抒情的音乐。

我们在沙滩奔走，尽情享受着这一切。转过了一个半岛。忽然，浪潮不见了，潮声消失了。大海就像一个温柔的少女，在你身边轻轻的歌唱。这就是真正的红海湾，有两副面孔、两种情调，变化莫测，又风情万种。遮浪半岛突入海面，有如屏障似的挡住了东西两面风浪，在半岛两侧不管风向何方，景象迥然不同，当一边波涛滚滚、巨浪排空、万马奔腾，另一边则风平浪静、一碧万顷、波光粼粼，遮浪因而得名。

红海湾，当然有红色的泥土，瓦蓝瓦蓝的海水。不过，最吸引人的地方，应该是那个"湾"字。因为"湾"通常都应该是静静的、浪漫的。走上沙滩，细软轻柔的沙子是不含杂质的石英质细沙，匀净得好像是经大自然的神手精心筛选过似的。踩上去，绝不陷脚，只觉软软的、暖暖的，自诩矜持的我，忍不住除去鞋袜，赤脚走在这片柔柔的沙滩上。倘若你再走近些，纯净而透明的海水一卷一卷地漫上沙滩，漫上你的双脚，仿佛在为你抚去旅途的疲惫，愉悦之心情油然而起。

来汕尾，你一定要品尝当地的美食，食在广东，食在潮汕，因为美食潮汕文化更多了些魅力。而潮汕人口味清淡，食材以鲜为主，于凌晨抵港，捕自深海的各种海鲜、各种贝类，令你吃出鲜甜，吃出鲜美。而制作菜品也是潮汕人的绝活，把鲜活的马鲛鱼肉片切下来，手工捣打成鱼丸，细腻劲道，鲜美无可比拟。鱼刺骨头小火慢炖，煲成靓汤，一条鱼满可以成就一桌美食。上好的牛肉片成片，一对铁锤慢慢的敲砸，来不得一点浮躁，直到沾腻成糜，弹性实足，细腻的牛肉丸子，咬一口，肉香在口腔里肆意弥漫。潮汕人搓揉着自己的心性，独到细致的功夫让每一道菜品都富于灵性，厚待着食客们的味蕾。

海风习习，夜幕降临，小镇沐浴在夜市辉煌的灯影里。各式各样的烧烤小吃撩拨着人们的食欲，夜市登场了，空气里氤氲着海的味道

第二天，我们一行人来到广东海丰莲花山。远远看去，山峰层峦叠嶂，翠绿相间，起起伏伏，如莲花花瓣次第绽放，"莲峰叠翠"真是对她惟妙惟肖的美名了。瀑布十八景出没林间山谷，山腰处瀑布们突兀的就会跳出来，由细变宽，像一方方月白色绸缎直挂下来，闪着润泽的光。今天的雾气有些重，山与天际云遮雾绕，并不能够看得分明，这又使得莲花诸峰仿若身披面纱的少女，神秘而又令人生爱。

潮汕人信仰妈祖、南海观音。莲花大佛便是海外华侨和当地人出资兴建，潮汕人的凝聚力于这里约略可见。此刻，铜铸金身的莲花大佛，

身御莲花宝座，安祥的端座山中，与鸡鸣寺、金竹寺等七座古刹一起形成"莲花佛国"。

"山不在高有仙则名"这里香火鼎盛，佛国诸神庇佑着过往生灵，保佑滨海人家风调雨顺。

"银瓶飞瀑"泉水清冽甘甜，水流于平缓处潺潺，于悬崖峭壁之上倾泻直下，远远地就听见"哗哗"的轰响……

登山是体能的挑战，亦是最痛快的宣泄。沿曲径通幽的石级而上，我们会依次经过龙泉仙馆、玉蟾宫、仙人洞。

龙泉仙馆传说是道教南五祖之一的白玉蟾炼丹的地方。玉蟾宫里供奉着白玉蟾神像，展示莲花山山草标本。山腰处有座别致的凉亭，走得累了，权且歇一歇，拍拍照乘乘凉。我是喜欢拍照的，让相机定格美景，抑或美景与人的拥抱，是纪念意义的珍藏，亦不枉此行。

仙人洞是我们登龙须胜景的终点站，途中我们会经过惊险悬空铁索桥，在瀑布下体验"飞夺泸定桥"的惊险刺激。"要成仙人必进仙人洞，饮取仙人水""海丰姑娘美不美，全靠莲花山上的山泉水"。山路弯弯，曲径通幽，那石级扶梯蜿蜒而上，陡峭处亦步亦趋。终于我们抵达仙人洞，同行的人里，和我们坚持到底的并没有几个，于是我们便有了征服者的小激动。

瀑布在洞顶洋洋洒洒垂落而下，像极了一方幕布，阳光折射下来，色彩斑斓。掬一把水帘里的山泉水，洗洗热汗蒸腾的脸，清凉爽快，痛快淋漓。但见白玉蟾石像端座中室，洞侧一块碑记，传说这里是白玉蟾采药羽化之地。洞内湿气氤氲，洞顶水珠滴滴答答，石壁石地粗砺不平，逼仄低矮，我们矮下身躯蛰行，走了十几米的样子道路一个回环，再行十几米已是回到了洞口。我想，似这样一个去处，仙人之所以为仙人，一定是有着非比寻常的定力与信仰。

最是风情万种

厦门的美很丰满。

厦大的浪漫在花影扶疏里，在橘色琉璃瓦、红色楼阁里。

像彩虹桥一样美丽的环岛路，想象也变得丰富。郑成功伟岸的雕像，眺望台湾的方向。刷辆共享单车，沿着海边，吹着海风，看看朝阳夕阳，树影花海婆娑。旖旎的闽南鹭岛，那种美，是要你去屏吸感受的。

"华侨旗帜，民族光辉"，那是民族精神的图腾。集美，集美学村。中西合璧的完美契合，是建筑美学的珠贝。

胡里炮台，风雨沧桑，凛然依旧。追想抗倭的壮怀激烈，凭吊先烈英雄的巍然气度，又是一种怎样的感动。

曾厝垵誉为"全国文艺村落"，现代与古朴的气息相互交织。五街十八巷中，是各式各样的小吃和五花八门的水果。

莲雾，粉里透着白，新鲜欲滴，勾人馋虫，咬一口，口舌生津；海参菠萝，秀气清香，酸酸甜甜……闽南美食让人尽享口腹之欲。

当然，重要的还有闻名遐迩的鼓浪屿。

微风轻拂，幽蓝的海面波浪涌动。鼓浪屿像一艘彩船，停泊于万顷碧波之中；她还像一座盆景，放在翡翠盘里，错落有致，玩赏不尽；更像一个睡美人，仰卧于轻雾帐里，风姿绰约……

"鼓浪屿四周海茫茫，海水鼓起波浪。鼓浪屿遥对着台湾岛……"当年，一曲深情款款的低吟浅唱，风靡海内外，也在少年我的心海里激起无边的想象与神往。鼓浪屿，我终于来了。

轮渡在海里游曳，远远地，日光岩耸峙于一片葱茏里，格外瞩目。当太阳从隔岸的五老峰跃起，早晨的第一缕光倾泻在日光岩上，折射出耀眼的橘红明黄。日光岩宛如一块画布，那是书画家将锗石肽白拿捏得度，最恰如其分的晕染。我看见很多的国画大师，画日光岩时的激动。色调是在色彩里对比出来的，大片的锗红、橘黄，那是太阳与日光岩相拥的颜色，于是满世界都跳跃着热情明快。

海拔九十二点六八米，鼓浪屿最高峰的日光岩成为厦门的象征，从岛上渡轮码头下船，步行十几分钟就可以到达。民族英雄郑成功收复台湾时，曾屯兵于此，留下许多动人的传说。奇石叠垒，洞壑天成，海浪拍岸，在疏疏落落的树林中，一路流连于"莲花庵""龙头山遗址""水操台""郑成功纪念馆"等建筑。石洞、古城和历代摩崖石刻隐约可见，历代文人石刻题咏甚多，为名岩增添古风异彩。

从石巷上进，便是龙头山寨。岩石上的圆孔是士兵搭架帐篷开凿的。十九路军军长蔡延锴将军见景生情，命笔写下了七绝："心存只手补天工，八闽雄兵今古同；当年古垒依然在，日光岩下忆英雄。"

蔡元培先生口占七绝："叱咤天风镇海涛，指挥若定阵云高。虫沙猿鹤有时尽，正气觥觥不可淘。"一股奋发之情催人向顶峰奔去。

岩顶筑有圆台、攀天梯，站立峰巅，凭栏远眺，鼓浪屿、厦门、大担、小担诸岛尽收眼底。天风台，天风飒飒，海涛滚滚，群山倒影，巨轮列阵，举目四顾，一览无余，尽抱怀中。此情此景，谁不心潮澎湃，豪情激越。

潮满时，鼓浪屿自今守望着那份原真的味道。鹭江，潮涨潮落，村民们到海边挖花蛤、采海蛎、抓海螺……渔船在大海里飘荡，渔船靠岸时带来许多鲜美的海鲜。小岛上的日子过得慵懒悠闲。

鼓浪屿自然少不了沙滩这个元素。一路游荡，放眼望去，鼓浪屿海水湛蓝湛蓝的，那蓝莹莹的海洋犹如一颗巨大无比的水晶石，晶莹剔透。

"哗哗哗，哗哗哗……"风来了，海浪随着风轻轻地摇着，摇着海里熟睡的鱼儿。

白鹭、海鸥不时在海上掠过，舒爽的海风直抵心扉，荡涤所有属于来时的尘。捧起脚边的一抔沙，和着些五彩的小贝壳，细细来回搓动，似乎可以听到它们述说的往事，有快乐，有悲伤，也有来自远方的呼唤。仿佛撩拨了那份少年心性，便有人信手捡起一块块石片，玩起了"水漂"。一个漂亮的贴海飞旋，石片"啪啪啪……"溅起一个个水花，跳着舞着向前。拾起的是童真，抛出的是意气风发。

外形像一台打开琴盖的钢琴，在鼓浪屿轮渡码头，真切地感受到这里独有的浪漫韵味。天风海涛赋予了鼓浪屿音乐的情怀。古代民间流行有"音乐化石"雅誉的南曲和雅俗共赏的锦歌。五口通商之后，许许多多的鼓浪屿人通过教会音乐的熏陶走进西洋音乐殿堂。诸如殷承宗、许斐平、宋晓英……这里走出去了很多的中国音乐家。没有一个弹丸之地，与经典音乐有如此紧密的关系。

鼓浪屿的街道都是青石板铺就的，青石板上都隽刻着一道道音符，在街上漫步仿佛踏着音乐的节拍步入音乐的殿堂。沙滩、小路、宽宽仄仄的弄巷，音乐在舒缓的流淌。一座不起眼的红砖古厝里传来悠长的海岛风情音乐，由不得人停下脚步聆听。不时就会听见幽雅的琴声，时而柔和缓慢，就像涓涓小溪，时而明快激昂，犹如浩瀚的大海拍击着岸边的礁石。钢琴岛，音乐之岛鼓浪屿每一个角落都跳动着优美的音符，在她的轻触抚摸里，你的心会变得明朗起来。

在鼓浪屿上，因为没有机动车，无车流的喧闹。当漫步在鼓浪屿那洁静幽雅的小道时，真切地感到，这里实实在在是一处天然原真而美丽的步行岛。人多，路多，曲径通幽的小道就三百多条。沿着小道，两旁是充满生机的植株，树叶摇碎了阳光，铺出满地斑驳的耀眼。百年的古榕一棵树便是一片林；市树凤凰木，开花时节，点燃小岛漫天的火红炽热，繁花过后，是一树树如卵的碧叶连绵开去；木棉花开，又是一个姹紫嫣红的时节，繁花飘摇着纯粹如丝的白絮，是团在手心里的温柔；三角梅脉络里生长着最妖娆的色彩，凝目处，那一枚嫣红粉紫，洇染的是一泓浓情，温暖的是小岛的四季。它被冠名市花似乎理所当然了。还有那知名不知名的植物们，简直是它们任性的天堂。

微风拂面，透着丝丝清凉，听琴声悠扬，任思绪舒展轻扬。日子仿佛在这里慢下来，变得怡然恬静。

幽静的小巷一曲一折向更深处延伸。两边，隐在树影深处的，是一栋一栋的老建筑、老别墅。不经意间，橘红色的琉璃瓦、砖红奶白的墙闪出梦幻的一角。建筑墙身以红砖和石材为主要材料，强调"红砖白石"的色彩效果。高高的围墙给人一种庭院深深的感觉，那织出满墙碧绿的爬山虎，让人感觉，那是它对老别墅根深蒂固，又缠缠绵绵地守望。

陷在古旧的建筑群里，看着那锈迹斑斑的门窗、雕刻玲珑的屋檐和镂空精致的回廊。任凭思绪去想象这里的过去，这些老屋盛满了繁华、热闹、沧桑，盛满许多美好的日子。

我惊艳，鼓浪屿竟至于诞生出这么多优秀的人。名人的故居比邻为伴，使得老别墅区多了份钟灵毓秀的气质。我还惊诧于那贵气的砖红何以这般鲜亮，据说，红砖来自泰国，耐用、清凉。石灰墙面从砂浆开始就是石灰包裹，可以抵抗岛屿的潮湿气候。那红砖只有富贵人家才能用得起，糅合青水、红糖、糯米、石灰精制的红砖，最能经得起岁月沧桑，愈久愈红亮，岛上的别墅大都是用这样的红砖。

鹿礁路，鼓浪屿岛上最古老的教堂协和礼拜堂，建于 1863 年，是地道的基督教堂。1919 年 1 月 9 日，林语堂娶廖翠凤为妻，在这里举行婚礼。

"把婚书烧了吧，婚书只是离婚时才用得着。"林语堂真将婚书烧了，多智慧的一句话。或者可以看作是别样的盟誓：对她好，一辈子不离弃。婚姻犹如一艘雕刻的船，看你怎样去欣赏它，又怎样去驾驭它。

协和礼拜堂，林语堂的传说之于它优雅的文艺范，汇集了鼓浪屿古老的传统和历史内涵。此刻，一对对可人儿婚纱曳地，能够在这里举办一场教堂婚礼是很多人心中的梦。

带着它那份华丽和端庄、期盼和殷切，树立了百年。晋江旅菲华侨黄秀烺，于 20 世纪 20 年代与同乡黄念忆在福建路盖起一组五幢欧式别墅。楼群正门门楼上书"海天堂构"四字。这五幢别墅采用中国建筑传统的对称格局，以中楼为主，向两侧展开，中心建一广场，形成一组规模宏大的建筑群。

中楼，为仿古大屋顶宫殿式建筑，重檐歇山顶，四角缠枝高高翘起。门、窗、廊、厅的楣上水泥透雕，挂落飞罩。檐角均饰缠枝花卉、吸水蛟龙、挑梁雀替……屋顶下装饰两个藻井，井壁上绘中国花鸟画，外形又颇像亭子，非常突出。走廊外沿装饰斗拱挂落，花篮垂柱，把中楼装点得十分民族化。远远望去，这幢建筑颇有气势，又稳重脱俗。

木质楼梯、木质地板，厚重的质感；彩色玻璃都是当年从南洋运回来的材料，造价高昂，漆色光润如新。

二楼佛堂的观音像。第一次看到这么大的家庭佛堂，这是一尊男相的观音，看露出的脚指就知道了。从后面看观音像，很像圣母玛利亚的背影，这又是这座建筑里中西合璧的一个典型。佛像上方是藻井和金麒麟，藻井上的画，颜色仍然鲜艳，古色古香。据说麒麟当年都是纯金打

190

造的，佛像是金丝楠木的，"文革"时被破坏了，修复后采用了镀金。面壁相向一副楹联"海天堂构，鹿礁千顷"，系张大千师傅曾溪而作。试想，初建宝屋，海天辽阔，远处荒野礁石无边，主人把大海比作天堂，以天空为构，这是怎样的气势与心胸。

走在海天堂的阁楼里，会有种似洋非洋的错觉，在这儿你能看到古希腊西洋风格的贴花窗饰，连雕塑也中西结合得恰到好处。檐角上的狮身鱼尾典出新加坡；龙凤呈祥，龙却生着翅膀；花草虫鱼、春草飞卷……院中姹紫嫣红，回廊透迤。怡人的美人靠，靠椅背的雕饰远看像一个个花瓶，但仔细一看，是古代女人发髻的样式。

仿佛踱步在时光走廊，我看见了富贵人家旧时景像。看，楼宇灯烛辉煌，笑声朗朗，那是主人与商贾贵客秉烛夜谈；雨打芭蕉，宽宽的廊庑，垂柱花篮，雨水倾泻而下，溅起无数的水花，男主人携夫人听琴饮茶，看落地生花；晴天丽日，院里佣工仆妇来来往往，娇美的女眷半依美人靠，坐着读读李白，读读杜甫……

这也是岛上唯一按照中轴线对称布局的别墅群。

"看，楼下的人在走龙脉了。"大户人家讲究风水，导游说院子中轴线上十三个圆圈，从檐下的起点到正大门，背倚日光岩的龙头山，前望厦门的虎头山，便是"龙脉"。

"从这里数着一二三，感受龙脉的气息，一路走下去，到门口摸摸狮子，你就把好运福气带回家了。"

入乡随俗，我也带着一份虔诚从龙脉上走过，和"海天堂构"说再见。

回身望去，或远或近的别墅，满目欧陆风情。被称为"小白宫"的八卦楼、威严高耸的天主教堂、红瓦大坡顶的欧式建筑，各种中西合璧的别墅……红瓦下，红墙内，古朴的石门、石柱、石梁，每一寸都是石匠们满含心思的作品，各有各的特色，几乎是没有雷同的，真不愧世界建筑博览园的称号。它们静谧优雅，似乎在诉说各自的前世今生。

　　生命的蓬勃和历史的浑厚，让人不得不感慨时间的魅力。当我还沉浸在这流逝的长河里，却被传来的若隐若现、若远似近的一曲《秋日的私语》唤回。不禁猜想着在某个窗前，有那么一个可爱的小女孩，留着齐肩的短发，穿着经典的苏格兰格子连衣裙，纤细的十指在她曾祖父留下的古老钢琴的黑白键上灵巧地飞舞……

　　厦门，风情万种，我与你一见钟情。

身体与灵魂，总有一个在路上

当四季只在春天里轮回，
当一片土地红得热烈、绿得蓬勃，
当皑皑白雪裹满了黑山白水，
当风猎猎着劲拂舞动的经幡，
当彩云在蓝天轻歌曼舞……
此刻，我已置身彩云之南。

滇池　红嘴鸥

已是早春二月，江南小城还是春寒料峭，但春城却已是无处不飞花了。我到云南的第一站便是滇池，高原出平湖，一碧万顷，柳翠烟堤，滇池就如一颗明珠镶嵌在这块红土地上。

"欧、欧……"远远地就听见海鸥的欢叫，看见她扑棱棱飞腾着的身姿，我迫不及待登上海埂大堤。但见一群可爱的小精灵，在滇池上空翻飞盘旋、湖面舞蹈、海埂大坝上闲适地漫步。它们通体洁白羽毛光润，尖喙利爪却是鲜艳的红，在春城温润的阳光里，可爱极了，这便是大名鼎鼎的红嘴鸥。因了温暖如春的气候，肥美的鱼虾草虫，但更多的是人们对它的温柔，每年的11月到次年的4月，红嘴鸥不远关山万里，从遥远的西伯利亚飞到昆明越冬。它们是昆明最特别的景致。

清晨，来这里喂食海鸥的昆明人、游客络绎不绝。兴许是和游人纠缠的多了，海鸥也是通了人性，知道游人奔着喂食而来，成批成片，密密麻麻"欧、欧……"尖脆地叫着，在低空盘旋，身旁飞绕，没有一丝的怯懦。游人也跟着亢奋起来，或将食物抛向空中，这时，飞舞的鸟群更加欢快，它们争相啄食。飞扬的食物，有的在空中就被红嘴鸥接住，有的在落到水面的刹那，便被俯冲而下的红嘴鸥衔起。而更有趣的是，游人握在掌心的食物，挑逗着指向空中时，海鸥已结结实实的抓起。

好一幅人与自然和谐图。我被震撼着，感动着，兴奋地在大堤上欢叫奔跑。于是学作别人的样子，手心里圈起食物棒条，虎口处露出一节，怯怯地尽力地伸向空中。

"咔嚓"，同伴按下了相机快门——蓝蓝的天空下，海鸥勾曲着红红利爪，洁白翻飞的身姿，殷红的尖喙，"噗"啄住食物，伴着我一脸灿烂的笑，定格了画面。

石林

缘于少年时期，那部电影《阿诗玛》，我对石林又多了份热切。大小石林，远古地质时期造就了高原上的"喀斯特公园"。才进园林，但见大屏风拔地而起；大气磅礴的石林盛景"石林"二字格外的打眼，它可是出自爱国将军龙云的题词呢。我当然也不能免俗，欣欣然拍照留念。

挺拔俊俏的独立岩柱，匪夷所思的"飞来石"看起来摇摇欲坠。登望月亭，身下是密密匝匝、挨挨挤挤的林海，林峰尤如刀砍斧劈，但挺多的峰柱已拦腰折断。灰褐色冷峻的石灰岩石，是一幅幅绝妙的画，每天吸引着五湖四海的游人前来驻足观赏；它是一首优美的诗，古往今来有无数骚人墨客为它咏叹吟唱；它又是有灵性和生命的；无数象生石，致于人们丰富的想象，无不惟妙惟肖，仿佛在向游人述说各自的故事。

阿诗玛，石林里千回百转，哦，那就是她了。颀长高挑的身段，风姿绰约，包头巾和身后的背篓栩栩如生。千百年来，阿诗玛凄美地伫立着，守望着自己的爱情。阿诗玛美丽善良，阿黑哥勤劳勇敢，在石林，女人以被称阿诗玛、男人以被称阿黑哥为荣。于是，一路上我也阿诗玛、阿黑哥地叫着。

"阿诗玛"，也间或听见彝族土居笑吟吟地叫着我，那是他们在向我招揽生意呢。

在丽江，因高原缘故，人的新陈代谢快了，很少有胖子的，那里的纳西族人以胖为美。你见着男人喊"胖金哥"，见着女人喊"胖金妹"，那一定没有错。

而到了大理洱海，那就是金花和阿鹏了。

丽江

日暮时分，我从长水机场飞往丽江。近了，从天空俯瞰，万家灯火，流转斑斓，似九天撒落的银河，流光溢彩。刚下飞机，寒风裹挟着入骨的凉扑面而来，我赶紧穿上早有预备的皮袄。

"早穿棉午穿纱，晚上围着火炉吃西瓜"，这是高原给我这个远方来客的一个礼物，传说如感同身受真的不一样。

清晨，薄露打在光溜溜的五花石上，在晨曦的光影里，古城清新脱俗，如水墨丹青，似清纯的少女；

晨曦渐退，宋元建筑，纳西人家，木屋庭院错落有致。玉龙雪山的雪水化着清澈的小溪穿城而过，小桥流水，花影婆娑，几疑梦回姑苏江南，又似淡妆的少妇；

到得晚上，华灯初上，及至灯火辉煌，古城披上迷幻飘逸的丽裳，便是盛装的贵妇了。

丽江，我更愿以这如诗的语言拥你入怀。

丽江，是一个来了你就不想走的地方，寻一处客栈，盘桓几日，远离纷繁复杂的世事，让浮躁的心暂且安放，享一份悠闲时光。

看一场《丽江千古情》，如果说它是一生必看的演出，一点也不过分。它用各种不可思议的高科技手段和舞美形式，演绎了纳西创世纪的生命礼赞、泸沽湖女儿国的浪漫情怀、木府辉煌的兴盛和睦、马帮传奇的惊悚震撼、玉龙第三国的生命绝唱……极度震撼的一场视觉盛宴。

倘佯在四方街、大研古城。街面的青石板被游人踩踏得光光溜溜，不断翻新修缮的店铺、民居热闹繁华。但我却约略地感觉少了点什么，是原味厚重的历史沧桑？我试图于这浓浓商业气息里，寻摸着我想要的东西。

原味纳西人家便是这样一个所在。在这里，可以吃到用最讲究的食材做出的精致正宗的纳西家常菜，腌制了两年半的云腿简单地清蒸就是一道美食，还有只生长在最清澈水中的水性杨花、米肠、鸡豆凉粉……

饭后，院子的主人老李会细细地介绍这处祖宅的角角落落，大到整栋建筑的布局讲究，小到屋檐下的一处雕花。历史的厚重，家族的传承就这样静静地在午后时光中流淌着。

这是大研古城中仅存的一处原始院落，是老李一家齐心协力十多年的坚守。院子的制式是四合五天井，木结构的房子异常坚韧，在1996年地震中甚至连一片瓦都没有掉。

木门上、屋檐下的雕花都是自1875年建房时保存至今的，精妙绝伦。"文革"期间，当时的屋主也就是老李的父辈在所有的雕花上贴满了《毛主席语录》才让它们躲过了"破四旧"的劫难。

丽江还是一座离开了还要回来的古城，柔软时光是对它最完美的诠释。夜晚来临，喜闹的，你尽可以去往随处可见的"火塘吧""酒吧"，在奔放的歌曲里，在振聋发聩的打击乐器声里，放纵你内心的狂野……喜静的在"清吧"点一杯清茶，"丽江小倩"柔柔的歌声让你的心迷醉在远方……

玉龙雪山

今天是极富挑战的了。一大早，挣扎着离开温软的热被窝，我搭乘大巴向玉龙雪山进发。途中，山脚下的甘海子，一片辽阔的牧场，春夏之际，草甸上龙胆兰、杜鹃浪漫绽放……是摄影师追梦的天堂。远望，玉龙群峰历历在目。雪山共有十三峰，主峰扇子陡海拔五千五百九十六米。在碧蓝天幕的映衬下，披云戴雪，像一条银色的玉龙在作永恒的飞舞。

到达山脚下的游客中心，雪花纷纷扬扬着，山脚下那原始的红沙岩上，稀疏的灌木已身披薄雪，而我，身上也已是寒意渐浓。我原是准备穿自己身上的羊绒短袄登雪峰的，但架不住导游对高寒缺氧的渲染，还是租了套防寒服，买了瓶氧气。

一路向北换雪山专线车而上，已经是进山的路程，随着海拔的升高，窗外的树木也在奇妙地变化着，云南松、落叶松、云杉、红豆杉、高寒针叶杉。雪格外地白，松格外地绿，掩映生态，移步换形，很像是白雪、绿松和玉龙在捉迷藏，蔚为奇观。大自然又给我上了堂生动的地理课。

抵达海拔两千多米的索道口，山上已满是厚厚的白雪，风雪弥漫了整个世界，落下的雪厚厚地堆积起来，填满了沟壑，铺盖了山岭。古老虬劲的红豆杉粉雕玉琢，琼枝玉叶，迎风傲然。

登上揽车，一路垂直向上，指向天际的杉树林渐次离我们远了，起先还是能看到黑色的石灰岩那硬实的山体，和白雪隐约相错，好经典隽永的黑白色。这也是玉龙雪山又一个名字"黑白山"的由来。愈往上，眼前是雪域冰川，一片耀眼的白……揽车间或摇摆，我头晕目眩了起来，呼吸也有了些急。

　　索道抵达四千五百零六米雪峰，下得揽车，脚下似踩在棉絮上，飘飘忽忽，找不到脚踏实地的感觉，我还是有了些高原反应。但这一切却不会让兴奋的脚步停留，我们跟跄着，欢快地扑向雪峰。索道站外雪域被开辟出千平方米的方园，木屋栈道，屋椽上挂着粗长的冰溜子，气温大约零下十摄氏度，机器不断的在为游人清理道上的积雪，那栈道外的雪怕是厚可没人。一种彻骨的冷，令我不由得整了整厚重的防寒服，把自己裹得再严实一点。

　　游人原是可以沿着栈道再向上攀爬一百多米的，四千六百八十米的高处，可以近距离地一睹扇子陡千年冰川的壮丽。只是今天，那条栈道已被厚厚的积雪雪藏着，目之所及，白晃晃一片，雪峰冰川与天空已然成为了一体……

　　雪还在下着，从天上跳着，舞着下来，似天女散花，我用手接住它，发现它是那么洁白，没有一点瑕疵，这是我此生见过的最纯净的白了。据说雪是六边形的，于是我展开手掌，仔细打量，惊喜着自己的发现，果然玲珑剔透棱角分明。周遭的皑皑白雪，似上苍给我们打开了一方洁白厚实的绒毯，恍惚中，我已经到了童话传说中的冰雪王国。缺氧、气短、晕旋，全被我抛到了一边，很快也适应了一些。

　　冰天雪地中，飞花渐欲迷人眼，一行人躺在雪堆里摆各种姿势拍照。雪峰凝视着这些天外来客，兴奋得像孩子似的人们。

　　从雪峰上下来，进入一个谷底。刚刚还是冰天雪地，眼前却是春意盎然。源自雪山冰川消融的雪水，在这里汇集成河，富含铜离子的雪水使得河水透着蓝宝石样的湛蓝，清冽干净到能数出河床里的石子、飘逸的水草。高处的蓝天白云、远处的黑白雪山、近处的翠绿树林、形如半月的"蓝月谷"就这样款款地落在了玉龙脚下。这一切美到了极致，仿佛这一刻，你的心也跟着空明澄碧起来。

大理　洱海

"山则苍茏叠翠，海则半月掩蓝"，苍山洱海的壮美大抵可以在这句诗里读出。洱海的早晨是非常美的。日出淡红色的光晕里、湛蓝色的海面上，一艘渔船斜泊，阿鹏已早起张网打鱼了。岸上，金花利索地捣洗着衣服，挑捡着菜蔬。间或他们彼此相顾的眼神撞个正着，笑容顿时如湖面的涟漪，荡漾开去……远处，玉玑岛隐约可见。

白族民间节日很多，除与汉族相同的传统节日外，还有本民族独有的本主节、三月街、火把节、拜二月、石宝山歌会……在洱海边漫步，你会不时地遇见身背龙头三玄的阿鹏弹起好听的白族乐曲，金花们随着乐声翩翩起舞。那是他们在欢迎着远方的客人。

每个人的心里都会有一方圣地。云南，因为旅行，它那壮美的样子凝于笔端，更长在了我的心底。

中原问古——河南旅行散记

阳春三月，正是出游的好时节，也恰是洛阳牡丹花会时，画家张老师打来电话，说是自驾游洛阳看牡丹。于是第二天四人团背起行囊，真真是说走就走的旅行。开车的吴老师虽六十有二，但精力与技术了得，不带换手的，优雅的容颜里透着几分爽气，一路上几个女人说学逗唱，妙语连珠，此谓意趣相投吧。

焦桐

车出六安，层峦叠嶂的大别山麓渐次远了，无边的大平原在车窗外飘忽，扑面而来的是别样的风景。公路两旁的白杨树，长身玉立，像娉娉婷婷的少女。在那满树葱绿中突然就会闪出明艳的粉，那便是焦桐了。极目远望，麦田接天连日。微风起处，郁郁葱葱的绿浪翻卷着，一浪追着一浪滚滚向前，漫无边际。那里也点缀着几树焦桐，那树，枝干挺秀，绿叶扶疏，粉紫的花正开得浪漫，村庄便掩映在一片粉紫中。绿得蓬勃，粉得妩媚，这至美的二元素色系才是生命的真谛吧。名曰焦桐，缘于河南人对曾经的兰考县委书记焦裕禄的热爱，于是我愈加喜欢起来。焦桐，你不仅美艳，是平衡平原生态的使者，更是河南人民之于他们的好书记最长情的纪念。

开封

开封是座老城，自后梁始，已有一千多年，以北宋为盛，先后有寇准、包拯、欧阳修、范仲淹、苏轼、司马光等杰出人物在此任职。八朝都会开封，古迹古韵无处不在，在这所老城里，到处弥留着古老的气息。

开封，是一座有故事的老城，它把关于一个个久远朝代的故事遗留在街头巷尾里，散落在风声瓦砾中。当我们走近它时，你或许能在这座老城的脉络里触摸到那些遥远的过往，在断壁残垣中瞥见那些令我们肃然起敬的远古忧思。

而古旧沧桑的老城墙、牌坊最能折射那厚重悠久的文化了。清明上河园后门正面是一段古老的历史城墙，从一条逼仄的小路可以爬上去，抚摸一下这些斑驳的灰砖，这段城墙，不知羁绊了多少游子的脚步。我兀自爬到近前，"咔嚓"几张照片，心里便有了不虚此行的欣喜。

清明上河园根据张择端《清明上河图》而建，再现原图风物景观。

"得、得、得"马蹄敲击光溜幽长的青石板路，金镛华盖，纱帘低垂，华丽丽的马车飞奔而过；皇家的车阵凤舆鸾架，车盖相连，逶逶迤迤。

"宝马雕车香满路，凤箫声动，玉壶光转，一夜鱼龙舞……蓦然回首，那人却在灯火阑珊处。"辛弃疾的灵感想必就生发于这繁华的夜市里。

游离于达官商贾、贩夫走卒之间，汴京码头千帆云集……恍惚中有种时空的穿越感，仿佛自己就是那大宋朝的一介子民了。

在翰园的碑林里，在各种文人墨客的字迹中探寻诗书礼仪。

你或者也会踱步到龙亭公园里，在层层的台阶前仰望"正大光明"的威严。

"威武……"，在开封府，威武肃穆的大堂里，你又会听到开封府中传出的堂威声，声震屋宇，足以令作奸犯科之徒心胆俱裂。在"包青天"响亮的惊堂木里感受每一桩案件的惊心动魄。

醉杏楼，演绎着李师师与徽宗皇帝的情史……

洛阳龙门石窟

洛阳龙门石窟，于它，中学时的地理课上，我仅仅止于一个概念。今天我却是可以带着相机，走进这神秘的国之瑰宝。

洛阳城南二十六里处的龙门镇，龙门山与香山相对而出，伊河水清澈秀美，波光潋滟，静若处子穿山直下，远望婉如一座壮丽的天然门阙，古称"伊阙"。自古以来，龙门山色被列入洛阳八大景之冠。

"洛都四郊，山水之胜，龙门首焉。"白居易诗出有名。

漫步伊河岸边，听松涛沙沙，伊水潺潺，两岸弱柳扶风，清风拂面，空气格外的清新，愉悦之心情油然而生。好一方佛教信徒僧侣礼佛修行的神仙地。

龙门石窟始凿于北魏孝文帝由平城（今山西大同市）迁都洛阳前后，后来经历唐代的鼎盛期，才有了如今的规模。龙门石窟是历代皇室贵族发愿造像最集中的地方，它是皇家意志和行为的体现。

在龙门石窟，你可以看到北魏和唐代的造像反映出迥然不同时代的风格。这里的北魏造像没有云冈石窟造像粗犷、威严、雄健的特征，而生活气息逐渐变浓，趋向活泼、清秀、温和。这些北魏造像，脸部瘦长，

202

双肩瘦削，胸部平直，衣纹的雕刻苍劲质朴。北魏时期人们崇尚以瘦为美，故而佛雕造像也追求秀骨清像式的艺术风格。而唐代人们以胖为美，所以唐代佛像的脸部浑圆，双肩宽厚，胸部隆起，衣纹的雕刻自然流畅。龙门石窟的唐代造像继承了北魏的优秀传统，又汲取了汉民族的文化，创造了雄健生动而又纯朴自然的写实风格，达到了佛雕艺术的顶峰。

我上山后看到的第一个洞穴叫古阳洞。然后，潜溪寺、莲花洞、药方洞、宾阳洞、万佛洞、奉先寺……莲花洞中有龙门石窟里最小的佛雕，只有两厘米高，形象逼真；万佛洞内有一万五千多尊小佛像，小巧玲珑，做工精巧；药方洞内有一百四十多种药方；奉先寺里则有龙门石窟最高大的佛雕卢舍那大佛……

龙门石窟的独特美景数不胜数，而令我至今仍然记忆犹新的是奉先寺卢舍那大佛那一抹迷人的微笑。拾级而上，登上奉先寺窟龛的平台，崖壁间一尊巨大的雕像即刻映入眼帘，这就是举世闻名的卢舍那大佛。

"卢舍那"是梵文音译，即光明普照的意思。

凡到过龙门的人，都会被卢舍那大佛的博大壮美所震撼。那雕塑真可谓是一件精美绝伦的艺术杰作。据说，大佛通高十七点一四米，头高四米，耳长一点九米，是龙门石窟中艺术水平最高、整体设计最严密、规模最大的，也是中国佛教雕塑的顶峰。也有传说，卢舍那大佛是武则天的化身，她是依照武则天相貌雕刻的，以彰显武则天在唐朝的政治地位。皇后武则天曾经捐赠两万贯的脂粉钱用来加速工程的完工。

站在奉先寺前，细细端详大佛那迷人的微笑，我不禁慨叹盛唐一笑越千年，仿佛那繁华和美好依然在眼前。也有人把卢舍那大佛比作东方的"蒙娜丽莎"，说她是善良和美貌的化身。瞧，她的发髻呈波纹状，面部丰满圆润，修眉细长，宛若新月，眼睑下垂，目光慈祥。她的嘴角微翘，微露笑意，头部稍低略作俯视状。她的眼睛微眯，仿佛俯视着脚下的芸芸众生，显得安详而亲切，庄重而温雅，睿智而明朗，令人敬而不惧。

　　她表情含蓄而神秘，严肃中带有慈祥，慈祥中透着威严，威严中又有一种神圣与威武，是一个将神性和人性完美结合的典范。望着她的微笑，让人感觉如沐春风，无论你从哪个角度看她，她的目光都会和你有所交流，仿佛智者的询问、长者的关切、母亲的慈爱。当我和她那永恒、恬淡、慈祥的目光交汇时，我顿觉心境空灵、淡然、平静。

　　今天的卢舍那大佛，上半身保存完好，下半身虽然手足有些残破，但其整体仍显示出当时佛雕的高超技艺，令人叹服。仿佛那技艺高超的雕刻大师在塑造这尊佛像时，把高尚的情操、丰富的情感、开阔的胸怀和典雅的外貌完美结合，显示出无限的艺术魅力，引得中外游客络绎不绝，慕名而来。在这神圣与恢宏交织的崖壁间，我被这气势雄伟、神态祥和雕刻艺术征服，感到前所未有过的身心震颤和灵魂的激荡。

　　奉先寺以雍容大度气势非凡的卢舍那佛为中心，大佛两侧的弟子，也都惟妙惟肖，有的慈祥，有的虔诚，将佛国世界充满祥和的理想境界表达得淋漓尽致。奉先寺造像主次分明，比例浑然一体，以流畅的线条、高超的技艺，将神秘的宗教幻化为一首壮丽的交响乐，与自然融合。

　　千回百转，终于我找到了"洛神"。这是一尊观音佛像，面容柔美，眉如新月，体态丰润有致。她手持净瓶佛尘，绶带斜披，身体略呈 S 形曲线，姿态优美端庄。梅兰芳先生初见，以为惊艳，引用在他的剧作里，便有了万人空巷的《洛神赋》。

　　漫步在世界文化遗产龙门石窟群里，移步换景。有的佛像粗狂豪放，雄健有力，气势逼人；有的仪表堂堂，衣纹流畅，和善开朗；有的魁梧刚劲；壁顶的莲花栩栩如生，佛像的背景火纹犹如熊熊烈火，照耀着佛祖不被伊水淹没毁损。

　　久久仰望石壁上那高高低低，深深浅浅如繁星般罗列的佛龛佛窟，尘世中的纷扰杂念荡涤顿消，凝神静气而后礼佛之心顿起。

洛阳牡丹

我们来的正是时候，洛阳牡丹花会节正如火如荼。洛阳城里，诸如隋唐遗址公园、洛阳国家牡丹园，随意的，你就能遇着正在花展的花园。洛阳人喜爱牡丹，遍栽牡丹，呵护着牡丹，一到谷雨，株株怒放，千姿百态。姚黄魏紫豆绿赵粉二乔……她们以自己别样的风姿与颜色示人，多一份则俗，欠一份则平淡，在绿叶的映衬里巧笑嫣然。或灼灼如火或雍容华贵，或玉谷冰心或富丽端庄，满城都浸润在牡丹的芬芳里。

"国色倾城人竞涌，欢声笑语赞牡丹。"为牡丹纷至沓来的游人，市井街民朝暮不断，人海花海，盛况非凡。当然更是书画家们痴迷的地方，写生临摹，怕是没有比这更好的去处了。

洛阳美食

老城里物价不高，五六块钱就可以吃上一顿饱饱的早餐，小店老板会把盛胡辣汤的碗装得满满的，再配上一根油条、一叠小菜，愉快地享受这样一顿早餐就是一天好心情的开始。

洛阳十字街。颇有古城的韵味，有各种小吃、水席，空气都是鲜香的，视觉与味觉的碰撞，让人流连忘返。

吃水席当然得去洛阳城的"真不同"。车刚停稳，身着古典华服的店员嫣然浅笑，款款向你走来，热情地为你铺排座位，恍惚中自己就是那乘辇而来的贵妇了。

吃一套完整的洛阳水席有二十四道菜，素菜荤做，满席汤水。第一道"牡丹燕菜"是必不可少的，据说与大唐女皇武则天又有渊源。用萝卜精雕细刻，花瓣红红白白，"二乔"的妩媚，萝卜的爽脆令人食欲大开。在一道道流水而上的菜式汤水之间，口舌的快感交织着对下一道菜的期

205

盼，像一段舒缓有致的音乐。开始时味道淡淡的，然后加进点麻辣，再加糖变成甜咸味，再来醋的酸。最后一道菜"圆满如意汤"上来了，也就是送客的蛋花汤，我们在口腹的满足里依依作别"大不同"。

水席是洛阳特有的地方风味菜肴，起自大唐，有近千年史话，和龙门石窟、洛阳牡丹并称"洛阳三杰"。

河南遍野麦田，宽阔无边，面食是主打，面点名目繁多，精致味美，去尝尝是对我们仰慕已久的胃肠最好的慰问。

夜色渐浓，不夜的古城霓虹闪烁，烩面馆的 LED 灯饰招牌拽着我们的脚步，紧走几步迈进店堂。

店铺装修素雅，有几张卡座，操作间干净整洁、一目了然。

烩面是河南特色美食，有着悠久的历史。它是一种荤、素、汤、菜、饭，聚而有之的传统风味小吃，以味道鲜美、经济实惠，享誉中原。

一碗才八元，我们点了四碗。

"先点两碗，不够再点"，年轻的女老板眉清目秀，墨黑的眸子荡漾着盈盈笑意，"小香玉"般的豫剧腔调仿若莺歌燕语，先就让我们醉了几分。

老板估摸着我们的饭量也大不到那去。果然，冒尖厚稠的两大海碗。浇头是几样切成丝状的小菜、肉糜、大酱、西红柿炸酱，添加随心所欲。我们四人分吃了两碗。

"呼呼啦啦"，吸溜面条的声响此起彼伏，全没有了平日里的斯文模样，肚腹已是滚圆，但嘴上意犹未尽。

分量足，口感好，价钱公道。河南人做人做事跟眼前的这碗面一样，实在、厚道。

盘桓几日，开封、洛阳注定只是我的诗与远方。回眸作别，再见，我喜欢的，藏着古韵，浸润在牡丹芬芳里的古城洛阳和充满故事的老城开封。

第六辑　鹏城小札

深圳有条茅洲河

深圳有条茅洲河，来来往往从这条河上，我不知道走过多少遍，但走进我的灵魂，只在这一年，2018 年。

改革开放四十多年，深圳令世界瞩目。工业革命带来了深圳的繁荣，也留下了一些痛点，曾经的茅洲河有一段时间，河水黑臭，是深圳雍容华贵的脸上一道刺眼的伤疤。

站在工厂办公室的三楼窗口，我时不时从这里眺望，不远处的一块地，空旷沉寂了很久，长满了杂草。两年前的某一天，机器、工棚、工人突然就竖起驻扎的大营，让工业区的隔壁热闹了许多。挖掘机、黄土车进进出出，河堤渐次高阔舒展，移花接木正忙……

又一座抑或几座大楼又要拔地而起了？在这寸土寸金的深圳，没有一块空闲的地，它一定又是入了哪个开发商的慧眼。我便着如是想。

间或，我还是会从三楼的窗口看过去，工地上每天都有机器的喧响，工人忙活的身影。一年过去了，只是我总不见有楼宇升起来，哦，这地基夯实！

"咦！"那约略几万平方米的水泥基台呈给我厚重、坚硬的脸盘。那上面又建起一座座圆顶塔样的建筑，或大或小，或高或低，相依相偎的是绒毯似的绿草地。奶白雄浑映衬着墨绿，远看像极了蒙古草原和草原上的毡房。一旁的长廊也是奶白色的穹顶、奶白色的柱子。宽深方正的水池上，一排排钢管排列有序……

是水塔，是污水处理厂？从这颇具匠心的建筑里我肯定的想。

果然，傍晚的散步，我从已经竣工的工地上得到了肯定的答复：它是深圳市海绵城市建设项目水质净化二期工程，深圳市宝安区沙井污水处理厂，于2017年拉开了建设的序，现在正式通水运行了。

茅洲河的整治工程还永远不止这些。

2018年9月开展黑臭水体整治"百日大会战"，全市投入水污染治理项目施工人员相当于一个集团军，超六万人，逾一万三千台设备在茅洲河中上游段，松岗水质净化厂运转。什么叫中国建设，中国建设综合整治能力的优势与魄力，在茅洲河像一个风向标，又一次得到了最好的展示。

保护河湖就是保护我们的生命之源。撕掉旧标签的茅洲河，河边还建了富有弹性的跑道，水清岸绿、鱼翔浅底、休闲泛舟……成功撩拨无数人的心。

写作的人大多有颗敏感的心，具体不知道从什么时间开始，我便感觉到了茅洲河一点点在变化，越来越美妙地变化。

向晚的霞光橘红绛紫，给西天涂抹了无边的明媚，伶仃洋吹过来的海风温柔的拂过面颊，也是咸凉的。就算是暑热天，深圳的早早晚晚还是蛮舒服的，我更愿意在这时候去茅洲河散步。

深圳简直是植物们的天堂。这不，去年底才种的草坪，当初像一方方棋盘，互不搭界，转脸已连袂成毯，毛茸茸绿油油的，发散着诱人的光泽与草木的清香。拍张照片吧，红衣绿地陪衬出鲜亮，还有一脸灿然的笑，连镜头里的蓝天也晕染了迷醉的绿。

点缀在树影里的花草是风情万种的灵动。紫薇，满树蓬勃的嫣红，"独占芳菲当夏景，不将颜色托春风"；凤凰花点燃了火红色的炽烈，花云缭绕；翠芦莉，优雅的蓝紫，丰润得像内敛而端庄的贵妇，云髻峨峨。稚嫩的又似清丽的美少女，款款浅笑，向你问安；纤纤绿裹排金粟，清香沁脾的千里香又该留畔游人的脚步，俘获女子的芳心了……

夹岸的绿堤，精致的草木花树，一路铺天盖地。一人多高，随性而长的芒也风姿绰约，透着野性。芒也叫芭茅草，一种很接地气的植物，适应力，生命力顽强，成片地生长。茅洲河清浅处的河道也会有她挨挨挤挤密实的身影，是一个个袖珍版的沙洲。政府大力度治理水质，芭茅固本清源，保存水土，这一切使得原本黑污的河水变得清澈透明。河水轻轻地抚摸着她们，温柔的从她们身旁流过。

我想，茅洲河抑或是因了它而得名。

绿是养眼的，在手机、电脑屏幕前坐久了，眼睛干涩、酸胀，来茅洲河，放眼望去，满世界的绿让我的眼睛聊以得到滋养，也舒服了许多。

河床的些许落差处往往能看见跳岩，清亮的河水撞着石柱，泛起细碎的浪花，"汩汩"地流淌。走着，侧旁一条小溪突兀地闯出来，约略高出茅洲河几十米，滨临处修了水泥幕墙。河水从光滑的面墙直挂下来，宛如拉开一道青幽的水帘，"哗哗"跌入河里。两条河流的碰撞，溅出无数的水花，在落日的余晖里，紫气迷漫。

这里又是两排跳岩，那里是人流汇集最多的地方。有下学的孩童，在跳岩上蹦蹦跳跳，在清浅的河里捉鱼玩，人们从跳岩上飘逸而过。这令我想起凤凰古城，沱江上，那走过沈从文、黄永玉的跳岩，很文艺，很古朴有趣。

下班的工人、公务员也喜欢来，他们把这里当作了工余饭后休息的最好去处。草坪上、树丛里，跑道上都晃悠着人。粤语湘音、吴侬软语……你在这里能听到各种方言的声音，让人不以为怪。这，也是深圳的况味了。

罗非鱼真多，它们扎堆地游来游去，在草窠里捉迷藏，自由自在。垂钓的人几乎是放下鱼杆就拎起来，那鱼钩上就有一条活蹦乱动的鱼，一拃长的，斤把重的。河底的青荇摇摇摆摆，招摇着鱼影、人影和山影，聚散的一切都是快乐的。

河上不时见着水泥大桥，护杆簇拥着花花草草，勒杜鹃是主角，花们像接力赛似的，四时烂漫开放。于是半空中的桥便像只偌大的花篮。站在桥头，天蓝水白，远山如墨，云烟缥缈。拥着夹岸的绿，茅洲河千回百转，像一条清亮的绿绸。它将它的清丽托举着，一路欢歌、吟唱。想必，珠江的浪花、粤港澳大湾区的潮头、接纳它的和声也是欢快动听的。

怀一颗敬畏的心，善待我们的家园，茅洲河原本就该是这般模样。

茅洲河不尽的魅力还在于它有个美丽的传说。

咸丰十年，陈端和出生在水贝村，现在的公明上村社区，一个穷苦的农民家庭。年初二出生的她，便有了个好听的名字"端和"。

当时，大沥河一带缺医少药，乡亲们有病无处求医。陈端和的焦灼化作了一颗种子，悄然在心田开放，她要想办法，要为父老乡亲排忧解难。为了寻找治病良方，她不辞辛苦，用脚步丈量东莞、增城、新安，求教经验丰富的郎中，搜集积累了好多有效药方，男科的、妇科的、儿科的，还有外科多达百余种。靠着这些药方端和医治了很多流行病。

那时的茅洲河还叫大沥河。河床弯弯曲曲，河没有堤坝，沿岸农田山地漫无边际，树木葱茏，团团绿云浓得化不开；稻浪滚滚；白鹭低飞……大沥河温柔时缓缓而行，滋养了这方土地。但每年春夏季节，河水汪洋恣肆，淹没了良田村庄，相传这是二河神在兴风作浪。

少女陈端和心中又萌生一个念头：惩治大沥河二河神，让百姓过上风调雨顺、丰衣足食的好日子。

1876 年的一个秋日，凉风习习，碧空万里。陈端和与嫂嫂在田里忙着农活，忙得汗流浃背。端和抬头抹汗，忽见近处有一团白光影打在一块田地里，且一闪而过。她感到惊异，放眼望去，只见一对健硕的白鹤盘旋在她的头顶，时而落地起舞，时而振翅腾飞盘旋，似有愉悦之状，又有恋恋不舍之意，好一会儿才飞去。

　　端和近前，撩开稻草仔细一看，地上演现出一行白光字："明年正月二十三是成仙之日。"看完，字便消失了。端和顿时大喜过望，心头犹揣小鹿，怦怦乱跳。她目送远去的白鹤对嫂嫂说："嫂嫂呀，你看上空那两只白鹤多漂亮呀！"

　　"哪里有白鹤，嫂嫂什么也看不见呀？"嫂嫂应答着。端和停立在田埂上，眺望渐渐消失的白鹤，往事历历在目：二河神使坏，河水泛滥成灾，乡亲们逃荒四处乞讨，衣衫褴褛……

　　转眼间，正月二十三就到了。那天晌午，阳光温润，春和景明。陈端和上穿桃红色夹甲，下着白色百褶裙，来回在天井里走着，不时仰面朝天空张望。她面容柔美恬静，走着、望着，突然"呃呃"数声从空中传来，两只白鹤从天上姗姗飞来，降落在天井里落在端和身旁，陈端和轻灵地骑上白鹤，旋即白鹤扇动翅膀飞向苍穹。嫂嫂看见了，情不自禁高声叫道："看呀，端和真的升天成仙了！"

　　这一声叫可不妙，嫂子分娩还未满月，一缕秽气冲天而上，半空中突然划出一道光芒，陈端和便从空中坠落下来死去了。但她的身体却并无损伤，静静地躺在地上，面容如生。她的尸体不腐不臭，周围香气四溢，百日不散。如今，陈仙姑祠依然有一副这样的对联："德道十年人不信，放香百日众无疑"，或可视为佐证。

　　陈端和灵魂骑着仙鹤飞了八天八夜，正月三十来到天庭，她诉说了大汃河二河神作恶多端，导致民不聊生的罪状。天官听罢大怒，大汃河二河神被拘来问罪，迅即被打入地狱。天官封陈端和为大汃河河神，位

212

列仙班。于是世人皆传陈仙姑。

陈仙姑接任河神后，忠于职守，勤奋为民，大沚河从此风调雨顺，不再发生水灾。方圆百里的乡亲种瓜得瓜，种豆得豆，风调雨顺，安居乐业。

一座陈仙姑祠从此矗立在深圳的大地上，受世人膜拜。

盘古开天地，神农尝百草，夸父逐日……中国的神以真善美为核心，强调奉献和牺牲精神。他们更多地和人联系在一起，有了神性的人，有了人性的神，像放大镜一样，照见美丑善恶，最真实的人性，为人类的童年涂鸦出最生动的颜色。十年、百年、千年，故事成了传说，传说成了神话，而神话后面蕴含的道理也被传下来，铭记在茅洲河百姓祖祖辈辈的心中。

"野芳发而幽香，佳木秀而繁阴"，茅洲河发源于美丽的羊台山，风光旖旎，群峰叠翠，原生态的植被净化了空气也净化了水。飞泉碧潭瀑布，在沟谷幽壑中出没，这丰沛清冽的水也同样滋养着茅洲河。

依水而居，枕水人家，深圳第一大内陆河，茅洲河道纵横交错，流经宝安、光明、松岗，在沙井和珠江相连直通外海。远古时代，河流也是交通要道，一时帆影千樯，百货咸集，茅洲河畔诞生了一个又一个古村落、古墟镇。每一处古建筑都有动人的传说，沿海平原的广府文化与内陆山地的客家文化在这里碰撞、交融，造就了不同凡响的一种文化——岭南文化。而座落在茅洲河畔的沙井老街、塘下涌、清平墟、公明墟最具代表性。

徜徉在古墟、粮仓、宗祠、风水塘……古街村巷，叩听古风古韵。抑或在光明红木小镇欣赏一幅烙画，在酒吧、创意集市、工作坊、书吧感受现代都市特有的慢生活。茅洲河，在我的心里那便是怡人的"塞纳河"。

深南大道，一首属于深圳的歌谣

　　爱一个城市是有理由的，我常在友人面前津津乐道于深圳的"深南大道"，其时有人会说，城市"千人一面"有什么说道呢？但我却是要说，那是因为你没有走近它，再走进它。

　　深南大道，深圳的一张名片，它于深圳的意义就如长安街之于北京、东方明珠之于上海。但它们却又是在各自的城市里，绽放别样的风姿，令世界侧目。走进它，抑或你会因一条道爱上一座城。

　　我自从 2002 年第一次来深圳，之后几乎每年都会来一次，直到现在，其间不知道多少次驾车在深南大道上奔驰。车窗外瞬忽而过的绿植、那风情万种的亚热带雨林胜景、缤纷烂漫的花朵，就如浓墨重彩的画扑面而来，着实惊艳到我了。

　　建筑更是日新月异。哦，绿阴丛里突兀出一座摩天大楼，京基大厦拔地而起，直指云端，超越地王大厦成为深圳罗湖区第一高楼。那鳞次栉比的高楼就在你的往来匆匆中，忽然就冒了出来。

　　飞亚达、TCL、创维、中兴、腾讯大楼……好像随便抽出一个出来，

214

都能成为一个城市的经济支柱。深圳的绿树人文拥抱着它们，这个城市也因为有它们的存在而底气实足。

车道又宽了几许，双向八车道，加上人行道，有的地方多达十几条，在绿树花影中出没延伸。人行天桥又多出了几架，立交桥在空中流转低旋、四通八达。

道旁又新植了树种，多了处生态园林……每一次新的发现都令我惊喜交加，我对她生出热烈的喜爱和浓浓的兴致。我首先是探究她的历史。

远山辽阔，间杂稀疏的树影，近处榕树初长，单薄的影子有风呼啸而过的感觉。红色的土地，散落的水田，点缀青墙灰瓦的村舍，排屋客家围。这是布吉至平湖一带，草莆往北的樟峯村。20世纪80年代初，这张外国记者坐在广九铁路火车上拍的照片，真切地记录下来深圳当时的风貌，改革开放前的深圳大多是这个样子。

南头关检查站，还只有一栋房子，周遭荒山野地。关内，深圳与香港交界的五十五里长的"一线关"，深南大道离深圳河最近距离的一处，相对应着偷渡者选择的最佳地点。南头关之外，宝安、龙岗、龙华竖着二线关的牌牌。铁丝网挡住了两个世界。

1979年深圳市成立刚刚一年，那时的深南大道周遭是低矮的瓦屋，丛生的荒草、乱生的树、板结的土地……从蔡屋围到机场只有唯一的一条土路，铺展出公路的雏形，偶尔有一辆车子驶过，掀起一地风尘，尘土飞扬，黄沙蔽日。为不让飞扬的尘埃把刚跨过罗湖桥的港商"呛回去"，市政府决定对深圳通往广州的107国道进行改造。大片大片被掀起的新鲜的泥土，带着新征程的气息，建设施工场地的浩荡气势。于是，在蔡屋围到上步约四里的碎石路上铺上沥青，由此诞生了"深南路"，在我看来，它更像深南大道的"成人礼"。一个婴孩从呱呱坠地到茁壮成长。

从1982年到1985年，第一次扩建工程完工，而新开业的上海宾馆成了市区和郊区的坐标、现在和未来的界碑；1987 年春节前，深圳市把铁路用高架桥托起，时长约十四里的深南大道被深圳人自豪地称作"十里长街"；1992 年后，由上海宾馆到南头古城的一段路开建，直到 1994年，全长五十多里的深南大道全线贯通，沿线与四十八条南北方向的市政道路交汇。2007 年 7 月，宝安大道与深南大道实现对接，这是深南路发展史上的一个新的里程碑，贯穿后的深南大道连接西乡、宝安中心区、深圳机场、沙井和松岗，与东莞相连接。

关卡也完成了它的历史使命，过去的巡逻道已然变成美丽的绿道。关两边演绎了创世纪变幻的逆袭与神奇，从关这边的人拼命地想过去，变成了关那边的人想着怎么样才能回来。

从此，深南大道成为这个城市的景观和窗口，它不仅仅具备交通的功能，更是这个城市展示所有精彩的电影胶带，徐徐上演着这个城市的经济，也诞生了深圳特有的名词"拓荒牛""深圳速度"。

和它来一场亲密的接触，肌肤相亲，这样的念想像种植在心底的小草发芽生长，长成毛茸茸荫绿的一片，撩拨着我的心性。于是秋日的一个周末，我和妹妹华一起去深南大道骑行。

我们从南头古城出发，华的家就在南头古城附近的一个小区。

华是个放在什么地方都不会庸常的人，她冰雪聪明，性子豁达，对的人来到了对的地方。因为一本书，《深圳故事》让她对深圳有了莫名的向往，也就有了 1996 年春她只身闯深圳的壮举，文字的魅力无处不在，我感叹。

她刚来在关外的工厂打工，报关税从南头过关。

那时的南头，关卡永远拥挤着排队过关的人。道路正在扩建，推土、挖掘机器轻展猿臂一刻不闲，绿化园艺大队长驻，种树种屋正忙。她搭乘厂里货车在深南大道来来去去，不经意间就有新的发现。

"那时满心思都是工作，哪有心情看风景！"华的眼里似起了层雾，我似乎在那里看到了那些年，她的努力与辛苦。

"2004 年，我现在的小区刚刚开盘，周边还是有大片的空地，我和朋友走进售楼部。呵！那里已经挤满了人，我们好不容易找个座位坐下。售楼小姐拿着户型图册向人介绍，笑容楚楚，却单单对我们俩视而不见。"

"嘻嘻"，我忍俊不禁。这我懂，华平日里作派低调，没有人会拿她当有钱人。记得 2002 年我第一次来深圳时，也是陪她去看楼盘，售楼小姐拿着花花绿绿的宣传册朝向我笑容可掬、喋喋不休。我窃窃私笑颔首向华：嗨，真买楼的在那里呢。

"你看现在，这些花啊树啊好养眼，我们每天生活在花园里呀。"华的眼里荡漾着满足幸福的光。来深圳，几十年地打拼，辛苦与喜乐纠缠，在这个城市华终于落地生根，有了归属感。

说笑间，眼前已是"春花人行天桥"。整个天桥通体钢、玻璃结构、四角设有人性化的自动扶梯和垂直电梯、与天桥浑然一体的遮阳顶棚，柱网系统有种刚烈的现代感。而柔美如水的线条又营造出空灵、飘逸感，远远望去宛如一朵绽放的花。驻足天桥，向东向西观望，繁荫如被，行道树挺拔高大，蓬张干蔓叶簇拥；车流似甲壳虫又如流水倾泻；摩天大楼在绿影婆娑里隐约可见……这一切令跨越街道都成了场轻松愉快的短暂旅行、视觉的盛宴。

深南大道上似这般美丽而造型各异的天桥就不下十几处。

"我 2007 年来，还没有这座桥。"我记得很清楚。

"是的，这是大运会在深圳举办的那一年开通的，据说造价不菲呢。"

姐妹俩说着闲话，已是过了天桥。刚好有几辆共享单车静静地停在那里，我喜欢橘红色的颜色，那鲜亮的色彩更能让人心情明朗起来。

深南大道车道、人行道分门列队，平行相处，还单设有自行车道，绵延细长的骑行小道在花径密林中通向幽深。

此刻，正是深圳的深秋。阳光温柔，气温正好，空气温润清新，天空更是瓦蓝蓝的，蓝得让人心醉。

依我之前未来深圳的想象，那地方离北回归线那么近，还不热死。住得久了，我越来越爱上这里的生活。除了春日的几天"回南天"有几分潮（老家也是有梅雨季节的潮），春秋季是最舒适的日子，就是夏天最高气温也不过三十六摄氏度左右吧，何况还可以享受早早晚晚海风吹的凉爽。

深南大道的植物树种有百多种，高大的乔木、小乔木、灌木丛，然后是花花草草的地被植物，层层叠叠，风情万种。哗啦啦的阳光，湿热的海洋气候滋润着她们，使得它们姿意生长，绿荫如被，花团锦簇。置身其中，仿若游走在原始森林里，只是这原始森林没有凌乱，多了些章法。

行道树品种很多，大多是榕树。大叶榕丰满厚实的叶、小叶香榕像丰腴的少妇、高山榕千丝万缕的气生根，一棵树就是一片林，无一例外的是粗粝的树干，高可几丈许。枝繁叶茂的树枝在半空中纠缠，树冠欹斜着垂下来，形成了碧绿的拱门，连接出穹圆的甬道，延伸着一路向前。

就算是夏日，出门我总不记得拿太阳伞，茂密厚重的枝丫已然为我们撑起华丽丽的大伞，阴可蔽日用到这里再恰当不过了，这令深圳的夏天也少了几分燥热，心绪也跟着宁静起来。

此刻，阳光撩过茂密的树稍，折射出斑驳的光影打到身上，海风习习、轻柔拂面，别说有多快意了。我们脚踏生风，久违的骑行感觉又来了。

今天的防晒霜涂得有些多余，我和华一致这么认为。

咦，桂花的香味，丝丝缕缕花香袭人。寻着花香，在万象府曲里拐弯的通道处，挨挨挤挤的灌木丛里我们找到了桂花树，细碎的小花群星簇拥，黄灿灿闪亮我们的眼，那花香沁人心肺。我的印记里，桂花树是逢八月开放的，现时刚交十二月，老家已是冬月了，而我却是赏桂深南路。

在深圳，一年里花开花放不断，不会集中在某一个季节里。就如这桂树，不是开一次就完事，而是一茬茬，花期拉得如橡皮筋般很长很长。

行道树不是单枝独行，而是连袂成片，偎依而生的地被植物多姿多彩，郁郁葱葱，走着，你的面前就是一片园林。在白石洲，一片榕树林随处可见，让我稀罕的是她脚下的一片茵绿，花草并不高，茎生根节匍匐在地，三四片叶子里就开出粉白的花，花瓣如卵，满眼看去厚密如毯，清一色纯净得没有一丝杂草，越发可爱。这就是车轴草，也就是三叶草，她的花语是希望、爱情、幸福。据说如果你能从里面找到四叶草，那就是幸运之星已然来到，将与你握手言欢了。

由此我想，正如华这样的深圳人抑或来深圳的人，在一番摸爬滚打里，终归找到了属于自己的那片四叶草。而我，文学的四叶草也在这片沃土里茎叶中探出稚嫩的头，或许会长成丰润的一片。

一路流连，我们骑行到世界之窗。这是深圳著名的旅游景点，但见正门水幕流转、花墙锦绣，游人更是摩肩接踵。深南大道沿途有非常多的精美景点，深大北、科技园、世界之窗、欢乐谷、锦绣中华、民俗文化村、华侨城……直至东门老街不下几十处，深南大道像一条彩带把这一颗颗美丽的珠贝串连了起来，深圳的文化底蕴就藏在这于无声处。

喜欢拍照的我，相机自是不甘寂寞起来。蓦地，我的镜头里闯进一群飞翔的鸟影，一群大雁呈"人"字型在碧蓝如镜的天空掠过。

哦，又来了，又来了！路人们齐齐停住了脚步，仰脸向天，惊喜交加。

这些可爱的小精灵，造物主赐予它们灵敏的嗅觉，也丝毫不将就自己，集体南飞，它们落脚的地方怕是最舒适的所在了。此一刻，天际线在它们的陪衬里愈加高远清朗。

我想，自己何尝不是这南飞的候鸟呢，只是飞来飞去，留下来，已是只不想归去的候鸟了。深圳是个移民城市，"来了就是深圳人"，这里有许许多多诸如我这样的人，从打量到热爱到融入，很自然的事。

从世界之窗一路向东，道路愈加宽阔，绿植厚密园艺撩人。

双向十车道在我面前如行云流水铺展，宽长的三条绿化隔离带别具风味。主隔离带上，栽种了名目繁多的树，芭蕉树和风招展，如热情的少女巧笑嫣然；大王椰挺拔苍劲直指天宇；木棉树四张的枝枝蔓蔓上，木棉花开得烂漫，灿若丹霞；南竹的细叶姚黄浅绿，小蛮腰在风的轻抚里袅袅亭亭……

它们密密匝匝相依相偎，织成了一面厚实的植物屏风，屏风那边是孪生姐妹般相向的道路，站在这边的我对它却是看不分明。如织的车影在丝丝空隙里闪现，原本轰鸣嘈杂的车流声，在这绿的触摸里也弱化了许多，变得隐隐约约。

快车道与慢车道又是一条隔离带，上面栽种着一溜溜的凤凰木。而今的它们已长成枝干粗壮、树冠铺张、叶片浓稠的样子。它脚下是矮化的绿植，青葱翠绿，有些不知道名字，但勒杜鹃我是知道的。此刻，勒杜鹃开得胭红粉白，与木棉花交相辉映，又仿佛在争奇斗艳。更有那张扬的，缠绕着凤凰树攀爬而上，花枝在半空里摇曳，煞是好看。

"叶如飞凰之羽，花若丹凤之冠。"每年的五月到夏末，凤凰花开得如火如荼，那凤凰花盖过了绿叶，染红了深南大道。有凤来仪，深圳有它的梧桐树，被这红红火火感染着，你仿偛自己竟已是一只展翼欲飞的凤凰了。

花们更是灿若星辰，这儿一年里总是会让人充满惊喜。紫荆花和一树树紫色的蓝花楹令你眼前一亮，仿佛你已置身于普罗旺斯的薰衣草花海。接踵而至的凤凰木、勒杜鹃、扶桑花、木棉花绽放了，将深南大道染得一片火红，似绯云丹霞。美人蕉、紫薇、夹竹桃、摇钱树……姹紫嫣红，各色的花应时应景，轮番上场。

此刻，在秋的温润里，木棉花、火焰树、勒杜鹃愈加开得热烈……

勒杜鹃果不负深圳市花的盛名，落地生长抑或高高攀爬，它的花容月貌拽着人的眼，藏在华桥城深处的香山中街，似一条静悄悄的花隧道款款着铺展在我的面前。红花继木，叶子却也如花色一样泛着浅红深绿。过街天桥被红艳艳的勒杜鹃簇拥着，顺着栏杆攀爬又蜿蜒开去，像极了偌大的花篮。深南大道的花原是可以开成这样的，生动烂漫绚丽。它们仿佛舒解了满怀的心事，欢乐地开放出来。站在天桥上，可以离木棉树很近，那火红的花在少许的绿叶间灼灼其华。落到地上的花捡起来晒干了，煲汤泡茶，能够很好地调理人的胃肠。当木棉絮飘洒的时候，填充枕头里的木棉絮清香沁肺，又是你安眠的良方。

几只小鸟在不慌不忙地散步，"叽叽喳喳"啁啾着，那树枝就是它们的跑道，花影密林就是它们的游乐场，它们就此安营扎寨不舍离去。行道树枝丫上垂着的路灯，灯罩用细铝丝千丝万缕盘绕出鸟巢的模样，更平添了几分野趣。

游走在这绿影婆娑浪漫花影里，你的眼被滋养着，心浸染得化了，就算万千烦恼丝也会化着绕指柔，充盈着的是明快的心了。

行至滨海大道与桥香路交界出，眼前的景致完全的变了。车道已是双向十二车道，宽阔得令你的心也敞亮了许多。如果说刚才还是首舒缓妙曼的小夜曲，那么现在的深南大道就是首令人血脉偾张的交响乐了。

小叶榄仁成片成片已是行道树的新宠，树干浑圆挺拔，柔软的枝丫缀满毛茸茸的枇杷小叶，转着圈儿一层层水平着向四周伸着腰身。它们像极了江南丽人撑起的万千素伞，娉娉袅娜，仪态万方……

侨城东路到上海宾馆，上海宾馆又到沿河立交桥。道路两旁、中间的隔离带、环化渠岛，那花境设计更是别样的匠心。花带、花毯、花境、花池、花钵……我的面前展现出色彩斑斓的"锦绣深南大道"。因为花影绰约，深南大道这时更像一个簪花一笑，风情万种的少妇。迎宾大道海

221

浪形的花带更是让我们流连忘返，赤橙黄绿青蓝紫，各色的花儿交错出柔美如水的线条，空灵飘逸，仿若如潮的海水在涌动，在浅唱低吟。

渠化岛上，鸡蛋花、朱蕉、隋冠、三色堇、石竹、一串红、黄榕、秋海棠……各色的花草妆点得犹如一座座迷你花园。它们集体望着深蓝平展的天空，也望着来来往往的车与人。行人在这鲜花拥簇的交通安全岛上，连跨越马路都成了一件赏心悦目的事，没有了等待的焦躁。

倘若你在高空鸟瞰，那将又是一种震撼人心的壮美。

这实在是一个如诗般浪漫如画的所在，步步是景，处处新奇。人在其中若画中游，心无旁骛，更无纤尘。

夜幕降临，立交桥、人行天桥、道路两旁万家灯火，远远近近，明明灭灭，深南大道宛若一条彩带，在城市的星光银河里流转斑斓。

城市的历史印记要去哪里去寻找？是在档案室的记录里，还是老一辈人的记忆中？我想，最为鲜活的细节就隐隐约约在这些建筑里，这些绿树花影中。从国贸大厦、地王大厦、京基大厦到平安金融中心。据说现在蔡屋围片区将全面更新，罗湖乃至深圳都将迎来两座更高的新地标：六百多米的寰宇大厦，七百多米的晶都酒店。城市的天际线在不断地刷新，这是深圳向上生长的力量。

深南大道，如同打开一幅岁月的卷轴，这些散落的地标被装裱在城市建筑的橱窗里，映射出深圳的发展进程。

香蜜湖的秋

　　说到老家江南的秋天总是会让人想到丰盈的收成，落寞着从树上心有不甘的坠落的黄叶，深秋里有些萧索的意味。只有耐得住冬的植物坚持它的绿意，譬如香樟、冬青、柏树……

　　而深圳四季变换来得并不明显。在秋天的温润里，刚刚转黄老去的叶子很快就有新绿替代，有的甚至于不耐寂寞的争相探出嫩绿水灵的新芽叶片，那嫩嫩的黄绿里还绽放出粉红的光润，让你惊喜交加。但大多的叶子仍是执拗的缀着，经年累月以至长成了一片墨绿青黛。植物们好似受了特区宽松包容的感染，不拘一格姿意生长，树干高长粗壮，树冠阴可蔽日的古树，走在市井街巷里，你不经意就遇到了。花儿也是的，姹紫嫣红、鹅黄粉白，四时更迭，一期花叶刚刚谢幕，新的一茬又粉墨登场。目之所及落英缤纷，娇媚烂漫。

　　湿热的气候，富裕的日照，精致的呵护，深圳的植被蓬勃且生动，这亦是上苍赐予岭南的厚爱吧！恰逢深圳摘得"国家森林城市"的桂冠，我想，这名头之于深圳太妥帖不过了。

香蜜湖的秋就这样悄没声息地来了。

漫不经心，走在香蜜湖大道上。天空高蓝明澄，絮白色的云条分缕晰，卷舒之间也多了份灵动。高山榕躯粗冠盖"数株连碧真成菌"；大王椰子树笔挺青灰的树干透着苍劲，四张的叶片在风里沙沙；芭蕉树和风生长，仿若热情的少女在向你巧笑嫣然……厚重的绿在一浪浪向我涌来，顿觉神清气爽，心情也跟着明朗起来。

于路旁随处可见的榕树，我起先喜欢她绿荫如被的姿态，虬劲的枝干，那空中飘拂如矍铄老者的胡须更是让我兴趣盎然。后来我才知道，那胡须是从树枝里长出的气根，初时飘飘摇摇，接着直指地面，终于插入泥土，用不了多久，一株树就滋生出一片林。这是台风多发地区，物种自然选择的胜果。"物竞天择，适者生存"，我不由得感叹造物主的神奇。

红荔路一溜的园艺又让我驻足徘徊。此刻，花坛里各色的花儿竞相开放，五彩缤纷。勒杜鹃更是以她的明艳抢夺人的眼，我惊喜她的多彩，大红、胭紫、粉红……最妙的是奶白、鹅黄、青绿、胭红，这些色彩之间并不分明，就如丹青高手蘸一点肽白又点几许滕黄花青胭红渐次渲染出来似的，水润灵动，惹你怜爱。

前面就是香蜜湖公园了。

十多万平方米的荔枝林古木参天，遮天蔽日。我爬上空中栈道，栈道在荔枝林中穿行，高处一伸手就可以触摸到她的枝丫。我欣喜地发现，那上面缀满了新发的枝叶，嫩绿鹅黄透着胭红，在这如云的墨绿黛青里跳跃着，令人为之振奋，眼前一亮，这是秋日里蓬发的生命的新绿，也是南粤大地的别样风景。

我还喜欢踩在栈道上那木质的感觉，听"囊囊"的声响。走得有些累了，将自己慵懒地依到栏杆上去，眼光漫无目的地看出去，对那忙忙碌碌的人，美丽的景暂且只做个看客吧。吐纳天然氧吧干净的空气，一瞬时，自己就是那个最自在闲适的人了。

香蜜湖公园，假若你是四五月份来，荔枝正是开花时节，金灿灿的小花一团团一簇簇缀满枝头，黄的明艳绿的蓬蓬勃勃，那花香淡远悠长，引得蜂狂蝶舞。又过一月，红彤彤的荔枝就上市了，荔枝的甜美又不知道该俘虏多少女子的芳心。

全园最高处的自然展览厅，站在顶楼凭栏远眺，深圳市中心区高楼如魔方林立。此刻，我仿佛可以拥抱平安大厦入怀；仰头向天天蓝高远，白云悠悠，多深邃的"深圳蓝"；低头俯瞰大片大片的绿植，视野里，宛如上帝打翻了嫩绿靛青的调色盘，一不小心就诞生了著名的"深圳绿"。

花香湖花蜜湖，浪漫的名字更是撩拨着我的兴致，倘徉踯躅，怡然自得。生态旱溪，原石显露，别具野趣；石溪流水淙淙有声，清爽怡人；花蜜湖旁浪漫玫瑰园，玫瑰花开得炫丽，秋水伊人，一对对可人儿或诗意求婚，或婚纱曳地……如毯的草坪上，许多的孩子和他们的父母在嬉戏玩耍；风筝在蓝天翱翔，模型机在蜗旋翻飞，孩子拍着小手，欢快地跳着笑着……

喜欢那毛茸茸的感觉，我也坐到草坪上去，静静欣赏这家家兴奋幸福的人儿。

年轻的爸爸收拾一应玩具，年轻的妈妈抱起孩子殷殷的走到我面前。

"叫阿姨好，和阿姨拜拜，"意犹未尽的孩子正在看向天际的风筝呢。

"乖，看着阿姨的眼睛，说拜拜，"温婉的母亲又要求儿子。

"阿姨拜拜！"稚嫩的声音像一杯香茗，惹人心醉，我的眼里灿灿生光，一定也是盈满了喜爱。孩子看着我的眼睛，"咯咯咯"笑了。

目送着一家人，我的眼睛追着这幸福礼貌的一家人，送出了好远。

台风

预报来得真准，这次台风于深圳没有惯常的擦肩而过，"山竹"真的来了。

凌晨，屋外响起风的低鸣声，一声紧似一声，似觉如往日不同。到天明时，那简直是在怒吼咆哮了，"呜呜呜……"尖啸、凄厉，令人毛发倒竖。风肆虐着树木，枝条乱舞，像千万只手臂在粗暴狂野地纠缠、抓挠，带累着树干摇摇摆摆，有的乱了阵脚欹斜着，接着就有倒覆在地上了，还有的被拦腰硬生生地折断，露出浆白色的树茬。

"咔咔咔"如连环炮仗的炸响炙烤着人们的神经。雨落到半空又被风重又裹上去，四散开来，蒸腾起漫漫水雾，又歪歪斜斜地跌落下来。屋檐上顺着落水管而下的水柱也在风的撕扯里飘忽，远远地望着，就似儿时老屋笼起的炊烟。天空灰蒙蒙一片，满耳充盈着轰轰、乒乓、咔咔的杂乱之声……

中午，风雨又似加了劲，我躲在屋里，门窗紧闭，准备雷打不动的午休。躺在床上迷迷糊糊之间，像火烫了身子，我突然从床上跃起，整栋楼宇在晃晃悠悠，也许平躺的身体更能敏锐地感觉这细微的颤动。转而又想，房子框架结构，钢筋水泥的坚固，我想摇晃大抵无妨。

这令我真正的认识了台风，来自江南小城的我也是第一次亲历台风，心下还是有些惊悚和忐忑。但我却是要把它当作生命里上天赐予的一场经历，或可仰视，亦丰满了自己的阅历与见地。

深圳市政府，市民对台风的防范意识还是很强的，报刊杂志有关台风的报道一篇追赶着一篇。全市停工停业停市停课，一级红色预警，各种的防护措施都在紧锣密鼓地落实着。此刻，街上没有一个行人，留给台风的是一街的空寂，这或许是对"山竹"最好的嘲弄吧。你疯狂也好，淫威也罢，至多也就止于那些树草花朵罢了。

一时，微信群、朋友圈有关"山竹"的图片视频刷爆了屏，各种惊悚恐怖镜头在疯传，镜头专聚焦倒卧折断连根拔起的大树，活脱脱一片狼藉之地。好奇猎异，冷血关心？

于深圳，我不敢说有多爱这个城市，但我不能容忍将灾难无度地夸张。于是朋友圈、微信群我发着这样的文字：第二天去看望姨妈，从光明到宝安，再到南山。绿化带从车窗掠过，树们有些零乱，枝叶破败，但大多还亭亭地立着，间或有折损的树木挂下来，有的倒覆在道路上，早上道路拥堵，但清障的人员在忙忙碌碌着，午饭时分就畅通了。到下午，都市的一切又一如往常，台风的气息渐行渐远。我想，用不了多久，那原本得上天滋润深圳人呵护的植被绿化又会是生机盎然，蓬蓬勃勃，那风情万种的亚热带雨林奇观也是我喜欢深圳的又一个缘故。深圳市的预报防范做得好，出现情况后立时补救，三十年未遇的飓风袭击，无人伤亡，无房屋倒塌。

求真感叹，这些情愫都有。

忽想起上次的汕尾之行，导游姑娘就是汕尾人，对潮汕文化很熟悉。海岛渔家信奉膜拜妈祖、南海观音，亦缘于对台风的敬畏。

想那洪荒之年，民不聊生，于台风又没有个准确的预报，渔人在海上讨生活，当台风瞬忽而至，屋倒船倾，一夜赤贫，他们唯有对神灵的庇佑寄予厚望。这也是汕头、汕尾每一家都有海外华侨的因由，留学经商甚至于偷渡，他们也要出去。

偷渡这种梦想淘金的形式一直到改革开放后才真正地销声匿迹。偷渡是有风险的，筹一笔举家之力的保证金给"蛇头"，然后就似"沙丁鱼"样躲到货船底舱，空气污浊少氧，很多人死在船舱，海上风浪反复无常，随时有葬身鱼腹的危险。青衣（水警）的追捕，落网了会被遣送回乡，忍受牢狱之灾，那时的滨海渔民也是无奈之举吧。

潮汕粤东特殊的地理位置，"山竹"对那里又是个不小的折腾，但终归平安，有惊无险。

南书房，上梅林和诗经相遇

深圳的图书馆更像是一个人们集会的地点、一个多功能的知识分享与经验沟通的平台。放眼望去，奶白色的书架、奶白色的座席，线条流溢着现代艺术的美，众多图书有条不紊地摆放在书架上。攒攒而动的人群，或坐或站，或偶偶私语，或静谧不言，动静皆属自然。一切都在这种"自然"的状态下有序进行，空间中多一物少一物都不会受到影响，这就是设计师努力呈现的空间，馆内，人、书、物皆可变动，在无常中追求有常。空间的本质在于满足人的精神需求；每一个热爱读书的深圳人，都能在深圳的南书房，找到自己的灵魂纽结。

郭常青老师的《诗经》论坛将在这里举行。

大屏幕上打出课件，中国画陪衬下的课件，清新淡雅，提纲挈领一目了然。《诗经》的地位、六义、精神在郭老师自如的演说里，洋洋洒洒，精彩纷呈。这充满魅力的声音吸引了南书房的读者，台下陆陆续续坐满了听众，几无虚席。由先秦文化到经学流派，郭老师旁征博引令人叹服他学富五车的才情。一时，除了郭老师抑扬顿挫的讲书声，书室里静得能听见自己的心跳。

"关关雎鸠在河之洲，窈窕淑女君子好逑……"作为诗三百的首篇，《关雎》也是郭老师推崇的。这首诗在艺术上巧妙地采用了"兴"的表现手法。首章以雎鸟相向合鸣，相依相恋，兴起淑女陪君子的联想。以下各章，又以采荇菜这一行为兴起主人公对女子疯狂地相思与追求。郭老师的释意入木三分。我由初中就读过的《关雎》想到《兼葭》；由高中课本《氓》想到《采薇》。

《诗经》的最可宝贵还在于它的美学价值。巧妙运用"赋比兴"，写人状物、拟声传情鲜活生动。善于运用双声叠韵和重叠词，重章叠唱。诗歌的音韵美便隐约其里，朗朗吟诵，那便是一首优美的歌。

跟着郭老师的评说，久久地沉醉在美妙的诗的意境里。

《诗经》里提炼的成语就有一百五十条以上，平均每两首诗就有一条成语，留下了许多鲜活的语言形式和它承载的文化意绪。"窈窕淑女""求之不得""辗转反侧""执子之手，与子偕老""一日不见，如三秋兮"……这些富有活力，凝聚着深厚文化内涵的精辟成语，至今仍丰富、充实着中华文化的血脉和语言库。

《诗经》之美在于静。它不同于现代作家所描绘的喧嚣都市。它的世界安宁祥和，拂去历史的尘埃，依然可以窥见诗中那个有着潺潺流水、暖暖斜阳、徐徐清风和袅袅炊烟的年代，恍然间，透过单纯的诗句，在你的心田缓缓开出一朵"静好"的花。

《诗经》之美在于情。"窈窕淑女，君子好逑"是少年惊鸿一瞥后，道出的青涩爱恋，是长河里始终飘摇的瑰丽诗篇。"死生契阔，与子成说。执子之手，与子偕老。"是在最美的时光里，遇到对的人的坚贞爱情，是携手一生的誓约。"桃之夭夭，灼灼其华。之子于归，宜其室家。"是看到心爱之人身披嫁衣的欣喜若狂，正是因为海底月是天上月，眼前人是心上人，才会觉得她艳丽无双。《诗经》中的爱情令多少情人羡慕不已，而大抵只有诗词才能描绘出这般深情缱绻的爱情。

《诗经》之美在于随。综观全书，没有作茧自缚的宗教信仰，没有凉薄自利的思想观念，更没有硝烟四起的战争。这里只有着随性潇洒的华夏先民和怡然自得的生活，就像传说中的世外桃源，宁静悠远。

时间真快，不知不觉三个小时过去了，《在水一方》二胡独奏响彻整个大厅，在罗卉老师悠扬的乐声里，郭老师大讲堂完美收官。

"去上梅林吃剔尖！"便听东南和宇杰在交换意见。第一次听见"剔尖"这个名词。我想出于爱面人士之口，转几站地铁，就为着那口剔尖，一定有它的独到之处，也提起了我的兴致。

上梅林和它的名字一样美，像个古雅的小镇。小店也很别致，门楼上红红的招牌洋溢着热闹喜气，厅堂的屋宇挂着红色的字幅，中式宫灯，木桌长条凳，颇有晋风。几张桌子拼接成长长的连席，一群十几人相对落座。

先上几碟凉菜，酸爽脆生，给这炎热的夏带来了丝丝清凉。"剔尖"连同两只炖菜吊锅隆重上场。剔尖两头尖尖，在青花碗里晶莹剔透宛如根根银鱼。勤快灵活的宇杰，以他晋人的深悟面道给大家调了面汁。急切地挟上一口，果然味美，妙不可言。乱炖，偌大的铁吊锅，内容繁复，香气挥洒飘逸，竹叶青斟起……

谈兴，似乎也和着这酒香菜香愈加浓烈，聊得最多的还是刚刚郭老师的那堂课。酒至半酣，郭老师说《诗经》是用来吟诵的，扣了她的韵律节奏，那意境就不一样了。说话间便进入状态。

"青青子衿，悠悠我心……"浅唱低吟的吟诵在酒店大堂回环婉转。我仿佛看见，古老的城阙上，一个多情美丽的女子在踯躅徘徊，在等她魂牵梦绕的恋人，焦急惆怅而幽怨。

屋外，不知何时下起了大雨，雨急风劲，打在沿街的树叶上，光溜的路面上"啪啪、唰唰、叮咚"地响，我想，这或许是老天派来伴奏的钟声。可不是吗?《诗经》的吟唱在古筝的轻拨里,在编钟的叮当里,最是美妙的意境。

叩开诗词的门扉,走入《诗经》的世界,我第一次领略到"枕上诗书闲处好,门前风景雨来佳"的空灵境界,一个人只拥有此生此世的烟火人生是不够的,还应拥有诗情画意的世界。

"青青子衿,悠悠我心……"余音绕梁,多日不去。

跋

记得从小学开始，我的作文便被我的语文老师喜欢，我所有的语文老师都不断地给予我欣赏与鼓励，对我的语文老师们我一直心存感激。但最早的启蒙还是始于我的父亲，他读的是私塾，是个商人，看过的书过目不忘，难能可贵的是他还会说，能把古书说得活色生香。《薛刚反唐》《说岳全传》便是我最早的文学启蒙。

此后便自己看，五年级那年从《西游记》开始，我的阅读就没有停止过。但凡能接触的书，我都会看。

我初中的时候，就悄悄地给自己起了个笔名，梦想当作家。但这种梦想，此后经年被繁杂的生活挤得无影无踪。但只要有可能，我的手里都会握有一本书，在孩子的摇篮前、上班的空隙、居家的日子、睡床的枕畔……

有书的日子不寂寞。毫无功利地阅读，毫无功利地写，这几乎是我生活的一部分，渡人渡心。我是个不善于言辞的人，在公开场合，我也许会语无伦次，但写作不一样，可以让胆怯的我躲在率性的文字里，做自己文字的将军，以各种表现手法，达至自己想要的样子。

长期被确认，我相信没有偶然，只有必然。我投稿纸媒的时间并不长，但两年来却得到了很多发表作品的机会，这就激起了我更大的热情。

我发表的所有作品都冠以我真名，那是父亲给我的，我没有理由不用。这是我第一本散文集，我也打算端正地署上我的本名。我的父亲对他的孩子是因势利导，是鼓励教育，他知道他的孩子适合干什么。他最后的几年，用《三字经》的样式，写下他的生平示我，嘱咐我以后给他写下来，甚至可以写一本书。他的经历真的可以写一本书，可是我那时是多么地不以为然，甚至于我让他看见了，我嘴角的一丝窃笑。

当世间所有虚妄的追求都过去以后，文学依旧是一片灵魂的净土。父亲走了，我才真正地懂得父亲的宝贵。父亲的爱以及他充满智慧的人生，今天想来，真的值得去写。他的个人命运带着一个时代的背景，其实也是一个民族的命运。他的审时度势的目光、待人接物的方式，回头望去，或许今天都值得我们去学习借鉴。写下来，这种愿望越来越强烈，原来父亲的话我一直没有忘记，我知道我为什么要写。

我在南方的都市鹏城，敲下这本散文集的最后一个字，一种敞亮紧紧地拥抱着我。我的脸朝向东北方，那是家乡的方向。我想我应该告慰我的父亲，我心头的一束光能穿越宇宙洪荒，上达天堂。

10 月的金秋，这南方的都市似乎永远都是春天。